LE ROYAUME DU MAL

BUFFY CONTRE LES VAMPIRES AU FLEUVE NOIR

1. *La Moisson*
   Richie Tankersley Cusick
2. *La Pluie d'Halloween*
   Christopher Golden et Nancy Holder
3. *La Lune des coyotes*
   John Vornholt
4. *Répétition mortelle*
   Arthur Byron Cover
5. *La Piste des guerriers*
   Christopher Golden et Nancy Holder
6. *Les Chroniques d'Angel I*
   Nancy Holder
7. *Les Chroniques d'Angel II*
   par Richie Tankersley
8. *La Chasse sauvage*
   par Christopher Golden et Nancy Holder
9. *Les Métamorphoses d'Alex I*
   par Keith R.A. DeCandido
10. *Retour au chaos*
    par Craig Shaw Gardner
11. *Danse de mort*
    par Laura Anne Gilman et Josepha Sherman
12. *Les Chroniques d'Angel III*
    Nancy Holder
13. *Loin de Sunnydale*
    Christopher Golden et Nancy Holder
14. *Le Royaume du mal*
    Christopher Golden et Nancy Holder
15. *Les Fils de l'Entropie*
    Christopher Golden et Nancy Holder
16. *Sélection par le vide*
    Mel Odom
17. *Le Miroir des ténèbres*
    Diana G. Gallagher
18. *Pouvoir de persuasion* (mars 2001)
    Elizabeth Massie

LE ROYAUME DU MAL

par

CHRISTOPHER GOLDEN

ET

NANCY HOLDER

D'après la série télévisée créée par Joss Whedon.

FLEUVE NOIR

Titre original :
Ghost Roads
Traduit de l'américain par
Grégoire Dannereau

BUFFY THE VAMPIRE SLAYER is a trademark of Twentieth Century Fox Film Corporation, registred in the U.S. patent and Trademark Office.

Collection dirigée par
Patrice Duvic

Le Code de la propriété intellectuelle n'autorisant, aux termes de l'article L. 122-5, 2 et 3 a), d'une part, que « les copies ou reproductions strictement réservées à l'usage privé du copiste et non destinées à une utilisation collective » et, d'autre part, que les analyses et les courtes citations dans un but d'exemple ou d'illustration, « toute représentation ou reproduction intégrale ou partielle, faite sans le consentement de l'auteur ou de ses ayants droit ou ayants cause, est illicite » (art. L.122-4).
Cette représentation ou reproduction, par quelque procédé que ce soit, constituerait donc une contrefaçon sanctionnée par les articles L.335-2 et suivants du Code de la propriété intellectuelle.

© ™ et © 1999 by the Twentieth Century Fox Film Corporation. All rights reserved.
© 2000 Fleuve Noir, département d'Havas Poche, pour la traduction en langue française.

ISBN : 2-265-07024-6

PROLOGUE

Les routes fantômes.
Un lieu de démence.
Limbes, vide infini : aucun son — pas même le hoquet de surprise de Buffy — aucune lumière : du gris à perte de vue, sans frontière ni horizon. Pas de froid, pas de chaleur. Simplement… rien.

Oz et Angel avaient tenté de la préparer à l'étrangeté de cette expérience, mais Buffy Summers, l'Elue, savait que c'était impossible.

Par instinct et à cause de son entraînement, la Tueuse de Vampires se battait contre une cible, un ennemi. Chaque fibre de son être lui hurlait de se défendre, mais il n'y avait pas d'adversaire sur qui se concentrer. Pourtant, elle percevait le danger.

Les poings serrés, elle prit une inspiration et tenta de se calmer. Relâchant ses muscles, elle laissa pendre ses bras contre ses flancs.

Aussi contraire à ses principes que ce fût, le seul moyen de conquérir cet endroit serait de ne rien faire. Sa seule défense était la passivité. Elle devait trouver un moyen d'accepter l'absence de forme et de structure, le gris infini couleur d'orage, et d'admettre qu'il était… ce qu'il était.

Les routes fantômes.

Dès que Buffy eut formulé cette pensée, elle sentit une surface solide sous ses pieds. Sa vision se précisa d'un coup, et elle entendit un étrange souffle.

Clignant des yeux, elle découvrit Oz et Angel qui se tenaient devant elle dans leur tenue de voyage : le vampire en jean noir, col roulé assorti, cache-poussière et sac de marin jeté sur l'épaule ; Oz en chemise de bowling rose vif et blouson en jean. Tous deux la dévisagèrent avec inquiétude.

Les yeux sombres d'Angel firent à Buffy l'effet d'un roc dans la tempête. Le vampire posa une main sur son épaule et demanda gentiment :

— Ça va, Buffy ? Tu es avec nous ?

Elle hocha maladroitement la tête, avec l'impression d'être une marionnette dont on aurait coupé les fils.

— Je suppose que oui, avança-t-elle, hésitante. A moins que vous ne soyez de purs produits de mon imagination.

Oz et Angel se détendirent un peu. Ils avaient déjà arpenté les routes fantômes. Il était donc logique qu'ils s'y adaptent plus vite.

Oz avait été le premier. Quand ils avaient eu besoin d'Angel pour rituel de Don, dans la Maison du Portail, le jeune homme était allé le chercher à Sunnydale. A leur arrivée, le visage du vampire était maculé de larmes de sang, versées pour quelqu'un qu'il avait rencontré sur les routes fantômes.

Et Buffy se demandait qui elle allait voir.

Tournant la tête de gauche à droite, elle se raidit. Une aura de danger l'enveloppait, comme un brouillard d'été sur la côte, caressant ses joues et touchant son cœur. Il la glaça jusqu'à la moelle.

La jeune fille frissonna.

— Il y a quelque chose ici, avec nous, annonça-t-elle. Quelque chose de maléfique.

— J'y ai déjà réfléchi, dit Oz. Je pense que c'est l'ombre de la mort. (Il inclina la tête et fourra les mains dans les poches de son blouson.) C'est assez intéressant. Quand elle a croisé ma route, j'ai eu envie de m'écarter du chemin et de m'endormir. De m'abandonner. Elle m'a semblé assez paisible. Mais pour toi, elle est dangereuse, et tu as envie de la combattre.

Parce qu'elle est la Tueuse, souffla une voix. *Comme moi autrefois.*

Autour de Buffy, le gris se transforma en un éclair d'une blancheur aveuglante. La route se changea en poussière sous ses pieds. Elle se couvrit les yeux quand une lueur écarlate brûla ses rétines. Puis elle se souvint des larmes de sang d'Angel, et se demanda si c'en était bien.

Lentement, elle entrouvrit les paupières pour tenter de distinguer quelque chose.

Devant elle se tenait une fille de son âge, pieds nus et vêtue d'une robe blanche, nouée sur les épaules, dont le tissu était couvert de sang séché. Elle avait la pâleur de la craie, des yeux presque noirs et des cheveux couleur d'acajou qui cascadaient dans son dos.

Sa silhouette se découpait distinctement sur un fond noir. Si elle tendait la main vers elle, se dit Buffy, elle toucherait de la chair solide. Pourtant, la fille avait quelque chose d'étrange, de spectral et d'éthéré. Quelque chose qui trahissait son appartenance à ce royaume.

— Tu devrais me reconnaître, Tueuse. Nous sommes de la même famille.

— Dans ce cas, tu dois faire partie de la branche méridionale des Summers, répliqua Buffy, parce que les femmes sont plutôt blondes de notre côté. (Elle se racla la gorge et demanda plus sérieusement :) Pourquoi es-tu ici ?

— Jadis, j'étais une Tueuse de Vampires, comme toi.

Les lèvres de la fille remuaient, mais on eût dit qu'un millier de personnes avaient parlé à la fois. Jetant un coup d'œil à la ronde, Buffy aperçut des corps et des visages. Des gens. Certains la regardaient ; d'autres détournaient la tête. Beaucoup pleuraient. Quelques-uns chuchotaient ou riaient.

Quand ils s'évanouissaient, d'autres prenaient leur place. Il y en avait une multitude. Tous étaient les esprits d'humains morts qui erraient sur les routes fantômes en attendant la fin du voyage. Apparaissant et disparaissant comme des espoirs naissants puis enfuis.

Angel se tendit, prit la main de Buffy et la serra très fort. La Tueuse regarda la foule des spectres pour comprendre ce qui le troublait. Mais le seul visage qui demeurait distinct était celui de la fille rousse.

Buffy jeta un coup d'œil à Oz, qui le lui rendit.

— Que vois-tu ? s'enquit doucement le jeune homme. A qui parles-tu ?

— Et toi, que vois-tu ? répliqua Buffy.

Oz haussa les épaules.

— Personne que je connaise. (Puis, baissant la voix, il ajouta :) Mais la dernière fois que je suis venu, j'ai vu Kendra.

Buffy fronça les sourcils. Etait-ce ici que finissaient les Tueuses mortes ? Après toutes ces luttes, cet incessant combat, la grisaille des routes fantômes constituait-elle leur seul horizon ?

— Pourquoi es-tu ici ? répéta la jeune fille.

Son interlocutrice leva le menton tandis que des larmes perlaient à ses yeux. Mais elle n'était pas triste ; à en juger par ses mâchoires contractées et la veine qui pulsait dans son cou, Buffy aurait juré qu'elle luttait contre la colère.

J'ai été imprudente. Il y avait un garçon qui me plaisait... Je pensais qu'il était un simple palefrenier. Mais il m'a vendue à Fulcanelli et à ses démons.

Les milliers de voix qui sortaient de sa bouche chuchotèrent et firent écho au nom de Fulcanelli. *Il m'a trahie.*

— Fulcanelli, répéta lentement Buffy.

— Les Fils de l'Entropie. C'est lui qui a fondé leur ordre, intervint Angel. Giles a lu quelque chose sur eux dans le journal de l'aïeul du Gardien du Portail.

« Le tout premier Gardien du Portail, Richard Régnier, était l'un des rivaux de Fulcanelli à la cour du roi français François Ier. Fulcanelli a orchestré sa chute, et ils se sont pourchassés à travers toute l'Europe. »

Le vampire jeta un regard interloqué à Buffy.

— Que se passe-t-il. A qui parles-tu ?

Ainsi, elle était la seule à voir la Tueuse morte. Cela lui fit froid dans le dos. Pour quelle raison rencontraient-ils tous un spectre différent ?

— Comment t'appelles-tu ? demanda Buffy.

— De mon vivant, j'étais Maria Regina.

— Je parle à Maria Regina, dit la jeune fille. Fulcanelli l'a tuée. (A cause du sang séché, elle ajouta :) A coups de revolver, je suppose.

Avec un couteau, la détrompa l'apparition. *J'ai été assassinée en l'an 1539 de Notre Seigneur.*

Etait-elle là depuis cette date ? Buffy frissonna. Quatre cent soixante années à arpenter les routes fantômes sans jamais atteindre de destination : ni enfer ni paradis. Juste du vide. C'était le contraire de ce qu'elle espérait après sa propre mort.

J'ai été appelée... Pour te mettre en garde, Tueuse.

— Par le Gardien du Portail ? demanda Buffy.
Je l'ignore.
— Me mettre en garde contre quoi ?
La mort arpente ces routes avec toi. Mieux vaudrait que tu fasses demi-tour.
Buffy se rembrunit.
— Et tu te prétends Tueuse ?
J'ai été assassinée, lui rappela son interlocutrice.
Buffy eut un petit rire.
— Je n'ai pas l'intention de connaître le même sort.
Dans ce cas, fais demi-tour.
— Angel, tu sais comment changer de chaîne ?
Mais le vampire ne l'écoutait pas. Le regard dans le vague, les paupières mi-closes, il affichait un air préoccupé qui lui rappelait celui d'un marin guettant la terre ferme.
— Angel, qu'y a-t-il ? insista Buffy.
Il secoua la tête.
— Rien. J'ai cru voir quelqu'un. Mais je me suis trompé.
— Jenny, devina Buffy.
Angel détourna la tête.
— Oui.
Il était tourmenté par le souvenir de sa mort, exactement comme le souhaitaient les Kalderash — la tribu de Gitans à laquelle appartenait Jenny Calendar.
Autrefois, possédé par le démon Angélus, il avait tué une des jeunes femmes du clan. En guise de punition, le sorcier lui avait rendu son âme pour que le souvenir de ses crimes le torture sans relâche.
Il était devenu Angel, le premier vampire qui possédât une âme, condamné au remords éternel et à ne jamais trouver la paix...
Jusqu'à ce qu'il fasse l'amour avec Buffy, retrouvant

le bonheur et la sérénité… Toutes les choses dont les Gitans avaient voulu le priver. Son âme lui avait été arrachée une fois de plus, et il avait assassiné Jenny alors qu'elle s'efforçait de la lui rendre.

Buffy lui caressa la joue, pleine de compassion et de regret. Ils ne pourraient plus jamais être l'un à l'autre ni exprimer l'amour qu'ils ressentaient encore. C'était fini. Ils n'avaient pas d'autre choix.

Angel regretterait ses crimes jusqu'à la fin des temps.

— Ça ira, lâcha-t-il.

Buffy laissa retomber sa main et se tourna de nouveau vers Maria Regina, la Tueuse morte.

Mais celle-ci avait disparu.

— Coucou, appela Buffy.

Alors, Oz souffla :

— Ouah…

Autour de Buffy, d'Angel et d'Oz, des gémissements retentirent pendant que les morts se précipitaient vers eux, bras tendus. Ils déferlaient par vagues, rang après rang, marée de corps et de visages indistincts aux joues baignées de larmes.

Aidez-nous. Montrez-nous la sortie, imploraient-ils en se bousculant pour approcher les trois voyageurs. *Libérez-nous.*

— Vous entendez ? demanda Oz tandis que ses compagnons et lui reculaient. C'est plutôt clair…

— Clair et limpide, dit Angel.

Oz jeta un coup d'œil à Buffy.

— Qu'est-ce qu'on fait ?

— On s'en va, répondit Angel à la place de la jeune fille. Nous ne pouvons rien faire pour eux. Pas aujourd'hui.

Buffy se mordit la lèvre. Autant qu'elle détestât l'admettre, Angel avait raison. Ce n'était pas leur combat.

Les lamentations redoublèrent quand ils tournèrent le dos aux esprits.

Le souffle étrange se fit entendre de nouveau, comme celui du ressac ou…

— Une voiture ! s'exclama Buffy. Regardez ! Nous avons réussi.

Du doigt, elle désigna une curieuse auto noire qui cahotait sur un chemin de campagne, dans un paysage nocturne et distant.

— Bienvenue en Angleterre, dit Angel.

Rupert Giles se sentait désolé pour Joyce Summers, qui occupait un énorme fauteuil rembourré dans le salon de sa maison de Sunnydale, par un bel après-midi où le soleil inondait les murs comme de la peinture couleur jaune d'œuf.

Sur la table reposait un assortiment d'amuse-gueule et de friandises apportés et dévorés par Alex Harris. Le jeune homme trônait sur le canapé, flanqué de ses amies Willow et Cordélia qui sirotaient poliment leur thé en approuvant chacune de ses paroles.

La mère de la Tueuse semblait très perturbée à propos de ce qui se passait et de l'endroit où était sa fille. Malgré tous ses efforts, Alex ne faisait qu'aggraver la situation.

— Madame Summers… Je récapitule encore une fois, dit-il en se penchant vers elle. Nous sommes allés dans un endroit qu'on appelle la Maison du Portail. Là, un vieux type… Vraiment vieux, hein, pas simplement comme Giles et vous…

— Il devait avoir au moins un siècle et demi, coupa Cordélia, et il avait une sale tête. Je suis sûre que si on essayait de lui faire un peeling, toute sa peau partirait en lambeaux.

Alex leva les yeux au ciel, exaspéré.

— C'est le but du peeling, non ?

— Pas *toute* la peau ! s'écria Cordélia. Juste le dessus. On ne doit pas voir le crâne à la fin. Beurk ! (Elle croisa les bras sur sa poitrine.) Et tu aurais pu acheter des chips à 0 % de matières grasses. Il n'y a rien sur cette table que je puisse avaler.

— Désolée, dit Joyce en faisant mine de se lever. Je vais aller voir…

— Je vous en prie, madame Summers. Joyce, corrigea Giles en lui posant une main sur le bras, nous ne sommes pas venus prendre l'apéritif.

Ce n'était pas entièrement vrai, à en juger par le regard sévère que lui jetèrent les jeunes gens. Pour sa part, Giles s'inquiétait tellement de la situation qu'il n'avait presque rien pu avaler depuis sa sortie de l'hôpital de New York.

Par ailleurs, il se faisait beaucoup de souci pour Micaela Tomasi, la belle et jeune Observatrice qui avait flirté avec lui lors de la convention des bibliothécaires, avant de lui révéler son identité pendant son séjour à l'hôpital. Elle lui avait même apporté un volume de Sherlock Holmes et un bouquet de fleurs.

Et voilà qu'elle avait disparu. Présumée morte. Comme beaucoup d'Observateurs, ces derniers temps.

Comme beaucoup des gens auxquels Giles s'était attaché…

Alex, Cordélia et lui-même venaient de rentrer, avec plusieurs jours de retard, de leur « manifestation historique » à Boston. Ils allaient devoir fournir des explications, subir des remontrances, voire se chercher un nouveau travail, dans le cas du bibliothécaire.

Une perspective peu réjouissante : Sunnydale n'avait rien d'une métropole animée, et les emplois susceptibles de convenir à Giles (solitaires, dans un endroit facilement accessible pour Buffy) n'étaient pas légion.

— Les Doritos sont allégés, dit Alex.

— Comme ta matière cérébrale, grogna Cordélia.

— Hé, protesta le jeune homme, indigné.

Willow leva les yeux au ciel, et Giles se hâta d'enchaîner pour étouffer dans l'œuf une nouvelle dispute stérile.

— Ce qu'Alex essaie d'expliquer, c'est que depuis des siècles, les maîtres de la Maison du Portail — tous des sorciers appartenant à la lignée des Régnier — retiennent les monstres qui s'échappent par les brèches de l'Autre Monde... Une sorte de dimension parallèle.

— Comme la Bouche de l'Enfer ? suggéra Joyce.

— Tout à fait, dit Giles, agréablement surpris. Sunnydale se dresse sur la Bouche de l'Enfer, un lieu de rassemblement pour les forces du Mal.

« Des multitudes de choses, de gens et d'endroits qui passent pour mythiques ont autrefois existé sur cette Terre. Les choses, les gens et les endroits auxquels notre imagination collective ne laisse pas de place existent dans l'Autre Monde.

« De temps en temps, une brèche dimensionnelle se produit, qui leur permet de s'échapper. Le rôle du Gardien du Portail consiste à les capturer et à les retenir prisonniers dans des pièces de sa demeure. »

— Et il faut voir la baraque : un véritable asile de fous ! s'exclama Alex. Bourré jusqu'à la gueule de magie dégoûtante.

Joyce cligna de ses yeux bleu foncé.

— Où garde-t-il tous ces monstres ?

— Oh, c'est très étonnant ! dit Giles, que le sujet

passionnait. Sa demeure est ensorcelée, voyez-vous. Elle compte des milliers de pièces afin d'enfermer toutes ces créatures diaboliques. Et elle se modifie en fonction de la personnalité dominante qui occupe ses murs... Tout à fait fascinant...

— Je dirais plutôt « effrayant », corrigea Willow. (Elle se pencha pour prendre une poignée de Doritos, et dit à Cordélia en guise d'excuse :) Ils sont allégés...

— Tu vas te changer en montgolfière si tu continues comme ça, l'avertit sa camarade. Une bouchée par-ci, une bouchée par-là... Tu sais où ça atterrit en général.

— Non. Où ? demanda Alex avec son air le plus innocent.

— Arrête ça, tu veux ? cria Cordélia en jetant un regard navré à Joyce, comme pour lui demander : « Vous voyez à quel supplice je suis confrontée chaque jour ? »

La mère de Buffy hocha lentement la tête.

— Et quelque chose s'est échappé de la Maison du Portail.

— Un tas de choses, corrigea Alex. Vous comprenez, l'héritier de Régnier s'est fait enlever, et si Buffy ne le ramène pas avant que le vieux casse sa pipe, vous pouvez dire adieu à vos petites soirées familiales devant la télé.

— Oh...

Giles remonta ses lunettes. Il était fatigué, et révéler toute la vérité paraissait au-dessus de ses forces. Mais il devait bien ça à Joyce.

— Je dois vous prévenir que le monde court un grave danger, et que Buffy, Angel et Oz sont peut-être son dernier espoir.

— Comme c'est original, railla Cordélia.

— Comme c'est nouveau, renchérit Alex.

Willow se contenta de siroter son thé.

— Sérieusement ! insista Giles. La stabilité de la Bouche de l'Enfer est compromise. Toutes sortes de créatures terribles en ont émergé, et seuls les remarquables sorts de protection de Willow les maintiennent à distance.

Il jeta un coup d'œil à la jeune fille, qui se redressa fièrement.

— Mais je ne sais pas combien de temps ils tiendront. Bref, il vaudrait peut-être mieux que vous quittiez Sunnydale pendant quelque temps.

Joyce eut l'air choqué.

— Nous vivons ici !

Giles inclina la tête.

— Certes, mais Buffy…

Ce fut alors que ça se produisit.

Il y eut un grondement sourd, pareil à celui d'un séisme. Tandis que tous bondissaient sur leurs pieds et se précipitaient sous les encadrements de portes — les entraînements organisés par toutes les communautés de Californie du Sud en soient remerciés —, les murs de la maison scintillèrent, puis tremblèrent violemment.

Une fissure apparut dans le coin supérieur gauche de la fenêtre, au-dessus du canapé, et courut en diagonale vers l'angle opposé. La table basse tressauta, projetant les friandises d'Alex sur le sol.

Joyce trébucha, tomba et se cogna la tête contre le pied de son fauteuil. Les ténèbres l'enveloppèrent ; un instant, elle crut qu'elle était sur le point de s'évanouir. Puis, tandis que ses yeux s'accoutumaient, les nuages révélèrent le soleil derrière les rideaux, et une faible lueur éclaira la pièce.

— Regardez, dit Cordélia en tendant un doigt.

Une tache sombre se formait sur le plancher, d'un noir plus foncé que Joyce n'en avait jamais vu. La chose semblait absorber la lumière ; pourtant, elle arrivait à la distinguer sur le tapis. Elle ressemblait à une flaque de goudron.

Un vent glacial siffla dans la maison, si fort que Joyce dut se boucher les oreilles. Les livres et les statuettes heurtèrent les murs.

— Willow, appela Giles.

La jeune fille s'agenouilla et désigna la flaque qui s'élevait dans les airs.

— Dépêche-toi, supplia Alex.

— Aux Dieux j'adresse mes supplications, en toute déférence et en tout honneur, entonna Willow d'une voix forte.

Le cercle noir bascula. Il était maintenant suspendu à la verticale au milieu de la pièce. Tout autour, l'air ondula comme la surface d'une mare perturbée par les ricochets d'une pierre ou le passage furtif d'une carpe.

— Referme-le ! s'exclama Cordélia.

Willow leva les bras.

— Pan, entends ma supplique.

— Que se passe-t-il ? cria Joyce.

— C'est une brèche, expliqua Giles. Il serait plus sage de vous enfuir.

La mère de Buffy ne bougea pas.

— Vous ne vous enfuyez pas. Et eux non plus.

— Par conséquent, et pour l'éternité, de tous les pouvoirs des Anciens Dieux, je t'emprisonne ! acheva Willow, rejetant la tête en arrière et brandissant un poing en direction du cercle noir.

Celui-ci se contracta puis disparut. Le vent retomba ; le grondement se tut.

— Douze dollars et seize cents de délicieuses friandises bien caloriques jetés par la fenêtre, se lamenta Alex.

— C'était moins une, Willow, dit sévèrement Cordélia.

La jeune fille grimaça et hocha la tête.

— J'ai été prise au dépourvu.

Giles se passa une main dans les cheveux et remonta ses lunettes sur son nez. Ce tic agaçait Joyce en temps normal. Pour une fois, elle le trouva étrangement rassurant : il lui certifiait qu'elle n'était pas en train de devenir folle.

— C'est donc ça, une brèche, souffla-t-elle. Un portail.

Son cœur battait si fort qu'elle était surprise de ne pas avoir fait une attaque.

— Exactement, répondit Giles, plissant les yeux pour observer l'endroit où le cercle noir avait disparu. Par chance, Willow a réussi à le refermer.

— Tant mieux, dit Joyce, mal à l'aise, en contournant le tapis pour ramasser les friandises.

Giles s'agenouilla pour l'aider, et se racla la gorge en jetant un regard aux jeunes gens. Willow sursauta, puis saisit un bol renversé et se mit à traquer les petites boules au fromage qui avaient roulé sous les fauteuils.

D'un air désolé, elle tendit à Joyce une statuette en terre cuite brisée représentant un âne. Peut-être savait-elle que c'était un cadeau de Buffy qui, quelques années plus tôt, l'avait achetée dans une boutique de souvenirs mexicains de Los Angeles, sur Olvera Street.

— Le problème, fit le bibliothécaire en se relevant, c'est que Willow a déjà lancé ce sort plusieurs fois sur Sunnydale, et nous avons découvert récemment que les effets n'en sont peut-être pas permanents. Nous avons affaire à forte partie, et rien ne nous dit que cette brèche ne se rouvrira pas.

— Oh, lâcha Joyce en contemplant l'endroit où le cercle noir avait disparu.

— C'est pourquoi je réitère ma suggestion, dit Giles. Si vous ne voulez vraiment pas quitter Sunnydale, allez au moins habiter ailleurs quelque temps.

Joyce fronça les sourcils.

— Et si Buffy téléphone ?

— C'est pour ça qu'on a inventé le transfert d'appel, intervint Alex. Il y a une chambre d'amis à la maison ; on n'aura qu'à dire à mes parents qu'il y a des cafards chez vous et que vous faites désinfecter. (Il sourit à Joyce.) Vous verrez, ça vous plaira : lit-bateau et lampe de bureau en forme de botte de cow-boy.

— C'est gentil, mais je préfère rester ici, dit Joyce en baissant les yeux vers les restes de son âne. C'est la maison de Buffy.

— Elle ne voudrait pas que vous soyez en danger, insista Giles.

— Moi non plus, je ne veux pas qu'elle soit en danger, et elle y est quand même. Comme c'est ma fille, je veux partager son sort.

Sur ces mots, Joyce éclata en sanglots. Elle ne pouvait pas s'en empêcher : elle avait tellement peur pour Buffy !

— Je suis désolée. Mais je ne comprends pas pourquoi elle est obligée de faire ça jusqu'à ce qu'elle en meure.

— S'il vous plaît, murmura Giles.

Ils se regardèrent, puis sortirent de la pièce.

Alors, le bibliothécaire eut un geste auquel Joyce ne s'attendait pas : il la prit dans ses bras.

— Joyce, je sais que c'est difficile…

Ils étaient très semblables : la mère de la Tueuse et cet homme qui avait accepté le fardeau de veiller sur elle et de dissimuler son secret.

Pendant deux ans, il avait caché la vérité à Joyce, qui lui en voulait parfois à mort, même si elle comprenait ses raisons : jusque-là, son ignorance avait valu à Buffy une certaine liberté de mouvements, sans lui infliger des moments pénibles comme celui-ci.

— Quand j'avais son âge, je voulais devenir archéologue, chuchota Joyce.

— Vraiment ? Je l'ai été pendant quelques années. Mais une tâche beaucoup plus importante m'attendait.

— Etre l'Observateur de Buffy, devina Joyce.

— C'est exact.

Elle se dégagea de son étreinte.

— Et je suis sa mère. Je suppose que ce que nous voulons importe peu : nous devons l'aider… L'aider à survivre.

— Oui, dit Giles en soutenant son regard. J'aimerais tant que ça ne soit pas le cas, mais…

Il n'acheva pas sa phrase.

Des larmes inondèrent les joues de Joyce.

— A la naissance d'un bébé, on fait tellement de rêves pour lui. On nourrit tellement d'espoirs ! On voudrait qu'il ne soit jamais triste ou blessé ; on voudrait l'envelopper dans du coton et le protéger à jamais. Je ne peux pas m'empêcher de penser que j'ai échoué. J'ai été une mauvaise mère.

— Bien sûr que non. Buffy vous adore, dit Giles. Elle n'arrête pas de vanter vos cookies au chocolat, et je dois admettre qu'elle a raison : ils sont délicieux.

— J'en ferai demain. Pour qu'ils soient prêts quand

elle rentrera à la maison. (Puis, avec un faible sourire :) Je vais même préparer une double fournée.

— Triple ? suggéra Alex, plein d'espoir, dans le couloir.

Joyce éclata de rire. Ce garçon aux vêtements trop larges lui faisait irrésistiblement penser à un adorable chiot. Et Cordélia, toujours trop bien habillée pour les circonstances (la robe de satin noir et gris qu'elle portait ce jour-là ne faisait pas exception à la règle). Et Willow, avec son sens de la mode tellement décalé...

Ils étaient tous à la fois des adultes ayant affronté des terreurs inimaginables et des enfants un peu perdus essayant d'apprendre les règles de la vie hors du cocon familial.

— Quadruple, surenchérit Joyce.

Willow sourit, et Alex se rapprocha d'elle :

— Si ça peut vous aider, madame Summers, nous sommes tous derrière elle. Nous ferions n'importe quoi pour Buffy. Jusqu'à nous laisser tuer, si nécessaire.

— Hé, râla Cordélia. (Elle haussa les épaules.) Je n'irais peut-être pas jusque-là, mais j'envisagerais de me faire blesser sérieusement.

Malgré leur angoisse, les autres ne purent s'empêcher d'éclater de rire.

CHAPITRE PREMIER

Au moment où Angel, Buffy et Oz s'apprêtaient à quitter les routes fantômes, les esprits torturés, suppliants et furieux se pressèrent autour du vampire avec l'espoir qu'il les libère.

Bien qu'ils soient translucides, Angel perdit de vue ses deux compagnons. Sous l'assaut des fantômes — qui avaient le pouvoir de lui faire mal en ce royaume —, il sentit qu'il se transformait. Ses canines s'allongèrent, ses yeux virèrent au jaune, son front se plissa, et il poussa un grognement animal.

Un instant, il se demanda si c'était là que son âme attendait quand elle était arrachée à son corps. Lorsqu'elle lui était restituée, il n'avait aucun souvenir de ce qui lui était arrivé. Mais s'il avait atteint le paradis, la malédiction des Gitans lui aurait permis de s'en rappeler afin d'augmenter ses tortures.

— Angel !

Avec un hurlement de rage et d'inquiétude, le vampire fit volte-face, cherchant quelque chose de solide parmi les silhouettes scintillantes des fantômes. Un être de chair et de sang.

Là !

Des griffes lui lacéraient le dos. Ça n'avait pas de sens. Il pouvait à peine les combattre, mais les esprits semblaient capables de le tuer. De les tuer tous, Buffy comprise.

Ou peut-être pas. Car sous le regard stupéfait d'Angel, la jeune fille pivota et, d'une manchette, frappa un esprit qui se dissipa sur-le-champ.

Le vampire écarquilla les yeux. Elle était vraiment extraordinaire. Alors qu'il se rapprochait d'elle pour risquer une fois de plus la damnation à ses côtés, il partagea brièvement le chagrin et le désespoir des morts.

— Ils sont comme de la fumée, cria-t-il. Impossible d'établir un contact !

— Concentre-toi sur un seul à la fois, recommanda Buffy, ses cheveux blonds volant derrière elle tandis qu'elle bondissait et décochait un coup de pied sauté.

Elle jeta un regard inquiet à Angel.

— Je ne sais plus du tout où nous sommes. Où est la brèche ? Qu'est devenue l'Angleterre ?

Le vampire regarda un des esprits qui avançaient vers lui. Puis il tendit un bras, la paume en avant, et lui écrasa la figure.

Buffy avait raison, mais il n'en retirait ni soulagement ni satisfaction. Il se contenta de se défendre tout en cherchant le portail scintillant par lequel ils avaient aperçu la campagne anglaise avant que les fantômes ne les assaillent.

— Là, cria-t-il, tendant un doigt pour montrer la direction à Buffy.

Les spectres les avaient éloignés de la brèche ; la grisaille des routes fantômes brillait toujours d'une lumière blanche, et la fermeté du sol sous leurs pieds cédait la place à quelque chose de plus nébuleux.

Saisissant Buffy par le bras, Angel rebroussa chemin vers le portail.

— Arrête ! cria la jeune fille. Nous ne pouvons pas partir !

Un fantôme enroula des volutes de brume dans les cheveux d'Angel. Il lui tira la tête en arrière pour plonger son regard dans ses yeux jaunes.

Vous devez nous emmener avec vous, nous aider à sortir d'ici ! Nous errons de toute éternité, dit-il avec la voix d'une multitude d'âmes perdues.

Même s'il avait pitié de ces créatures incapables de trouver le repos, Angel savait que le monde des mortels n'était plus un endroit pour elles.

Il se concentra sur le fantôme et lui flanqua un coup de poing au visage. Puis il pivota vers Buffy, engagée dans une lutte sauvage avec plusieurs autres spectres.

— Il faut filer d'ici, insista-t-il. Pourquoi veux-tu... ?

Puis il s'interrompit, cherchant quelque chose du regard.

— Oz. Où diable est passé Oz ?

— Nous ne pouvons pas partir sans lui ! cria Buffy.

— Malédiction, gronda Angel.

La jeune fille à ses côtés, il se fraya un chemin parmi les esprits et, quittant les routes fantômes, s'engagea dans les limbes.

Accroupi, Oz s'efforçait de protéger ses yeux et son visage.

Le jeune homme agitait son blouson comme un torero pris de démence ; bien que le vêtement traversât les esprits, il semblait les perturber suffisamment pour dévier leurs attaques.

Oz avait vite compris qu'il n'était pas difficile de vaincre un seul spectre. Le problème, c'était qu'il y en avait une multitude, et qu'ils s'efforçaient de le faire sortir du chemin, en le poussant, en le griffant et en l'entraînant de plus en plus loin de la brèche.

— Fichez-moi la paix !

Il remarqua avec étonnement que ses blessures ne saignaient pas.

Pour la première fois depuis que la malédiction de la lycanthropie l'avait frappé, il souhaita pouvoir se transformer volontairement. Sous sa forme de loup-garou, il serait débarrassé des fantômes en un clin d'œil.

Il n'entendait rien que le souffle des esprits, pareil au froissement d'un drap ou à celui des bas d'une passante. La lumière grise de l'Autre Monde qui éclairait les routes fantômes lui permettait tout juste de distinguer les fantômes.

De Buffy et d'Angel, nulle trace.

Même la route avait disparu. Celle qui aurait dû le conduire au portail. Les fantômes le bousculaient pour l'en éloigner… Non pour le conduire quelque part ailleurs, réalisa Oz. Il ignorait où, mais il n'avait aucune envie de le découvrir. Quelque chose lui disait que ça ne lui plairait pas.

— Sans vouloir vous offenser, marmonna-t-il, je n'ai pas du tout l'instinct grégaire.

Ne sachant plus du tout où était le chemin, il ne lui restait qu'une seule solution. Puisque les esprits tentaient de l'éloigner de ses amis, il allait emprunter la direction opposée à celle qu'ils voulaient lui faire prendre.

En temps normal, Oz était un garçon nonchalant et décontracté.

Mais cette fois, la nonchalance et la décontraction ne semblaient pas de mise.

Le jeune homme enroula son blouson en jean autour de sa main droite. Puis il frappa, se concentrant sur un fantôme qui avait l'air particulièrement furieux. Le spectre parut se dissiper.

Au même moment, Oz s'élança vers lui.

A travers lui.

Il frissonna, confronté à un froid plus glacial qu'il n'en avait jamais ressenti. Comme il aurait été bon de s'arrêter, de s'allonger dans un berceau d'éther et de se laisser gagner par l'oubli...

Mais aussi gelé soit-il, Oz savait qu'il retrouverait la chaleur.

Au prix d'un terrible effort, il se fraya un chemin parmi les spectres. Ceux-ci tendirent les bras vers lui, égratignèrent son visage et son dos, tentèrent de le faire pivoter dans la direction opposée.

Ils voulaient l'empêcher d'aller là-bas. Comme beaucoup des représentants de l'autorité qu'il avait connus, songea Oz, s'ils voulaient l'empêcher de faire quelque chose, c'était sans doute un truc qui valait la peine d'être fait.

Dans ce cas précis, un truc qui l'empêcherait de rester à jamais prisonnier de l'Autre Monde.

— Jusqu'ici, tout va bien, marmonna-t-il.

Alors les fantômes fondirent sur lui, aussi translucides que le brouillard, mais néanmoins assez tangibles pour le saisir et le retenir. Ils étaient trop nombreux. Oz se débattit en vain pendant qu'ils l'entraînaient dans les profondeurs brumeuses des limbes.

A moitié étouffé, le jeune homme réussit à balbutier :

— Willow...

Buffy aperçut Oz au moment où les spectres le jetaient à terre.

Bien que l'atmosphère — ou du moins ce qui passait pour une atmosphère en ce royaume — soit épaisse et cotonneuse, et qu'on manquât de repères pour apprécier les distances, son ami ne semblait pas encore trop loin du chemin.

— Tu as vu ? demanda Angel à ses côtés.

Sa tension, audible, était presque insoutenable.

Buffy savait à quel point les limbes le mettaient mal à l'aise. Ils y étaient entourés par les esprits des morts : certains en route vers leur lieu de repos éternel, d'autres qui erreraient à jamais, incapables de trouver la paix.

Angel se demandait sans doute, comme elle, combien de ses victimes étaient là, arrachées si brutalement à leur existence qu'elles ne parviendraient jamais à gagner l'Autre Monde

Buffy se tourna vers Angel et, plongeant son regard dans celui du vampire, lui prit les mains.

— Tout ira bien, lui promit-elle. Je vais chercher Oz. Toi, tu surveilles mes arrières.

— Non ! cria Angel.

— Nous n'avons pas le choix, insista la jeune fille. Si nous le perdons maintenant, nous ne le reverrons jamais.

Et Willow ne me le pardonnerait pas, songea-t-elle. Mais elle n'osa pas formuler cette pensée à voix haute.

Angel jura, ses traits vampiriques déformés par une grimace de frustration et de frayeur. Dans la pénombre, ses yeux luisaient faiblement.

Avec un grognement, il ôta son cache-poussière et saisit le poignet de Buffy.

— Ne le détache pas, ordonna-t-il en nouant une manche autour du bras de la jeune fille. Et ne te le laisse pas arracher.

Tandis que les esprits tourbillonnaient autour d'eux, faisant mine d'attaquer, il agrippa l'ourlet du vêtement à deux mains et s'assit sur la route.

La jeune fille frissonna, car il ressemblait à un spectre. Dès qu'il s'était laissé tomber sur le sol, la brume avait envahi l'endroit où il se tenait. Elle enveloppait maintenant sa tête comme s'il eût été un fantôme. Seuls ses yeux jaunes le trahissaient.

— Si tu dois t'aventurer plus loin que la longueur de ce manteau, tu rebrousseras chemin, dit Angel en fixant Buffy. C'est le sort du monde qui est en jeu. Moi non plus, je n'ai pas envie d'abandonner Oz. Mais si nous ne retrouvons pas l'héritier, il sera le premier d'entre nous à disparaître. Les autres suivront peu après.

Buffy se détourna pour pulvériser le crâne pareil à une toile d'araignée d'un autre fantôme. Quand elle reporta son attention sur lui, Angel avait plissé les yeux et la pressait d'y aller d'un signe du menton.

— Dépêche-toi.

Puis il grogna quand un spectre lui flanqua un coup sur le crâne. Mais il ne broncha pas.

Arrête ! chuchota la multitude. *Il est à nous, à présent. Nous te le rendrons une fois que tu nous auras libérés. Arrête-toi immédiatement, ou nous le tuerons. Le garçon nous appartient. Nous voulons seulement sortir d'ici !*

Oz avait l'impression de tomber.

Les esprits le portaient, mais à quelle hauteur, il n'aurait su le dire. L'altitude n'était peut-être même pas un concept valide dans cet endroit.

Son blouson pendait au bout de sa main droite. Faute d'appui, il ne pouvait plus donner de coups de poing. Pourtant, il essayait : il frappait en tous sens, tentant d'éloigner de lui les âmes perdues et solitaires.

Assez ! hurla la multitude. *Si la Tueuse refuse de nous aider…*

Tandis que le chœur des voix résonnait dans la tête

d'Oz, un spectre à la carrure de colosse — il avait dû être un phénomène de foire de son vivant — lui enroula autour du cou des doigts de brume glaciale.

Incapable de respirer, le jeune homme écarquilla les yeux. Sa vue se brouilla davantage ; il se débattit, mais il avait du mal à se concentrer et les fantômes redevenaient immatériels. De simples ombres…

Quelque chose lui saisit le poignet. Il lui fallut un moment pour réaliser que ces doigts-là étaient tièdes et définitivement humains. Puis il se sentit arraché à l'étreinte meurtrière du spectre et aspira ce qui passait pour de l'oxygène dans cette dimension.

— Crois-moi, tu n'aurais pas fait une bonne affaire, lança Buffy. Il est très mal dressé.

L'arrière-train d'Oz entra violemment en contact avec une surface dure, et il s'étala de tout son long.

Levant la tête, il vit Angel assis près de lui, le visage ensanglanté. Des fantômes tourbillonnaient autour de lui. Des deux mains, le vampire agrippait son cache-poussière dont une manche était nouée autour du poignet de Buffy.

— Merci, souffla Oz, les yeux encore écarquillés de surprise. Une partie de moi voudrait répondre quelque chose d'amusant à la plaisanterie de Buffy, mais vous ne croyez pas qu'on ferait mieux de mettre les voiles ?

La jeune fille l'aida à se relever. Angel bondit sur ses pieds. Tous les trois étaient couverts d'écorchures et d'hématomes.

Le vampire tendit un doigt et cria quelque chose qu'Oz ne réussit pas à saisir par-dessus les gémissements furibonds des spectres. Mais en levant les yeux, il vit que la brèche n'était pas très loin. De l'autre côté, il aperçut un petit village anglais au pied d'une colline, et crut distinguer le sifflement d'un train.

— Reculez ! cria Buffy à l'attention des fantômes. (Se tournant vers ses compagnons, elle soupira :) Que ne donnerais-je pas pour un fouet à bétail…

Sans un mot, elle les poussa en direction de la brèche.

Les spectres se massèrent autour du portail pour leur barrer le chemin. Ils étaient si nombreux qu'Oz craignit de ne pas réussir à passer.

A travers leur corps éthéré, le jeune homme ne quittait pas la colline du regard, et il avait une furieuse envie de respirer la brise nocturne qui devait charrier une bonne odeur d'herbe et de terre humide.

Vous n'irez pas plus loin, à moins de promettre de garder la brèche ouverte pour nous, cria la multitude.

— Ecoutez, s'énerva Buffy, je sais qu'il ne doit pas être marrant de traîner dans le coin. Mais revenir en arrière, sur Terre, n'est pas la solution. Vous êtes censés atteindre quelque chose au-delà de ce royaume. Pas en deçà ! Maintenant, reculez, ou vous ne connaîtrez jamais la paix !

Angel découvrit les crocs, ses yeux jaunes se détachant sur le vide grisâtre des limbes.

Une ondulation parcourut la foule d'âmes perdues, et les silhouettes brumeuses des morts perdirent encore de leur substance.

Puis elles commencèrent à se dissiper, comme des ombres quand le soleil émerge de derrière les nuages. Oz crut distinguer une expression honteuse sur le visage de certaines, mais la plupart avaient seulement l'air très triste.

Quelques secondes plus tard, il ne resta plus que le fantôme qu'il avait pris pour un Hercule de foire : un esprit dont la colère était assez forte pour qu'il tente n'importe quoi afin d'échapper à la morne infinité de cette dimension.

Il ouvrit la bouche pour hurler. Mais sans le soutien de la multitude, il n'avait pas de voix.

Il plongea vers les trois compagnons.

— Allez-y ! ordonna Buffy.

Oz et Angel s'élancèrent.

Ils traversèrent le spectre comme s'il n'avait été qu'une ombre, sans éprouver la moindre résistance. En revanche, un froid glacial les saisit, et Oz sentit que ses jambes engourdies avaient du mal à couvrir les derniers mètres qui le séparaient de la brèche.

Puis il fit une chute de près de trois mètres de haut dans le ciel nocturne, et atterrit sans douceur au sommet d'une colline de la campagne anglaise.

Quelques instants plus tard, Angel s'écrasa près de lui, et Buffy leur tomba dessus.

Pour sa peine, Oz reçut un bon coup de botte dans la nuque.

— Aïe, grommela-t-il sans se relever pour autant, car il frissonnait de tous ses membres et attendait que le froid se dissipe.

— Eh bien, soupira Buffy, c'était une expérience extrêmement déplaisante.

Oz allait répondre quand Angel se releva et enfila son cache-poussière. Puis il examina ses mains, les porta à son visage et réalisa ce que le jeune homme venait aussi de remarquer. Ils se regardèrent, et Oz haussa les épaules.

— Qu'est devenu tout le sang ? s'étonna Angel.

Celui-ci avait disparu. Comme leurs écorchures, leurs hématomes et tout un assortiment de plaies et de bosses.

— Du sang fantôme ? suggéra Oz.

— La douleur n'avait rien de fantôme, elle, coupa Buffy. Mais je suppose que nous ferions mieux de nous en réjouir. Qu'est-il donc arrivé à Casper ? C'est le seul genre de spectre que j'aimerais bien rencontrer.

Oz se releva et épousseta la terre qui maculait son jean.

— Je ne sais pas trop, répondit-il pensivement. J'ai toujours trouvé Casper un peu barbant. Je préférerais tomber sur un fantôme qui sache faire la différence entre une Gibson et une Stratocaster.

Cette remarque lui valut un haussement de sourcils et un regard interloqué de Buffy. Angel ne réagit même pas : il était trop occupé à observer le ciel et à humer l'air.

— Que se passe-t-il ? s'enquit Buffy, inquiète.

Quand le vampire se tourna de nouveau vers eux, son visage était redevenu lisse et humain. Oz en fut soulagé : l'apparence démoniaque de leur compagnon le mettait toujours mal à l'aise. Mais ce soulagement fut de courte durée, car Angel avait l'air grave et maussade.

— Le soleil se lèvera dans deux heures environ, et pour le moment, nous n'avons aucun abri, ni aucune idée de l'endroit où nous sommes, dit-il en boutonnant son cache-poussière comme si celui-ci pouvait le protéger de l'aube.

— Dans ce cas, ne traînons pas dans le coin, suggéra Buffy.

Mais Oz n'écoutait pas. Il observait la faille, trois mètres en l'air, par où ils étaient arrivés quelques minutes plus tôt.

— Oz ? appela Buffy.

— Désolé. Vu la quantité d'histoires de fantômes qu'on raconte, il doit être assez courant que certains s'échappent des limbes. Ils doivent errer sur Terre à la recherche de quelque chose à quoi se raccrocher, de quelqu'un à qui parler. Il ne doit pas être facile de passer de l'autre côté. Ceux qui y arrivent font sans doute de gros efforts.

Oz se tourna vers Buffy.

— Et je trouve ça plutôt triste.

Les trois compagnons descendirent le flanc de la colline vers la petite ville et vers les rails qui la traversaient.

Seul le sifflement du vent troublait le silence.

Boston, 27 janvier 1882

Boston disparaissait sous la neige qui tombait depuis deux jours maintenant, et ne manifestait aucune intention de s'arrêter.

Jean-Marc Régnier se frayait un chemin dans la poudreuse froide et humide qui lui arrivait aux genoux. Il plissa les yeux pour mieux voir à travers l'épais rideau de flocons, mais c'était à peine s'il distinguait les maisons qu'il longeait sur sa gauche. Quant à celle que son grand-père avait construite au sommet de Beacon Hill des années auparavant, il ne fallait même pas y songer.

Mais rien n'aurait pu entamer la détermination de Jean-Marc.

Avec une colère qui avait survécu à sa longue traversée de la ville, il continua à avancer, transpirant à grosses gouttes sous son manteau de laine. Des flocons se posaient sur son visage ; il les essuyait avant qu'ils ne fondent et ne se glissent sous son écharpe.

Enfin, il aperçut les tourelles de la Maison qui se dressaient devant lui, couronnées de blanc comme un extravagant gâteau d'anniversaire à plusieurs étages.

Cette idée amena un sourire amer sur ses lèvres. La visite n'aurait rien de doux ou de sucré, bien au contraire.

Les jambes aussi froides et insensibles que du fer, Jean-Marc se traîna sur les derniers mètres qui le séparaient du perron de la maison où il avait grandi.

L'asile de fous où il vivait encore quelques mois auparavant.

Là, il était devenu l'apprenti de son père, apprenant la voie des arcanes et celle des ombres.

Sa mère avait observé en silence, approuvant tacitement les efforts de son mari pour faire de leur fils un sorcier. Elle pensait qu'une grande destinée l'attendait. A présent âgé de vingt et un ans, Jean-Marc était arrivé à la conclusion que toutes les mères du monde se persuadaient de la même chose.

Le jour où il était parti, les laissant debout dans l'encadrement de la grande porte d'entrée, il avait eu l'impression que les chaînes de sa servitude se brisaient enfin.

Le rôle d'apprenti magicien ne lui suffisait pas. Jean-Marc voulait se forger une existence à lui.

Il avait reçu une excellente éducation ; son père y avait veillé. Depuis son départ de la Maison du Portail, il avait trouvé une chambre bon marché loin de l'œil inquisiteur de ses parents, rencontré plusieurs jeunes dames qui avaient aussitôt dérobé son cœur, et décroché un poste d'enseignant dans un pensionnat de garçons assez réputé.

Bref, il s'était bien débrouillé, et il se sentait heureux.

Jusqu'à ce qu'un messager lui apporte une lettre de son père, quelques heures auparavant. Dieu préserve le vieil homme de descendre — pour une fois — de son perchoir surplombant la ville pour se mêler au peuple qu'il avait juré de protéger contre les horreurs invisibles issues d'une autre époque.

Mon fils, disait la missive, *le moment est venu pour toi d'accepter la responsabilité qui te revient. Les années s'abattent sur moi comme des ombres, et il est temps que je te transmette ma charge. Reviens à la maison ce soir même. Si tu refuses d'obéir, le monde subira les conséquences de ton égoïsme.*

Jean-Marc monta les marches du porche. Arrivé devant la porte, il ne se donna pas la peine de saisir le heurtoir. Il leva les mains, paumes jointes, et les écarta d'un geste vif.

Tandis qu'un éclat de lumière rosé enveloppait ses doigts, les verrous sautèrent. Le battant s'ouvrit avec une telle force que les gonds gémirent en signe de protestation, et que le choc du bois contre la pierre des murs fit trembler la cheminée.

Laissant une traînée boueuse dans son sillage, Jean-Marc entra dans le vestibule de la demeure de ses ancêtres. Le vent fit tourbillonner les flocons derrière lui.

Le jeune homme ne prit pas la peine de refermer la porte. De la neige fondue dégoulinant de ses vêtements trempés, il monta l'escalier au pas de charge, invitant ses parents à se montrer d'une voix tonitruante. Otant son manteau de laine et son écharpe, il les posa sur la rampe et s'engagea dans le couloir du premier étage.

Il découvrit son père assis dans son bureau, parmi sa collection de grimoires, de talismans et de gris-gris.

Bien qu'ayant vécu plus de deux siècles, Henri Régnier ne paraissait pas soixante ans. Quand son fils entra dans la pièce, il lui fit un sourire douloureux et hocha la tête.

— Merci d'être venu, dit-il en français.

Mais Jean-Marc lui répondit en anglais.

— Comment oses-tu ? cria-t-il, sentant la présence de sa mère avant même qu'elle n'entre dans le bureau.

Antoinette Régnier demeura immobile et silencieuse sur le seuil, ajoutant à la colère de son fils.

— J'ai une vie, maintenant ! Quelque charge que tu veuilles transmettre à ta progéniture, il faudra te trouver un autre candidat, parce que je n'en veux pas. Je ne veux pas vivre pour l'éternité.

« Je suis professeur, papa. C'est un noble métier. Protéger le monde contre les horreurs d'une autre époque est une tâche pour quelqu'un d'une autre époque. Le chaos ne va pas ravager la planète si je refuse de te succéder. »

Henri eut un gloussement attristé, mais qui suffit à lui valoir une quinte de toux. Il porta un poing à sa bouche.

Quand il leva de nouveau les yeux vers Jean-Marc, le jeune homme frémit et cligna des yeux. La pénombre lui jouait peut-être un tour, mais il lui semblait que son père avait l'air plus vieux.

— Je crains que tu ne te trompes au sujet du chaos, dit Henri. Si tu te dérobes à ton devoir, il régnera en maître sur cette Terre. Malheureusement pour toi, Jean-Marc, mais heureusement pour le monde, tu n'as pas le choix.

Avec un grognement de frustration, le jeune homme leva les bras au ciel et se détourna pour partir. Mais Antoinette lui barrait le chemin. Quelle que soit son humeur, jamais il n'élèverait la voix ou la main contre sa mère. Jamais.

— Evidemment que j'ai le choix, grogna-t-il, les

dents serrées. Je peux m'en aller, papa. En fait, au cas où ça t'aurait échappé, je suis déjà parti.

Furieux, il se tourna vers Henri. Mais ce qu'il vit le stupéfia. En quelques secondes, son père venait de prendre vingt ans. Il ressemblait à un vieillard presque centenaire.

Du sang coulait de son nez et venait maculer ses lèvres parcheminées. Ses yeux vitreux avaient viré au jaune ; ses mains percluses d'arthrite étaient crochues comme des serres. Mais le pire, c'étaient les larmes qui roulaient sur ses joues.

En vingt et un ans — une peccadille, comparé à l'existence magiquement prolongée d'Henri —, Jean-Marc avait été témoin de bien des horreurs. Mais jamais il n'avait vu son père pleurer.

Cela l'obligea à reconsidérer sa position.

— Jean-Marc, chuchota Antoinette derrière lui. Je serai avec toi. Je t'aiderai comme j'ai aidé ton père.

Un instant, le jeune homme songea à accepter. Puis il secoua la tête.

— Je refuse ! s'écria-t-il. Je ne renoncerai pas à ma vie pour ça. Je ne peux pas.

Les larmes inondaient le visage d'Henri, qui semblait sur le point de tomber en poussière.

— Je suis désolé, Jean-Marc, souffla-t-il. Quand mon tour est venu, je n'ai pas eu le choix non plus. Mon père m'avait informé de mon destin quand j'étais un petit garçon, aussi ai-je eu davantage de temps pour m'y préparer. Mais je nourrissais tant de rêves pour toi... Je suppose que je ne m'attendais pas à ce que mon heure vienne si vite.

« C'est à cause de cette maison. Mon père, Richard, a jeté un sort dessus peu après sa construction... »

— Qu'essaies-tu de me dire ?

Mais Henri ne pouvait plus parler. Ses yeux voilés s'étaient enfoncés dans leurs orbites. Il n'avait plus la force de répondre.

— Ton grand-père connaissait le rôle crucial que jouerait cette maison, expliqua Antoinette, prenant le relais de son mari. Un rôle indispensable à la survie de tout ce qui nous est cher en ce monde.

« A sa mort, il a transmis son savoir et son pouvoir à Henri. Et quand ton père disparaîtra, ils te seront transférés. Personne d'autre que toi n'aura les connaissances ou la puissance nécessaires pour devenir le Gardien du Portail. Ne comprends-tu pas ? Tu n'as pas le choix. »

Horrifié, Jean-Marc dévisagea son père. Ou du moins, ce qui avait été son père. Seuls une faible lueur dans ses yeux noirs et le souffle laborieux qui montait de sa gorge indiquaient qu'il était encore vivant.

— Non, dit le jeune homme, le cœur serré. (Puis, plus fort :) Non ! Donnez-le à quelqu'un d'autre !

Il s'élança vers la porte, traversa le couloir à toutes jambes et dévala l'escalier qui le ramènerait dans le vestibule.

Mais à mi-chemin, il eut l'impression d'entendre le dernier souffle de son père, de sentir son dernier sursaut. Un sanglot lui contracta la poitrine...

Puis, telle la foudre, la magie le frappa, traversa son corps et s'infiltra jusqu'à l'ultime fibre de son être. La connaissance et le pouvoir se répandirent dans son esprit.

Jean-Marc hurla et porta ses deux mains à son estomac. Ses entrailles se révoltaient contre cette invasion. Plié en deux, il tomba, dégringola le reste des marches et s'immobilisa au pied de l'escalier, à demi conscient.

Il savait.

Henri Régnier, le deuxième Gardien du Portail,

venait de mourir. Jean-Marc comprit pour la première fois quelles horreurs il avait affrontées, à quel chaos il avait interdit de dévaster le monde.

Tandis que sa mère descendait lentement l'escalier pour le rejoindre, Jean-Marc Régnier, le troisième Gardien du Portail, enfouit son visage dans ses mains et pleura des larmes de reddition.

En l'an 1999, le troisième Gardien du Portail, Jean-Marc Régnier, baignait dans l'eau tiède du Chaudron de Bran le Béni. L'antique récipient de fer avait des vertus régénératrices qui l'aidaient à se maintenir en vie.

Dès qu'il fut sorti de son bain de jouvence, il se sentit de nouveau robuste comme s'il n'avait qu'un demi-siècle d'existence derrière lui. Une seconde source lui permettait de prolonger magiquement sa vie : la légendaire Lance de Longinus, qu'il était désormais obligé d'emporter partout avec lui.

Mais malgré le Chaudron et la Lance, tandis que les jours défilaient, le fardeau de maintenir la Maison du Portail sous contrôle en veillant sur tous ses « pensionnaires » sapait les forces et la magie de Jean-Marc. A présent, il était obligé de s'immerger dans le Chaudron deux fois par jour. Bientôt, il devrait augmenter le rythme. Il se demanda combien de temps s'écoulerait encore avant que ses bains de jouvence ne cessent de le régénérer.

Ça ne devrait plus être très long, songea le Gardien du Portail alors que le soleil commençait à réchauffer sa demeure.

Le matin… Il le chérissait chaque jour davantage, car il savait que ce serait peut-être son dernier.

L'aube s'était levée sur Boston quelques minutes plus tôt.

Rien n'était venu troubler la paix relative qui régnait dans la Maison du Portail depuis que les Fils de l'Entropie avaient été vaincus par les forces combinées du Gardien et de la Tueuse.

Ce jour-là, une silhouette vêtue d'un long manteau se tenait devant un immeuble de pierre brune sur Beacon Hill, déployant des efforts considérables pour avoir l'air, comme les autres lève-tôt qui traînaient dans le coin, de ne pas s'apercevoir de l'existence de la Maison du Portail.

Une magie très ancienne la dissimulait à la vue du commun des mortels. La plupart des gens qui passaient par là ne la voyaient pas.

Mais ce n'était pas le cas de frère Antonio.

Il était arrivé de New York par avion la nuit même, trop tard pour pouvoir prêter main-forte à ses compagnons : les autres acolytes des Fils de l'Entropie vaincus au cours de la grande bataille. Pourtant, il savait qu'il aurait d'autres occasions de servir les intérêts d'Il Maestro.

Se détournant de la Maison pour ne pas céder à la tentation de laisser son regard s'y attarder, frère Antonio sortit un minuscule téléphone portable de la poche de son manteau. Il l'ouvrit et composa un numéro familier qui le mit en relation avec une villa des environs de Florence, en Italie.

Firenze. La cité de sa naissance.

Quelqu'un décrocha.

— Antonio, dit une voix masculine avant même qu'il se soit annoncé.

Il Maestro savait toujours qui l'appelait.

— Seigneur, le salua Antonio. J'ai eu du mal à lancer

le sort sans attirer l'attention du Gardien du Portail, mais j'y suis finalement parvenu. Il ne reste plus que Régnier dans la maison. Et toutes les créatures qui n'appartiennent pas à notre réalité. Il n'a pas été trop difficile de les écarter.

Silence. Antonio se sentit mal à l'aise, comme chaque fois qu'Il Maestro tardait à lui répondre.

— Cela signifie que la Tueuse est partie ? demanda enfin son interlocuteur.

— Certainement, même si je ne l'ai pas vue s'en aller. Sans doute a-t-elle recouru à quelque sorcellerie. Mais rassurez-vous, elle n'est plus là.

Il Maestro éclata d'un rire sec qui fit frissonner Antonio. C'était vraiment un bruit horrible.

— Tu peux aller te reposer. Mais retourne à la Maison du Portail dès le crépuscule. Elle est quasiment sans défense, maintenant. Je t'enverrai d'autres acolytes.

« Tu dois t'emparer de la Maison du Portail, Antonio. Sinon, c'est ton sang qui remplira la coupe de mon sacrifice. »

— Je n'ai pas trouvé ça marrant du tout, déclara Buffy en se rasseyant en face d'Oz dans le minuscule pub anglais qui se dressait non loin du bed and breakfast où ils avaient réussi à se loger.

— Ta mère va bien ? s'enquit le jeune homme tandis qu'un serveur coiffé d'un bob et affublé d'une ridicule barbichette posait sur la table des assiettes de nourriture fumante.

— Je ne sais pas. Elle paraissait sur la défensive, mais elle n'a pas voulu dire pourquoi. Elle n'a pas arrêté de me répéter que tout se passait parfaitement bien.

Pourtant, ça n'en avait pas l'air. Au ton de sa voix, j'aurais juré qu'elle venait d'avoir la frousse de sa vie.

Buffy baissa les yeux vers son déjeuner : un volcan de purée entouré de petits pois et surmonté par des morceaux de viande dégoulinant de jus brun.

— Je croyais qu'on avait commandé la « tourte du berger », s'étonna-t-elle. Où est la pâte ?

— Ça s'appelle comme ça, confirma Oz. (Un temps de réflexion, et il ajouta sagement :) Mieux vaut ne pas chercher à comprendre les Anglais.

Le village ne se dressait pas très loin au sud des Collines de Costwold, à l'est de Londres. L'économie locale semblait reposer sur l'agriculture, mais il y avait quelques ravissantes petites boutiques destinées aux touristes.

Buffy et Oz les avaient toutes visitées pendant qu'Angel dormait. La jeune fille s'était même acheté un épais pull en laine : ils ne savaient pas combien de temps ils allaient rester, et de toute façon, il était en promotion.

Bien qu'elle ait téléphoné à Giles dès leur arrivée, avant de se mettre au lit, Buffy avait dû s'y reprendre à plusieurs fois pour joindre sa mère. Huit heures de décalage ne lui avaient pas facilité la tâche, et tous ses efforts n'avaient abouti qu'à une brève conversation extrêmement frustrante.

Le propriétaire du bed and breakfast, un homme obèse qui avait le nez crochu et juste assez de cheveux sur les côtés de son crâne luisant pour éviter le qualificatif de chauve, n'avait pas été très heureux de les voir débarquer juste avant l'aube.

Quand les trois compagnons avaient montré leurs sacs à dos et expliqué qu'ils étaient des randonneurs égarés, il s'était radouci. La fatigue qui se lisait sur leur visage avait dû jouer en leur faveur…

Buffy n'oublierait jamais le spectacle absurde d'Angel brandissant la carte American Express de Giles. Surréaliste au plus haut point, certes… Mais ça avait produit l'effet désiré : à savoir, la location d'une chambre pourvue de deux lits doubles, un pour les garçons et l'autre pour Buffy.

L'aubergiste n'avait pas protesté contre cet arrangement peu convenable, mais il avait jeté à la jeune fille un regard libidineux qui n'avait pas échappé à son œil exercé…

Pas plus qu'à celui d'Angel.

Le vampire avait serré les poings jusqu'à ce que ses ongles s'enfoncent dans ses paumes, mais il ne pouvait pas se permettre de risquer que ses amis et lui se fassent jeter dehors.

De toute façon, ça n'était pas grave. Une seule chose comptait : une fois les lits déplacés et les édredons de plumes disposés sur le sol, Angel avait pu s'abriter du soleil sans trop de mal.

Pour plus de sûreté, Oz avait bricolé une pancarte « Ne pas déranger » et l'avait suspendue à la poignée de porte, avant de demander au propriétaire de ne pas réveiller leur ami, qui avait beaucoup de sommeil en retard.

— C'était vraiment très bon, dit Oz tandis qu'ils sortaient du pub. D'habitude, je préfère séparer la viande, les légumes et les féculents. Ce n'est pas que je donne dans la ségrégation, mais il est plus facile d'apprécier le goût de chaque aliment comme ça. La tourte du berger, c'était différent. Un glorieux mélange.

Buffy lui jeta un coup d'œil étonné pendant qu'ils descendaient la grand-rue du village, s'attirant les regards curieux mais plutôt amicaux des habitants du coin. Puis elle grimaça et lui flanqua une bourrade.

— Hé ! lança le jeune homme. Au cas où tu n'aurais pas reçu le dépliant, je ne suis pas le remplaçant d'Alex pendant ce voyage.

Buffy sourit.

— D'accord, mais… « Glorieux mélange » ?

— Glorieux mélange, répéta Oz, vexé.

— Les Dingoes Ate My Baby ne les auraient pas affrontés lors de la dernière Guerre des Groupes ? insinua la jeune fille.

Son ami eut l'air légèrement chagriné, mais il s'attendait à ce qu'elle comprenne la référence.

— C'est vrai, admit-il en haussant les épaules. Et nous les avons pulvérisés. C'était grandiose. Et j'insiste : la tourte du berger est un glorieux mélange. Ce n'est pas ma faute si la nourriture imite parfois l'art.

Buffy leva les yeux au ciel et éclata de rire.

Ils reprirent le chemin du bed and breakfast. A présent que le soleil se couchait, elle voulait rejoindre Angel au plus vite.

— Tu crois qu'il va bien ? demanda-t-elle, soudain anxieuse.

— Du moment que personne ne lui a volé ses couvertures, il doit dormir comme un bébé, affirma Oz. Un bébé vampire…

— Ne t'engage surtout pas sur cette voie, menaça Buffy.

— Quelle voie ?

— Bon garçon !

La jeune fille sourit. Elle comprenait de mieux en mieux pourquoi Willow adorait Oz. Il savait écouter, et il laissait les autres être eux-mêmes sans les juger. Ça ne voulait pas dire qu'il ne les *jaugeait* pas. Mais c'était plus par curiosité qu'autre chose.

Bien entendu, ce n'était pas du tout le genre de Buffy. Elle était déjà tombée amoureuse d'une créature de la nuit, et ça ne lui avait rapporté que des ennuis.

Ou presque, songea-t-elle avec nostalgie.

— Buffy, puisqu'on en est à parler de gens qui vont bien, je dois te dire quelque chose.

La jeune fille le dévisagea.

— Oui ?

— La pleine lune est dans douze jours.

— Oh. D'accord…

Ils avaient onze nuits devant eux avant qu'Oz ne se métamorphose en loup-garou.

— J'ai pensé qu'il valait mieux te mettre au courant.

— Je comprends, soupira Buffy.

La mauvaise période d'Oz n'aurait pas pu tomber plus mal… Sauf si elle était venue plus tôt, bien sûr.

Quand ils arrivèrent au bed and breakfast, ils prirent leur clé à la réception et montèrent l'escalier. Au fond du couloir, une baie vitrée laissait filtrer les derniers rayons du soleil couchant.

Buffy introduisit la clé dans la serrure et ouvrit la porte de leur chambre. Elle le fit prudemment, afin de ne pas réveiller Angel au cas où il dormirait encore.

— Vous en avez mis du temps à revenir !

Levant les yeux, la jeune fille vit que le vampire était en train de se frictionner avec une serviette pour se sécher les cheveux, qu'il avait dû laver dans l'évier.

Il portait son jean noir mais pas de chemise, et Buffy retint son souffle. Il avait l'air si naturel, si vivant…

Elle se souvenait très bien de cette partie de lui qui lui faisait oublier son aspect vampirique. Pourtant, le démon ne se tapissait jamais bien loin sous la surface, comme le prouvait le tatouage, dans son dos : la marque d'Angélus.

Buffy frémit, submergée par une vague de mélancolie qu'elle chassa aussitôt.

— C'est la faute à la tourte du berger, répondit Oz, nonchalant.

— E.T. téléphone maison, ajouta Buffy. Au vaisseau-mère.

— Vous avez pu louer une voiture ? demanda Angel en se détournant pour saisir son col roulé.

Alors, Buffy sentit une présence derrière elle. Un souffle tiède, et l'énergie cinétique d'une autre personne...

— Vous voilà enfin..., dit une voix masculine.

Le nouveau venu n'eut pas le temps d'achever sa phrase. Buffy pivota pour le saisir par la gorge et le clouer contre le mur.

— A-attendez, s'étrangla le type. Je suis... envoyé par le Conseil. C'est vous... qui avez appelé !

Buffy le dévisagea puis recula légèrement.

Derrière elle, Angel enfila son pull et jeta un regard intrigué à l'homme.

— Tu as appelé le Conseil ? s'étonna-t-il.

— Vous devez être le vampire...

Grand et maigre, le type ressemblait à un épouvantail. Il tremblait de tous ses membres. Pourtant, il avança bravement et tendit la main à Angel.

— Ian Williams, monsieur. A votre service.

Il se tourna vers Buffy, qu'il examina respectueusement.

— Et je dois dire, mademoiselle, que vous assister est le plus grand honneur qui m'ait échu au cours de ma brève carrière.

Angel s'approcha du type.

— Une minute, dit-il sèchement. Nous avons déjà eu affaire à plusieurs personnes qui se prétendaient envoyées par le Conseil…

Ian Williams sourit. Il avait des cheveux bruns et un nez aquilin.

— Voilà pourquoi je suis autorisé à vous fournir les noms de plusieurs personnes que vous pourrez utiliser pour entrer en contact avec le Conseil ou certains de ses membres. Je vous ai également amené une voiture et l'équipement requis, ainsi qu'un assortiment de cartes…

Il se tut et fixa Angel.

— Vous connaissez déjà l'Angleterre, je présume ?

— Voilà longtemps que je n'y suis pas venu, répondit simplement le vampire, sans se laisser démonter par une insinuation plutôt malveillante.

— A propos de la voiture que nous aurions réclamée…, commença Buffy.

C'est vrai qu'ils avaient songé à en louer une. Oz avait une fausse carte d'identité qui lui donnait l'âge légal pour signer les papiers. Mais ils n'étaient pas encore passés à cette étape de leur plan.

— Quand je parlais de l'équipement requis, je voulais dire « requis par M. Giles », expliqua Ian Williams. Nous avons reçu un appel de sa part, pour réclamer l'assistance du Conseil. Il nous a dit que vous veniez en Angleterre, mais nous avons pensé que ce serait plutôt à Londres.

— C'était le plan initial, concéda Buffy. Mais nous avons dû faire un léger détour.

Bien qu'ils se soient concentrés sur la capitale anglaise, les âmes perdues qui leur avaient barré le chemin au dernier moment les avaient perturbés. Il se pouvait également que les routes fantômes ne passent pas plus près de Londres, ou — plus plausible — qu'ils aient été attirés par la brèche la plus récente.

— Oui, et M. Giles a téléphoné ce matin pour nous dire où vous trouver. Je suis venu aussitôt. Désolé de n'avoir pu vous prévenir de mon arrivée, mais j'ai appelé, et personne ne m'a répondu.

Angel haussa les épaules.

— Je dormais trop profondément, s'excusa-t-il. Je n'ai pas dû entendre la sonnerie.

— Vous savez que nous pouvons vérifier tout ça d'un simple coup de fil ? lança Buffy.

— Absolument. Et je ne me sentirais pas insulté le moins du monde, lui assura Ian Williams.

Il se dirigea vers la table de nuit, saisit le téléphone et le lui tendit.

— Merci, dit Buffy en le prenant. Ne vous sentez pas insulté, mais je me moque que vous vous sentiez insulté.

Elle baissa les yeux vers l'appareil. Un peu plus tôt, c'était l'aubergiste qui avait composé le numéro pour elle. Elle regrettait de ne pas avoir insisté pour qu'il lui montre comment faire, et quel indicatif employer.

— Il faut que j'appuie sur le 1 ? demanda-t-elle, embarrassée.

— Si vous voulez bien me permettre…, offrit Williams.

A une vitesse ahurissante, il appuya sur une série de boutons, puis s'immobilisa l'index en l'air.

— J'attends votre numéro.

— Je vais le faire, dit Buffy, méfiante.

Elle reprit l'appareil et composa celui de l'appartement de Giles. Il y eut un long silence, puis la première sonnerie retentit. Et le répondeur de son Observateur se déclencha aussitôt.

Avec une moue dépitée, Buffy rendit le téléphone à Williams.

— Recommencez. Je vais essayer un autre numéro. La bibliothèque, expliqua-t-elle en jetant un coup d'œil à ses amis.

Giles décrocha dès la première sonnerie.

— C'est moi, se présenta la jeune fille. Avez-vous… ?

— Ah, Buffy, parfait, dit son Observateur. Williams vous a-t-il rejoints ?

— Oui, mais…

— Tant mieux. As-tu des nouvelles de… ? Oh.

Le ton du bibliothécaire changea, et il sembla s'adresser à quelqu'un qui se trouvait près de lui.

— Bien sûr. C'est charmant… Buffy, il semble que j'aie le plaisir de diriger une visite guidée de la bibliothèque pour des étudiants anglais.

— Dans ce cas, vous feriez mieux d'y aller.

— Appelle-moi quand vous arriverez à Londres, d'accord ? demanda Giles, visiblement frustré.

— Entendu. Bonne chance pour la visite guidée.

Buffy reposa le combiné et se tourna vers les autres.

— C'est bon, annonça-t-elle. On peut y aller.

Oz avait déjà saisi son sac à dos, et Angel fourrait ses affaires dans son sac de marin.

— Si je comprends bien, une voiture nous attend, mais nous ignorons où aller avec, dit Buffy à voix basse, pour ne pas que Williams l'entende.

L'envoyé du Conseil sourit. Il glissa deux longs doigts maigres dans sa poche de poitrine et en tira un morceau de papier couvert de pattes de mouche.

— Je pense pouvoir y remédier, déclara-t-il. J'ai ici l'adresse d'un immeuble à Londres qui, d'après nous, sert de refuge aux Fils de l'Entropie. Ce n'est pas leur quartier général, mais ce sera toujours un point de départ.

Buffy regretta qu'il ne le lui ait pas dit plus tôt : ça aurait fait plaisir à Giles.

Oz arracha le papier à Williams et le tendit à Angel.

— C'est toi le natif du coin. Tu pilotes, dit-il sur un ton péremptoire.

Quelques instants plus tard, ils descendirent l'escalier en charriant leurs sacs. Williams les suivit dans la rue pour leur montrer où était le véhicule.

Après une tournée de poignées de main et de remerciements, les trois compagnons s'entassèrent dans la voiture. Angel prit le volant, et ils s'éloignèrent tandis que Williams les suivait du regard.

A Londres, songea Buffy. *Avec un peu de chance, nous allons enfin découvrir des réponses à nos questions.*

CHAPITRE II

Il était un peu plus de vingt-trois heures. Assise sur le siège du passager à côté d'Angel, Buffy frémit quand le vampire doubla encore une voiture puis se rabattit, faisant crisser les pneus parce qu'un autre véhicule arrivait en face.

— C'était moins une, commenta la Tueuse, les dents serrées.

— Ne joue pas les rabat-joie, tu veux ? lança Angel.

Ils ressemblaient à un vieux couple toujours en train de se chamailler. Mais jamais ils ne pourraient être de vieux époux.

Même si le vampire n'avait pas l'intention de passer son éternité à se disputer, ça lui faisait mal...

— Tout le monde conduit du mauvais côté de la route, dit Buffy. Pourquoi ne peuvent-ils pas faire comme nous ?

— Par pur esprit de contradiction.

Avec un sourire, Angel écrasa l'accélérateur. Il avait bien le droit de se montrer pervers de temps en temps : après tout, un démon vivait en lui.

— Tu es vraiment un chauffard, lâcha Buffy, les bras croisés sur la poitrine et les yeux plissés.

— Tu veux que je laisse le volant à Oz ? demanda Angel en faisant mine de s'arrêter sur le bas-côté.

— Non ! (Par-dessus son épaule, la jeune fille jeta un coup d'œil à leur compagnon.) Non que je n'aie pas confiance, mais en cas d'accident, Angel a plus de chance de s'en sortir que toi.

Sur la banquette arrière, Oz haussa les épaules.

— Comme tu veux.

— Je suis touché par ta sollicitude, railla Angel.

— De toute façon, il n'y a pas d'urgence, alors pourquoi vas-tu si vite ? interrogea Buffy.

— Oz et toi, vous pouvez rester debout vingt-quatre heures en cas de besoin, lui rappela le vampire. Moi pas. Donc, j'essaie d'optimiser le temps dont nous disposons.

— Ça ne nous avancera pas de finir à l'hôpital... ou à la morgue, marmonna la jeune fille.

Sans répondre, Angel accéléra.

— Le moment est peut-être mal choisi, mais il faut absolument que j'aille aux toilettes, annonça Oz.

— Et il faudrait aussi qu'on mange un morceau, ajouta Buffy. Qu'on remette du carburant dans la machine. (Elle dévisagea Angel.) Comment te sens-tu ? Nous n'avons pas croisé beaucoup de fast-foods spécialisés dans le O positif depuis notre départ.

Le vampire haussa les épaules.

— Pendant ce voyage, il serait peut-être bon de faire l'impasse sur ma façon de me nourrir... Je veux dire, de manger. Ne me pose pas de questions, et je ne te fournirai pas de réponse embarrassante, d'accord ?

Buffy lui jeta un regard alarmé ; il leva la main.

— Ne t'en fais pas : je ne compte pas agresser d'humains. Et ça limite sérieusement mes options.

Il préféra ne pas lui dire que le ravissant bed and breakfast des Costwolds avait un problème de rats... un peu moins flagrant depuis son passage.

Quand Whistler l'avait découvert à Manhattan quelques années plus tôt, Angel survivait — tout juste — en se nourrissant de rongeurs.

Et puis, avec un peu de chance, ils passeraient devant une boucherie…

— Oz, dit le vampire, quand faut-il que je tourne à droite ?

— Dans sept ou huit kilomètres, je pense, répondit le jeune homme en tapotant de l'index la carte routière dépliée sur ses genoux. Cool ! Hampstead Heath ! C'est là que vit Sting…

— C'était le quartier préféré de Byron, de Keats et de Shelley, dit Angel en se souvenant des trois poètes au regard un peu fou.

Ils avaient écrit des tas de choses sur les vampires, sans jamais comprendre qu'ils en côtoyaient un.

— Cool, aussi ! lança Oz.

— Regardez, un restaurant ! s'exclama Buffy, ravie de constater qu'il y avait des gens à l'intérieur. Je vais pouvoir appeler ma mère…

L'établissement ressemblait à un bunker. Il manquait du fameux charme anglais, ce côté « Vieille Europe » qui séduisait tant les touristes américains. Mais pas de rats, espéra Angel.

Quittant la nationale, il alla se garer sur le parking couvert de gravillons.

— Allez-y, je vous rejoins, dit-il en tardant à couper le contact.

Buffy ouvrit sa portière.

— D'accord.

Elle sortit, suivie par Oz.

Angel attendit qu'ils se soient un peu éloignés pour se glisser dans la ruelle. Son visage se transforma lorsqu'il entendit de minuscules créatures farfouiller dans les poubelles.

Ecœuré par son propre comportement, il s'avança dans les ténèbres.

La voix de Buffy paraissait si lointaine que Joyce eut envie d'éclater en sanglots. Mais elle garda son calme, déterminée à ne pas perturber sa fille.

— Je vais très bien, insista-t-elle en rougissant, comme si Buffy pouvait deviner qu'elle mentait.

Elle n'allait pas bien du tout : elle était épuisée. Selon Willow et Giles, la brèche qui s'était ouverte dans leur salon la veille pouvait se manifester à tout moment. Savoir que des monstres risquent de débouler chez vous au milieu de la nuit n'aide pas à dormir d'un sommeil paisible.

S'inquiéter constamment pour sa fille non plus.

— Tu n'en as pas l'air, dit Buffy.

— C'est parce que je me fais du souci pour toi.

Joyce jeta un coup d'œil à Giles qui fronça les sourcils, souhaitant visiblement parler à la jeune fille. Il s'était rendu chez les Summers dès la fin des cours, et la mère de Buffy l'avait accueilli avec gratitude. Tout, plutôt que de rester seule en attendant des nouvelles de sa fille.

— Buffy, M. Giles est ici, annonça-t-elle, consciente qu'elle faisait preuve de lâcheté en se défilant devant une probable confrontation avec sa fille. Je crois qu'il veut te parler.

— Merci, dit le bibliothécaire en prenant le combiné sans oser croiser le regard de Joyce.

Alors, celle-ci comprit qu'il allait tout raconter à Buffy. Ses narines frémirent, et elle secoua vigoureusement la tête.

— Oui, bonjour, marmonna Giles en remontant ses lunettes sur son nez. Vous allez bien, tous les trois ? Williams vous a-t-il donné… ? Parfait. Tiens-moi au courant de vos découvertes. Et maintenant, écoute bien…

Il leva les yeux vers Joyce comme pour lui demander pardon.

— Il y a une brèche dans votre maison. Nous l'avons refermée, mais elle peut se rouvrir n'importe quand, et ta mère insiste pour ne pas bouger d'ici.

Un silence. Giles écouta la réponse de Buffy en hochant la tête.

— Je suis tout à fait d'accord. (Il dévisagea Joyce.) Chez des amis, pour le moment.

Puis ses lèvres s'arrondirent sur un O de surprise. Curieuse, Joyce se pencha vers lui.

— C'est une idée, oui. Je suppose que tu as raison, dit Giles, ses joues prenant une splendide teinte écarlate.

Il rendit le téléphone à Joyce.

— Elle veut vous parler.
— Buffy ?
— Maman, tu fais tes bagages tout de suite. Tu emménages chez Giles !

Buffy rejoignit Angel et Oz dans la salle du restaurant.

— Ce soir, nous avons droit au « déjeuner du cantonnier », annonça Oz en souriant. Ça n'a rien à voir avec des pelles et du goudron… et avec un déjeuner. Mais à une heure pareille, ils ne peuvent rien nous servir d'autre parce que la cuisine est fermée.

— Décidément, c'est un pays très étrange, marmonna Buffy.

— Tout va bien ? demanda Angel.

La jeune fille lâcha un long soupir.

— Oui... A ce détail près qu'une brèche s'est ouverte chez nous. Willow l'a refermée, mais Giles ignore pour combien de temps. Alors j'ai ordonné à ma mère d'aller vivre avec lui. Et je ne veux pas de commentaires.

— Je n'ai encore rien dit, mais... Giles ? Et ta mère ?

— Non, pas Giles *et* ma mère. Grand Dieu ! Tu as bien dormi dans ma chambre, et il ne s'est rien passé !

Buffy détourna la tête. Déjà, elle regrettait ses paroles. Il avait dormi par terre, à côté de son lit, avant qu'elle n'apprenne qu'il était un vampire. Alors qu'il était redevenu Angélus, il s'était introduit dans sa chambre pendant la nuit pour laisser des dessins d'elle sur son oreiller : une façon de lui faire savoir qu'il aurait pu lui briser le cou s'il avait voulu, et que ça n'était qu'une question de temps.

— On devrait repartir. Je n'ai pas faim, finalement, lâcha Buffy, les yeux baissés.

Elle se dirigea vers la sortie.

Angel la rattrapa sur le parking et lui saisit le coude.

— Une minute ! lança-t-il.

— Je suis désolée. J'espère ne pas t'avoir fait de peine tout à l'heure. C'était stupide de dire un truc pareil.

— Pas du tout.

Angel laissa glisser ses doigts le long de l'avant-bras de la jeune fille et lui prit la main.

— Buffy, je sais que ça n'a pas marché comme nous l'espérions. Mais j'aime que nous comptions encore l'un pour l'autre. En tant qu'amis, à défaut d'autre chose.

Elle baissa la tête.

— En tant qu'amis, répéta-t-elle. Et rien d'autre. C'est tout ce que nous pouvons être.

Levant le menton, elle planta son regard dans celui d'Angel.

— Et même si c'est la fin du monde, même si nous mourons... D'ailleurs, je serai sans doute la première, si on se fie aux statistiques de l'espérance de vie respective des vampires et des Tueuses.

Découragée, elle haussa les épaules. La gourmette qu'elle portait sous son pull se détacha de son poignet et tomba sur l'asphalte avec un tintement métallique.

Angel se baissa pour la ramasser et la lui tendit.

— Garde-la, dit Buffy. C'est pour toi que je l'avais achetée, de toute façon.

Elle s'éloigna, ne voulant pas être là quand il lirait l'inscription : *A Angel pour toujours, Buffy.*

Ils remontèrent dans la voiture. Oz les rejoignit peu de temps après, portant un sac de papier brun.

— Tu as pensé à me ramener quelque chose, constata Buffy, touchée.

— Une Tueuse affamée est une Tueuse irritée, déclara le jeune homme.

— Et inefficace, ajouta Angel.

— D'accord, dit Buffy en s'emparant du sac. Nourrissez-moi, Seymour.

Se fiant à leur carte routière, ils se dirigèrent vers un endroit nommé Hain Mews, qui n'était pas à l'intérieur de Londres proprement dit.

Ils traversèrent des ruelles étroites bordées de maisons de briques rouges et blanches ou de bois peint. Oz adorait l'Angleterre. Il se promit d'y revenir un jour avec Willow.

— 217 Redcliff. Ça devrait être ici, annonça Buffy, perplexe.

— Quelqu'un a peut-être jeté un sort d'invisibilité, suggéra Angel.

— Ou un sort d'aveuglement sur nous, railla Oz. (Il se reprit.) Désolé. Ça doit être la fatigue.

— On devrait trouver un endroit pour dormir, déclara Buffy.

Mais ils découvrirent ce qu'ils cherchaient.

Derrière un immense portail de fer forgé, la silhouette torturée d'une maison gothique se découpait contre le ciel nocturne encombré de nuages. Les tourelles et les cheminées qui hérissaient son toit rappelèrent à Oz la demeure de la Famille Addams. Aucune lumière ne brillait derrière les fenêtres.

Du coup, Angel éteignit ses phares.

— Je m'occupe du portail, dit Buffy en sortant de la voiture.

Elle se dirigea vers les deux montants de fer forgé fermés par une chaîne métallique munie d'un gros cadenas. D'une torsion du poignet, elle fit sauter celui-ci et ouvrit le portail.

Angel attendit son signal pour sortir de la voiture. Oz le suivit deux pas en arrière.

Cinq secondes plus tard, ils furent dans l'enceinte du 217 Redcliff et se dissimulèrent dans un bosquet pour observer la maison. Tout semblait calme à l'intérieur.

— On y va, chuchota Buffy. Tâchez de rester dans l'ombre.

Ils sortirent de leur cachette.

Angel et Buffy agitèrent les mains en silence, communiquant à l'aide du langage gestuel qu'ils avaient mis au point pendant leurs nombreuses patrouilles. Oz fut frappé par la synchronisation dont ils faisaient preuve.

Il commençait à être très fatigué, et il avait du mal à suivre leur conversation muette. Apparemment, Buffy voulait qu'ils se déploient.

Soudain, le jeune homme eut l'impression qu'on les observait. Il se racla la gorge, mais ses compagnons ne lui prêtaient aucune attention. Il eut beau jeter un coup d'œil discret par-dessus son épaule, il ne vit rien.

— Hé, les copains, appela-t-il tout bas.

Buffy et Angel s'étaient éloignés et ne l'entendaient déjà plus.

Deux ans plus tôt, Oz aurait ignoré son pressentiment, l'attribuant à la paranoïa. Mais depuis qu'il avait rencontré Willow — et, par son intermédiaire, toute la bande à Buffy, ainsi qu'un bon nombre des monstres qu'elle avait combattus —, il avait appris à faire confiance à son instinct.

Il s'arrêta et se retourna lentement.

Quelque chose fondait sur lui à une vitesse stupéfiante. Une créature qu'il prit d'abord pour un énorme oiseau aux ailes caoutchouteuses. Mais tandis qu'elle se laissait tomber sur le sol, il vit que sa tête était humaine, et ses yeux pareils à des charbons ardents.

Angel bondit sur Oz et le plaqua au sol.

— Je… ne peux pas respirer, grogna Oz, le souffle coupé par l'impact.

— Qu'est-ce que c'est ? demanda Buffy en s'accroupissant près d'eux.

— Le Skree, répondit Angel, et Oz comprit qu'il avait déjà eu affaire à lui. On nous a tendu un piège.

— Tant pis pour cette bestiole. Elle va voir de quel bois je me chauffe, grogna Buffy.

Le vampire et elle se relevèrent d'un bond.

Oz ne se fit pas prier pour les imiter. Il n'était pas aussi doué qu'eux pour le combat à mains nues, mais ça ne l'avait pas empêché de dérouiller sa part de monstres.

Le Skree émit un glapissement perçant qui fit vibrer les tympans du jeune homme. Il ne ressemblait à aucune des créatures démoniaques qu'Oz avait déjà affrontées.

Bienvenue en Angleterre...

— Allez, l'oiseau, je t'attends, grogna-t-il.

— Oz, tire-toi d'ici ! cria Buffy.

Au même moment, le Skree percuta son camarade et enfonça ses serres dans son blouson en jean. Avant qu'il comprenne ce qui lui arrivait, Oz fut soulevé dans les airs.

Baissant la tête, il vit Buffy et Angel qui l'observaient depuis le sol, les poings levés.

— Saute ! cria le vampire. C'est ta seule chance !

Le jardin du 217 Redcliff s'éloignait rapidement sous lui. Sauter dans ces conditions n'avait rien de très attrayant.

Mais mourir le serait encore moins.

Elle était grande, mince, et capable de vider un poisson en moins de dix secondes.

Bref, Andy Hinchberger était amoureux.

Lindsey, sa fiancée, lui avait brisé le cœur avec ses sourires et ses promesses vides de sens. Mais il avait fini par se rendre à l'évidence : elle ne reviendrait pas. Le moment était venu de l'oublier et de passer à autre chose.

Ses cheveux blonds noués en queue-de-cheval, Summer Simpson portait un pantalon de marin, un T-shirt kaki et une paire de tennis usés raidis par le sang séché et par l'eau de mer.

Sans se rendre compte qu'Andy l'observait, elle fumait une cigarette accoudée au bastingage du *Lizzie S.* Le point orange de sa cigarette était pareil à un minuscule phare dans le ciel nocturne, tandis que le bateau de pêche fendait les eaux sombres. Peut-être envoyait-elle un SOS : *Mayday, mayday. J'ai besoin de toi, Andy Hinchberger. Ici et maintenant.*

Le jeune homme songea qu'il aurait dû aller voir son patron pour lui demander s'il y avait du boulot. Une fois de plus, le *Lizzie S.* s'était embarqué dans une équipée pas très légale. Son skipper, Dale Stagnatowski, était à moitié fou depuis la mort de son fils, le petit Timmy.

On n'avait jamais retrouvé le corps du garçonnet. Mais il suffisait d'avoir deux sous de bon sens pour comprendre : quand un enfant de onze ans a disparu depuis plus de dix mois, les chances de le revoir sain et sauf sont inexistantes. Dale s'en rendait compte ; pas sa femme.

Le seul moyen que Lizzie avait trouvé pour faire face, c'était de boire — elle croyait que Dale ne s'en était pas aperçu, mais il le savait, et ça ajoutait à son chagrin — et de travailler bénévolement pour le refuge des fugueurs de Sunnydale. Elle y passait tellement de temps que Dale ne se souciait même plus de rentrer à la maison.

Son moyen à lui de faire face consistait à tenter le diable.

Andy avala une autre gorgée de Canada Dry. Il avait renoncé à l'alcool en rencontrant Lindsey, et découvert qu'il appréciait sa nouvelle lucidité. Posant les avant-bras sur le bastingage, il contempla les eaux sombres de la baie qui, selon la rumeur, abriterait un monstre marin.

Selon les ivrognes du coin, deux semaines plus tôt, le *Lisa C.* avait fait une mauvaise rencontre. C'était pour ça qu'on l'avait retrouvé sur la plage en morceaux juste assez gros pour y tailler des allumettes.

Quant à son propriétaire, Mort Pingree, il n'en restait que des morceaux assez gros pour faire… des beignets de poulet.

L'histoire officielle, c'était que le bateau, échoué sur un banc de sable, avait été disloqué par le ressac. Mort avait été déchiqueté par les rochers, non par les dents d'un ridicule monstre de cinéma. Toute la zone serait hors limites jusqu'à ce que les autorités maritimes aient enquêté.

Mais personne ne patrouillait dans le coin à la recherche d'un banc de sable. Andy n'avait pas aperçu une seule vedette de la police ou des gardes-côtes dans le périmètre interdit. Personne ne faisait usage d'un sonar. Personne ne cherchait rien du tout.

Dale en avait déduit que c'était l'occasion rêvée pour remplir leurs filets pendant que les « tapettes » obéissaient aux lois. Voilà pourquoi ils étaient là en pleine nuit, avec un grand requin blanc ou peut-être même une baleine dans les parages.

Si le *Lizzie S.* se faisait aborder par les autorités, Dale aurait des problèmes, pas ses deux employés.

Sous le regard attentif d'Andy, Summer finit sa cigarette et jeta le mégot dans l'eau. Le jeune homme s'interrogea : n'aurait-il pas l'air un peu trop empressé en demandant ce qu'elle comptait faire une fois qu'ils seraient rentrés au port ?

Il ne comprenait pas pourquoi une femme aussi classe bossait sur un bateau de pêche. Peut-être s'efforçait-elle d'oublier quelqu'un, elle aussi. Et avec un peu de chance, Andy lui rendrait le sourire...

Il se dirigeait vers la proue au moment où le brouillard commença à monter de la mer. Si épais et d'une blancheur si pure, presque phosphorescente, que le jeune homme s'immobilisa.

Malgré son expérience de marin, il lutta pour ne pas perdre l'équilibre quand une houle soudaine fit tanguer le bateau. La brume déferlait sur la baie comme une cascade, depuis la crête d'une vague si haute qu'on aurait cru une lame de fond. Inquiet, Andy se rapprocha de Summer.

Derrière lui, il entendit Dale crier :

— Andy, c'est quoi ce bordel ?

Puis Summer cria et tout parut ralentir.

Un vaisseau englouti émergea des flots avec un craquement sinistre.

Un vaisseau qui aurait dû être mort depuis longtemps. Qui *était* mort depuis longtemps.

De l'eau salée, des algues et de petits poissons argentés ruisselèrent le long de sa coque à moitié dissimulée, pareille à une cage thoracique piquetée de moules et de plancton. Un brigantin d'autrefois, avec ses deux mâts et des dizaines de mètres de voilure. Il ne pouvait ni naviguer, ni flotter.

Pourtant...

Une multitude de squelettes étaient suspendus dans les haussières, un vent glacial faisant cliqueter leurs os. Le vaisseau fantôme se stabilisa à la surface de l'eau et fila vers le *Lizzie S*. Du sang dégoulinait de ses drisses, venant éclabousser le pont.

De chaque goutte naquit un cauchemar.

Des corps en décomposition se formèrent, des lambeaux de chair se détachant de leurs membres et de leur visage... quand ils en avaient encore. Certains portaient une casquette trouée, d'autres des vestiges de chemise rayée ou de pantalon de toile. La plupart avaient la mâchoire inférieure pendant sur la poitrine, et beaucoup ne possédaient plus qu'un œil.

Du brouillard se déversait de leurs orbites vides.

A la proue, la statue d'une femme ravissante leva les bras et poussa un hurlement aigu, puis se transforma en une hideuse sorcière sous le regard horrifié des trois membres d'équipage du *Lizzie S.*

Summer fut la première à réagir. Elle courut le long du bastingage, entra dans la timonerie et claqua la porte derrière elle.

Sentant un filet tiède lui dégouliner le long de la jambe, Andy comprit qu'il avait perdu le contrôle de sa vessie. Dale se tenait immobile et silencieux près de lui, mais le jeune homme aurait juré entendre les battements précipités de son cœur qui cognait à tout rompre dans sa poitrine.

Puis une voix étrange portée par le brouillard siffla :
Navire droit devant.

Dans la mâture du vaisseau fantôme se tenait une silhouette couverte de vase. Elle s'accrochait aux cordages d'une main et, de l'autre, tenait contre son œil une lunette braquée sur Dale et Andy.

A l'abordage, ordonna la voix.
Oui, capitaine.

— Andy, regarde la poupe ! hoqueta Dale.

Le jeune homme tourna la tête vers la plate-forme où un marin d'une pâleur de craie était cloué à la barre par d'énormes pointes qui transperçaient ses mains couvertes de sang séché. Cela mis à part, il semblait intact. Une grimace de douleur déforma ses traits tandis qu'il fixait Andy de ses yeux exorbités.

Derrière lui apparut une silhouette massive, portant la tenue noire des anciens capitaines de vaisseau hollandais. Andy ne distinguait qu'une ombre ; pourtant, il sentit son sang se figer dans ses veines. Qui que fût cette créature, elle le terrifiait. Au fond de lui, il savait qu'elle incarnait le mal, et qu'il devait s'en éloigner le plus vite possible.

Pourtant, il la regarda, paralysé par la terreur.

La proue du navire fantôme éperonna le *Lizzie S.* par tribord. Andy et Dale trébuchèrent, perdirent l'équilibre et glissèrent sur le pont tandis que leur bateau prenait du gîte et menaçait de se coucher sur bâbord. Le jeune homme parvint à saisir une haussière et s'y agrippa pour ne pas tomber à l'eau, tout en guettant avec appréhension un bruit d'éclaboussures.

Le brouillard l'avait enveloppé comme un filet humide. Il ne voyait ni n'entendait rien.

— Dale ? chuchota-t-il. Capitaine ?

Une main se posa sur son épaule. Il s'en saisit avec soulagement et, prenant appui dessus, parvint à se mettre à genoux.

Puis il entendit son skipper hurler.

Loin de lui.

Très loin de lui.

Avec un hoquet de surprise, il pivota…

… Et sentit la main se refermer sur la sienne.

Des mains mortes bousculèrent Summer, la forçant à avancer sur le pont jusqu'à ce qu'elle se tienne à côté d'Andy.

Un peu plus loin, Dale levait un regard plein de défi vers le seigneur et maître du vaisseau fantôme, également connu sous le nom de *Hollandais volant*. Si elle n'avait pas été solidement tenue, la jeune femme se serait effondrée pour ne plus jamais se relever.

C'est ta dernière chance, dit le capitaine.

Pas un muscle de son visage gris ne remua pour indiquer qu'il venait de parler. Il n'avait ni bouche ni yeux.

Il n'était plus qu'une ombre.

Et la terreur à l'état pur.

Joins-toi à nous de ton plein gré, ou meurs.

Dale était blanc comme un linge et de la sueur dégoulinait sur son front. Pourtant, il leva le menton et répondit fièrement :

— Non !

Summer regrettait plus que jamais d'avoir accepté cette mission. Ces deux imbéciles trafiquaient à droite et à gauche, mais elle avait vu tout de suite que ce n'étaient pas des passeurs de drogue. Sans doute l'avait-on affectée là pour la dissuader de dénoncer ses collègues un peu trop portés sur la boisson pendant le service...

Tu as fait ton choix, dit le capitaine. *Tu seras un excellent exemple pour ton équipage. Et après ta mort...*

Il leva les yeux vers les squelettes suspendus aux cordages.

Sous le regard horrifié de Summer, des zombies ligotèrent les chevilles et les poignets de Dale. Ils avaient l'intention de lui donner la grande cale. C'était une façon brutale et particulièrement atroce de mourir.

Allez-y, ordonna le capitaine de sa voix fantomatique.

Dale fut escorté jusqu'à la proue. Les zombies l'obligèrent à grimper sur la livarde, puis donnèrent un coup sec aux deux cordes liées à ses jambes pour lui faire perdre l'équilibre. Le malheureux disparut ; une seconde plus tard, Summer l'entendit tomber dans l'eau.

Accompagnez sa fin, les gars !

Un accordéon entonna une mélodie discordante dont les notes firent crisser les vertèbres et les dents de la jeune femme.

Deux groupes d'une demi-douzaine de zombies se déployèrent de chaque côté du bateau et longèrent le bastingage en traînant les cordes derrière eux.

— Plus vite, plus vite, marmonna Andy.

Summer comprit qu'il espérait que Dale s'en sortirait. Mais il n'existait qu'une seule issue, et elle le savait bien.

Au bout d'une éternité, les zombies atteignirent la poupe.

Remontez-le, ordonna le capitaine.

Summer ne vit pas ce qui se passa ensuite, mais elle pleura quand les marins morts lancèrent des vivats.

Le Skree était une créature horrible. Ses ailes semblaient faites de cuir noir et couvertes de veines en relief. Son haleine était fétide ; une lueur infernale brillait dans son regard.

Mais pour Oz, qu'il emportait en ce moment même dans ses serres, rien de tout cela n'était aussi perturbant que le spectacle de son visage humain sur un corps monstrueux. Une juxtaposition contre nature. Plus que tout ce qu'il avait jamais vu jusque-là.

Les dents pointues du Skree étaient plantées comme au hasard dans sa bouche, formant des angles étranges. Son front proéminent, sa lippe pendante et ses yeux globuleux ne faisaient rien pour arranger son apparence.

Comme aurait dit sa tante Maureen, il y avait de quoi

avoir les foies. Même si Oz, malgré sa condition de loup-garou, n'en possédait qu'un seul.

Ces pensées lui traversèrent l'esprit pendant les quelques secondes qui lui furent nécessaires pour se remettre de l'attaque du Skree. Il avait d'abord été désorienté, et la créature en avait profité pour l'emporter dans les airs.

Le jeune homme se débattit ; plus bas, Buffy et Angel lui criaient de sauter.

La chute allait être très longue. S'il attendait encore un peu, il risquait de ne pas y survivre.

Avant d'avoir le temps de réfléchir — donc, de prendre peur et de risquer de renoncer —, Oz leva un bras. Il empoigna les plumes du Skree à pleine main et tira. Quand la créature poussa un hurlement humain, il sentit la bile lui monter dans la gorge.

A cause de la douleur, le Skree perdit un peu d'altitude et jeta un regard furieux à sa proie, la serrant encore plus fort. Oz lui saisit une aile et s'y agrippa. Le Skree glapit, fit une embardée et plongea vers le sol comme s'il avait perdu le contrôle de son vol.

Le cœur du jeune homme battait à tout rompre dans sa poitrine. Il ne s'aperçut pas qu'il retenait son souffle. Il avait espéré que son ravisseur réagirait ainsi. Maintenant que c'était le cas, il ne savait plus quoi faire.

Le Skree allait peut-être essayer de le tuer en lui faisant percuter le sol. Sous sa forme de loup-garou, Oz était plus résistant qu'un ours. Mais à cette période du mois, une rencontre brutale avec le béton, voire la pelouse du 217 Redcliff, serait sûrement très mauvaise pour sa santé.

— Lâche-moi ! cria le jeune homme en martelant de coups la poitrine et le visage du Skree.

Son poing s'écrasa sur le nez de la créature. Il sentit le cartilage céder, le sang couler ; soudain, les serres le lâchèrent.

Oz ramena ses genoux contre sa poitrine, rentra la tête dans les épaules et roula sur lui-même pour amortir l'impact. Il serait couvert de bleus le lendemain, mais au moins, il vivrait jusque-là...

Dans les airs, le Skree reprit de l'altitude, vira et piqua pour attaquer une seconde fois. Oz avait du mal à comprendre l'absence de renforts : Buffy et Angel auraient dû se précipiter vers lui dès qu'il avait touché le sol.

— Les copains ? appela-t-il en se relevant, et en promenant un regard anxieux autour de lui.

— Oz, derrière toi !

Le jeune homme se retourna, les poings serrés, pour découvrir un acolyte des Fils de l'Entropie qui se précipitait vers lui. Un peu plus loin, Buffy et Angel luttaient déjà contre d'autres types en robe.

— Et moi qui avais peur de m'ennuyer en voyageant avec vous, marmonna Oz.

Angel et Buffy se tenaient dos à dos sur la pelouse. Les ombres nocturnes les enveloppaient, mais les Fils de l'Entropie n'avaient pourtant pas de mal à les repérer... Et réciproquement, car des symboles blancs se détachaient sur le tissu de leurs robes. La jeune fille songea brièvement qu'ils ne devaient avoir que deux tenues : un costume d'homme d'affaires et un de moine.

L'important, c'était qu'ils n'aient pas des os incassables.

— Aucun d'eux ne sait utiliser la magie, grogna Angel.

Buffy flanqua un coup de pied dans la poitrine de

l'acolyte qui se tenait en face d'elle, et eut la satisfaction d'entendre craquer plusieurs côtes.

L'homme s'effondra, le souffle coupé.

Son adversaire suivant était mince, rapide et bougeait avec la grâce d'un adepte des arts martiaux. Pourtant, il cria comme un bébé quand la jeune fille lui cassa le bras gauche.

— Que tous ceux qui pensent que c'était une embuscade lèvent la main, marmonna-t-elle.

— Au moins, ces types ne risquent pas de nous poser trop de problèmes, dit Angel.

Jetant un coup d'œil par-dessus son épaule vers l'endroit où le Skree avait lâché Oz, Buffy vit que leur ami était occupé à botter des arrière-trains de Fils de l'Entropie.

Bon, d'accord : un seul arrière-train. Mais il ne s'en sortait pas mal.

Angel avait raison. Pour une fois, ils allaient bien s'en tirer, songea la jeune fille. Puis elle capta un mouvement dans le ciel, et réalisa qu'elle avait presque oublié le Skree.

— Ils pensaient sans doute que cette bestiole nous éliminerait, cracha-t-elle, vexée, désignant le Skree du menton pendant qu'elle assommait un nouvel acolyte. Angel, je m'occupe de ces types. Tu ne voudrais pas en profiter pour nous débarrasser du ptérodactyle au rabais ?

Sans répondre, le vampire se prépara à affronter le Skree qui piquait vers eux. La créature tendit ses serres. Au lieu d'esquiver l'attaque, Angel la saisit par la tête et, d'un coup sec, lui rompit le cou.

Emporté par son élan, le Skree roula sur la pelouse avant de s'immobiliser non loin d'Oz, qui époussetait son jean après avoir vaincu un des Fils de l'Entropie.

Buffy flanqua un coup de poing à son adversaire du moment et fixa Angel, horrifiée. Elle savait bien que le Skree était un monstre, mais il avait un visage humain, et Angel l'avait tué avec une telle désinvolture…

Comme le démon tapi en lui avait tué Jenny Calendar à l'époque où il avait de nouveau perdu son âme.

Un frisson courut le long de l'échine de la jeune fille. Son regard croisa celui du vampire, qui détourna la tête. Il lui sembla lire de la honte sur ses traits.

Buffy se concentra sur les Fils de l'Entropie. Elle avait à peine adopté une position défensive quand tous les acolytes, conscients ou inconscients, qui gisaient sur le sol hurlèrent à l'unisson.

Cela dura quelques secondes, pendant lesquelles la jeune fille et ses compagnons les observèrent sans comprendre. Puis les Fils de l'Entropie s'enflammèrent spontanément, aussitôt imités par le cadavre du Skree. Leurs yeux se racornirent dans leurs orbites noircies ; leur peau se craquela et se détacha en lambeaux qui furent emportés par le vent.

Une minute plus tard, il ne restait d'eux que de petits tas de cendres sur la pelouse mal entretenue du 217 Redcliff.

Oz rompit enfin le silence.

— Soit j'ai des hallucinations, soit ces types viennent de brûler tout seuls, s'étonna-t-il.

— Au moins, nous n'aurons pas besoin de nous débarrasser des corps, dit Buffy. Propre et net ; il n'y a vraiment rien à redire. J'ai l'impression que la personne qui tire les ficelles de cette organisation ne veut ni laisser de traces, ni risquer de nous fournir une information utile. (Elle marqua une pause.) Au fait, je vous ai dit que je trouvais ça dégoûtant ?

Oz sourit, passa un doigt dans la déchirure de son

blouson, à l'endroit où le Skree l'avait saisi avec ses griffes, et jeta un coup d'œil vers la maison.

— Je suppose qu'il faudrait fouiller cet endroit, lâcha-t-il sans enthousiasme.

— Fouiller ? répéta Angel en levant le nez au ciel. Il nous reste deux heures avant l'aube. Nous allons être obligés de camper ici.

Buffy réfléchit quelques instants.

— Je doute que les propriétaires pointent le bout de leur nez dans un avenir immédiat.

Dès qu'ils se furent installés — Angel eut le plaisir de découvrir un cellier à vin obscur à souhait, où il entassa une pile de couvertures découvertes dans un placard à l'étage —, ils entreprirent de passer la maison au peigne fin.

Hélas, mis à part du linge et des vêtements de rechange, ils ne découvrirent rien : pas de papiers, pas de photos pouvant leur donner une idée de l'endroit où était le quartier général des Fils de l'Entropie.

La personne qui retenait Jacques Régnier prisonnier faisait sans doute partie des huiles de l'organisation secrète... Si elle n'en était pas le chef. Mais il n'y avait pas dans la maison de piste susceptible de conduire à elle...

Au moins jusqu'à ce que Buffy trouve, parmi les affaires d'un des acolytes, une petite bourse de cuir remplie de pierres runiques. Une adresse à Paris était cousue dans la doublure.

Quand Buffy la montra à Oz et Angel, ils firent une moue dubitative.

— Loin de moi l'idée de m'interroger sur les motivations des méchants, commença le jeune homme, mais... Le mot « piège » me vient très fort à l'esprit.

— Quel autre choix avons-nous ? demanda Angel.

Oz haussa les épaules.

— Vu comme ça...

— Nous irons à Paris, conclut Buffy. Mais ne mettons pas la charrue avant les bœufs. D'abord, il faut aller voir le Conseil des Observateurs, pour nous plaindre que son système de sécurité craint encore plus que celui de Macy's, et mettre la main sur le salaud qui nous a tendu ce piège-là.

Angel n'esquissa même pas un sourire.

— Qu'y a-t-il ? s'alarma la jeune fille.

— Réfléchis une minute, dit-il. *Primo*, ils sont sans doute à court d'espions. Sinon, ils en auraient envoyé d'autres à tes trousses, ou à celles de Giles.

« *Secundo*, leur système de sécurité ne peut pas être aussi mauvais. Il doit y avoir une personne à l'origine de cette indiscrétion. Quelqu'un qui a réussi à infiltrer le Conseil d'une façon ou d'une autre. Si nous parvenons à découvrir qui, nous pourrons obtenir des réponses à certaines de nos questions.

— Ce serait bien, mais le temps nous manque... Je te rappelle que nous avons un petit garçon de onze ans à retrouver et à ramener chez son père. Il faut rester concentrés sur notre mission.

Oz tendit un oreiller à Angel, puis se dirigea vers le canapé du salon, sur lequel il avait l'intention de dormir. Avant de s'allonger, il tourna la tête vers ses compagnons.

— Vu que l'autre option entraînerait la fin du monde, je suis obligé de me ranger du côté de Buffy, déclara-t-il calmement.

Il Maestro avait fait creuser une salle spéciale sous le quartier général des Fils de l'Entropie.

Les briques et le mortier qui composaient ses murs chuchotaient des histoires épouvantables : ils provenaient des sites d'exécution d'innocents martyrs, des chambres de torture de l'Inquisition, ou des tristement célèbres donjons des familles Médicis et Borgia.

Couleur ébène, la pièce n'avait aucune fenêtre. Elle était faiblement éclairée par des bougies de suif qui avaient du mal à dissiper l'ombre dans les coins. Il y régnait une atmosphère renfermée et glaciale. A sa façon, ce lieu glorifiait l'humiliation et le désespoir... Mais aussi le triomphe, car Il Maestro ne connaîtrait plus jamais les deux sentiments en question.

On le lui avait promis.

Au centre de la pièce s'étendait un pentacle tracé avec le sang d'une douzaine de vierges lentement torturées jusqu'à la mort. Au-dessus, un portail brillait d'une lueur indigo malsaine, crachant parfois des étincelles.

De temps en temps, des hurlements s'élevaient : ceux des damnés, suivis par les éclats de rire des démons.

Le portail était trois fois plus large que lorsqu'il était apparu, des années auparavant.

Bientôt, il serait assez grand.

Il Maestro tomba à genoux, ferma les yeux et psalmodia. Puis il attendit.

Une odeur de soufre emplit la pièce. Sous ses mollets, les pierres crépitèrent de chaleur. Sa peau se couvrit de cloques, mais il supporta la douleur avec stoïcisme.

Il Maestro sentit une ombre monstrueuse tomber sur lui. Enveloppé par l'obscurité qui était la marque des Fils de l'Entropie, il inclina la tête jusqu'à ce que son front repose sur le sol brûlant et murmura :

— Bienvenue, seigneur.

Où est-elle ? demanda son invité sans préambule.

— Bientôt. Elle sera bientôt en ma possession, promit Il Maestro en ouvrant les yeux.

Comme d'habitude, la présence avait battu en retraite dans l'ombre. Jamais il n'avait vu le maître qu'il servait.

Elle a emprunté les routes fantômes. Tu aurais dû en profiter pour la capturer.

Il Maestro déglutit. Il attendait toujours de savoir si ses fidèles avaient réussi leur coup avec l'aide du Skree.

— Elle est plus forte que je ne m'y attendais, confessa-t-il. (Puis il ajouta précipitamment :) Mais ça signifie que sa mort, quand elle surviendra, nous apportera d'autant plus de pouvoir.

Un silence insoutenable.

C'est vrai, dit enfin le démon.

Il Maestro entendit de l'excitation dans sa voix. Du plaisir. Il s'autorisa un soupir de soulagement.

Notre heure approche. La mort de la Tueuse nous permettra d'ouvrir toutes les portes de l'Enfer. Alors, j'arpenterai de nouveau la Terre.

— Et je serai le seul épargné, lui rappela Il Maestro. Moi, et ma fille bien-aimée.

Le démon plissa les yeux.

Tu la chéris.

— Oui, maître, avoua Il Maestro en baissant la tête.

Cela lui confère un grand pouvoir.

— Non, pas vraiment… Comme elle a grandi à l'extérieur de notre ordre, j'ai délibérément limité son accès à l'énergie que j'ai tant de facilités à dominer et à modeler. Bien sûr, elle a conscience de la puissance des forces du mal, mais elle n'en a jamais fait l'expérience.

C'est une omission que je peux très vite corriger.

Il Maestro s'agita. Il mourait d'envie de se lever, mais ne le ferait pas avant d'en avoir reçu la permission.

— Certes, mais...

Nous ne pouvons ignorer les signes et les augures. Le temps de passer à l'action approche. D'ici une quinzaine, un sacrifice doit abattre les murs de l'Enfer. Si ce n'est pas la Tueuse, ce sera la fille que tu aimes tant.

— Non ! cria Il Maestro.

Si tu ne peux me fournir l'Elue, ton enfant chérie prendra sa place.

Indifférent à la chaleur et à la douleur, Il Maestro leva les bras, implorant.

— Seigneur, pas ma fille ! Tous mes acolytes pensent qu'ils seront rois quand les barrières de l'Autre Monde s'abattront et que les monstres du chaos envahiront cette dimension. Ils ne savent pas que la mort du Gardien du Portail et le sacrifice de la Tueuse feront également s'effondrer les mur de l'Enfer.

« Ils me vénèrent et se donnent à moi sans réserve. Je vous en fais cadeau à mon tour. Tout ce que je vous demande, c'est d'épargner Micaela pour que je puisse vivre avec elle dans le Royaume du Mal. »

Notre marché portait sur ton existence, pas sur la sienne.

— Elle n'était pas encore née quand nous l'avons conclu, chuchota Il Maestro.

C'est bien ce que je disais. En vérité, elle est très puissante.

CHAPITRE III

Debout sur le trottoir, devant sa maison, Willow jeta un coup d'œil impatient à sa montre.

Bien qu'elle sentît deux paires d'yeux rivés sur ses omoplates, elle n'osa pas se retourner. Ils devaient être à la porte ou à la fenêtre, en train de la surveiller. La jeune fille frissonna.

Le coupé sport rouge vif de Cordélia négocia un tournant avec un crissement de pneus, preuve incontestable du manque de talent de sa conductrice (bien qu'elle ne cessât de nier vigoureusement).

Tandis que l'automobile remontait l'avenue à toute allure, de nombreuses fenêtres s'allumèrent sur son passage. Il était plus de neuf heures, et les voisins des Rosenberg aimaient à croire que toute la ville hibernait depuis longtemps.

Pas ce soir, songea Willow alors que Cordélia pilait devant elle.

La jeune fille tendit la main vers la poignée de la portière, puis se figea quand une voix s'éleva dans son dos.

— Ne rentre pas trop tard, ma chérie. Et réfléchis à ce que t'a dit ton père.

Avec un soupir, Willow se retourna pour faire un signe de la main à sa mère. Elle savait que ses parents étaient bourrés de bonnes intentions, mais ils insistaient tellement sur cette histoire d'université qu'elle commençait à se sentir frustrée. Si ça continuait, elle n'allait pas tarder à leur en vouloir.

Willow n'aimait pas éprouver des émotions négatives. Evidemment, ça ne l'aidait pas beaucoup d'être obligée de leur mentir tout le temps. Comme ce soir, par exemple.

— Promis, répondit-elle.

Puis elle ouvrit la portière et se laissa tomber sur le siège du passager.

Comme d'habitude, Cordélia était sensationnelle avec son pantalon gris foncé et une chemise de soie bleue très stylée dans laquelle Willow aurait eu l'air parfaitement stupide.

Sa camarade, elle, resplendissait.

— J'adore ta tenue, dit Willow en claquant la portière. Mais, euh... Tu ne trouves pas ça trop sophistiqué pour une patrouille ?

— Un peu d'élégance n'a jamais fait de mal à personne, répliqua Cordélia. Sauf peut-être à Alex, une ou deux fois. De toute façon, j'ai dit à mes parents que nous allions aider Mme Summers à la galerie. Puisqu'elle te couvre tout le temps, je ne vois pas pourquoi je ne pourrais pas en profiter aussi.

La jeune fille passa la troisième en s'engageant sur un boulevard. Puis elle jeta un coup d'œil à sa passagère et eut un sourire triomphant.

— Tu ne trouves pas ce pantalon super-subtil ? Je n'ai jamais été trop portée sur le gris, mais plus j'y réfléchis, et plus je me dis qu'il y a quelque chose à creuser. Le gris, c'est le nouveau noir.

Un peu désorientée, Willow hocha la tête.

— Il est très classe, mais... J'ai toujours pensé que le noir était du noir, et le gris... Peut-être pas le nouveau noir, mais l'ancien gris. (Elle baissa les yeux et soupira.) Je sais que je suis complètement ringarde pour ce qui est des fringues. Une catastrophe vestimentaire ambulante, comme tu dis.

Cordélia la détailla avec une réelle sympathie et lui tapota la main.

— La semaine prochaine, déclara-t-elle, péremptoire. Toi, moi et le centre commercial. Cordélia Chase à la rescousse.

— Génial ! s'exclama Willow, qui ne s'était pas sentie aussi bien depuis plusieurs jours.

Elle n'était pas bien sûre de comprendre pourquoi faire du shopping avec Cordélia la ravissait autant. A moins que ça ne soit la perspective d'échapper pour quelques heures à la bataille qu'elle menait sur deux fronts : contre les forces des ténèbres d'un côté, et contre ses parents de l'autre.

A vrai dire, la plus éprouvante n'était pas celle qu'on aurait pu croire.

Tandis que Cordélia prenait la direction du lycée de Sunnydale, où elles devaient récupérer Alex, Willow l'observa discrètement : son visage, la façon dont elle bougeait, l'assurance qui émanait toujours d'elle. C'était la seule chose qu'elle lui enviait vraiment, cette assurance.

Le dernier tube de Cibo Matto sortit de la radio, et Cordélia se trémoussa en rythme dans son siège — une chose que Willow n'aurait pas cru possible sur de la musique aussi langoureuse.

— Cordélia, as-tu réfléchi à ce que tu voulais faire après le bac ? demanda-t-elle.

Tout trémoussement cessant, sa camarade lui jeta un regard interloqué. Mais Willow observait avec attention le reflet des lampadaires sur le capot avant.

— Tu veux dire, par rapport à Alex ? demanda Cordélia.

Willow haussa les épaules.

— Non, je veux dire en général. (Elle se tourna vers la jeune fille.) Mes parents me mettent une pression dingue. Ils essaient de me pousser à m'inscrire dans la fac de leur choix. Pour être honnête, à force, je me demande si j'ai vraiment envie d'y aller.

— Tu es obligée ! s'exclama Cordélia, comme s'il n'y avait pas de discussion possible. Tu es Willow !

Son amie leva les yeux au ciel.

— Justement. C'est si... (Elle plissa les yeux.) Ne me dis pas que mes parents t'ont soudoyée pour me convaincre ! Il n'y a que moi qui sache ce que je veux. Bon, moi et peut-être Oz...

Le rose lui monta aux joues. Puis elle se remit à râler.

— D'ailleurs, parlons-en, d'Oz ! Ils ne veulent pas que je sorte avec lui, même si je suis toute chose chaque fois que je le vois. Je me moque bien qu'il passe sur MTV ou qu'il continue à jouer dans des bar-mitsvas, il est tellement...

— Oz ? suggéra Cordélia.

Willow sourit, soudain apaisée.

— C'est ça. Il est tellement Oz.

— Hum. Qui a dit que l'amour rendait débile ?

— Je crois que c'est moi.

— Imagine un peu ! s'enflamma Cordélia. C'est peut-être parfait pour toi. Et même si ça me place tout au bas de l'échelle de l'évolution, je dois reconnaître qu'Alex m'a dépouillée du peu de dignité qui me restait en me forçant à admettre que j'étais plus ou moins attirée par lui...

— En te forçant à admettre ? répéta Willow, étonnée.

Cordélia lui jeta un regard en coin.

— J'essaie de copiner avec toi, là. Ça te dérangerait d'aller un peu dans mon sens ?

— Oh ! D'accord…

— Ce que je veux dire, c'est que j'ignore ce que je ferai après le bac. Mais je sais que j'ai de l'ambition, alors qu'Alex…

« Mes parents ne sont pas vraiment le modèle de ce que je veux devenir. Quand ils critiquent mon petit ami, ça me donne encore plus envie de le défendre et de continuer à sortir avec lui. »

Le visage de Cordélia se durcit.

— Mais ils ont raison sur un point. Alex et moi, nous sommes très différents, et ça signifie sans doute que nous choisirons des chemins divergents. S'il ne veut pas prendre le mien…

— Tu lui en as déjà parlé ?

Cordélia garda les yeux rivés sur la route et grimaça.

— Je n'en ai pas très envie, avoua-t-elle.

— Parce que tu ne veux pas lui faire de peine ? suggéra Willow.

Sa camarade gloussa et tourna la tête vers elle.

— Depuis quand je fais preuve de tact ? (Puis elle soupira.) C'est difficile depuis le début ! D'abord, il était amoureux de Buffy ; ensuite, il a développé cette espèce de fascination étrange pour toi… Maintenant, il est trop absorbé par ces histoires de lutte contre les forces du mal. Il ne va pas tarder à se prendre pour un super-héros !

Cordélia baissa la voix.

— En fait, j'ai tout simplement peur que… Hum…

Quand le moment de faire un choix sera venu... Ce n'est peut-être pas moi qu'il choisira.

Un silence déprimant régna quelques instants dans la voiture, puis Willow reprit :

— Ce qui m'ennuie le plus au sujet du bac, c'est qu'on se fait complètement avoir. Toute notre vie, nos parents et nos profs répètent la même chose : quand on l'aura dans la poche, on sera enfin libres de faire ce qu'on veut. On pourra choisir un métier, modeler notre avenir et tout le bazar.

Elle fronça les sourcils.

— Mais ils nous piègent... Et nous nous piégeons nous-mêmes, je suppose, en gobant leurs préjugés bizarres sur ce qu'il faut pour réussir dans la vie. Leurs idées toutes faites sur la notion de réussite. C'est pour ça que je me sens si bien avec Oz : il se fiche complètement de ce que les autres pensent ou attendent de lui.

— Ça, c'est sûr, dit Cordélia.

Willow haussa les épaules.

— Avoir le bac, c'est censé ouvrir la porte à des tas de choix. Mais tout le monde a une idée si arrêtée de ce que je devrais faire, que je me sens plutôt prisonnière !

— Tu n'appartiens pas à la bonne génération, sourit Cordélia. Si tu étais née à l'époque de nos parents, tu aurais pu prendre une année sabbatique après le bac pour suivre les Grateful Dead en tournée à travers toute l'Amérique.

Le visage de Willow s'éclaira.

— Hé, je pourrais le faire quand même ! Ça a l'air cool !

— Euh, ça risque d'être difficile : Jerry Garcia est mort, lui révéla Cordélia sans ménagements.

Déprimée, la jeune fille s'affaissa sur son siège. Puis elle pensa à Alex.

— Et ton petit ami, demanda-t-elle, il veut faire quoi quand il sera grand ?

Au milieu de la pelouse du lycée de Sunnydale, Alex sautillait sur place en scrutant les ténèbres à la recherche d'horreurs inconnues.

De temps à autre, pour se sentir un peu plus invincible pendant que la Tueuse était occupée ailleurs, il chuchotait :

— Je suis Batman.

Ça ne marchait pas vraiment, mais ça l'amusait.

Les voitures étaient rares à cette heure de la soirée. Le quartier n'était pas réputé pour ses attractions nocturnes. A bien y réfléchir, corrigea mentalement Alex, tout Sunnydale n'était pas réputé pour ses attractions nocturnes... A moins qu'on n'inclue dans la liste les invasions démoniaques.

Malgré l'afflux de gens qui venaient s'installer ici, comme dans toutes les petites villes de Californie du Sud recherchées pour leur climat, la population n'augmentait jamais. Sunnydale devait avoir le plus gros taux de mortalité des Etats-Unis. Apparemment, les gens qui s'occupaient des statistiques n'avaient pas la curiosité de chercher pourquoi.

Une ville bâtie sur la Bouche de l'Enfer avait besoin d'une Tueuse. Et aussi performante que soit Buffy, un petit coup de main pour combattre les forces des ténèbres ne faisait jamais de mal.

Mais ce soir, Alex découvrait que Sunnydale, sans la Tueuse, n'était pas drôle du tout.

— Je suis Batman, chuchota-t-il de nouveau en se demandant ce que fichaient Cordélia et Willow. Je suis Batman.

Un grognement retentit derrière lui. Il pivota, plongeant la main dans son blouson pour y prendre le pieu qu'il avait emporté.

Les yeux du jeune homme s'agrandirent de surprise et de frayeur. C'étaient des goules. Au nombre de cinq, grotesques, verdâtres, bossues, fripées, hideuses et affamées de chair humaine, si ses souvenirs étaient exacts. Il les avait déjà rencontrées dans la Maison du Portail.

Derrière elles, une brèche scintillait dans les airs. Alex réalisa qu'elles venaient juste d'« entrer ». La situation avait dû empirer dans la Maison du Portail ; Jean-Marc Régnier ne pouvait plus faire face seul. Et la Bouche de l'Enfer attirait naturellement toutes les créatures maléfiques vers Sunnydale, le long des routes fantômes...

Une goule aux cheveux blancs se traîna jusqu'à Alex.
— Je... me souviens de toi, croassa-t-elle. Ton odeur.
— C'est la dernière fois que je porte *Obsession pour les Monstres*, dit le jeune homme, nerveux, en agitant son pieu. Reculez. Vous ne savez pas où vous avez mis les pieds. C'est le territoire de la Tueuse, ici.

Les goules gloussèrent comme s'il venait de leur raconter une bonne blague. Celle qui avait les cheveux blancs se dirigea vers Alex. Les autres se déployèrent pour l'encercler.
— Nous connaissons l'odeur de la Tueuse : nous l'avons sentie dans la Maison du Portail, déclara une femelle. Elle est très loin d'ici.

Alex se tendit, jeta un coup d'œil à la ronde et réalisa que son hésitation lui avait coûté sa dernière possibilité de fuite. S'il prenait ses jambes à son cou, les goules lui tomberaient dessus en moins de cinq secondes.
— D'accord, dit-il en levant les mains. Vous n'êtes peut-être pas au courant, mais... Je suis Batman.

Il fondit sur la goule la plus proche en brandissant son pieu. Le vieil homme à la peau verte fit claquer ses dents et tenta de les lui planter dans la joue. Alex lui enfonça son arme dans la poitrine.

Rien ne se produisit.

La goule referma des doigts d'acier sur l'épaule du jeune homme, l'empoignant par les cheveux de l'autre main. Autour d'eux, les autres créatures resserrèrent le cercle.

— Expérience concluante, grommela Alex. A noter en tête de la liste des tactiques foireuses.

La goule approcha le visage du jeune homme de sa gueule grande ouverte, où brillaient des dents pourries mais aiguisées comme des lames de rasoir. C'était un spectacle qu'il espérait bien ne plus jamais revoir... S'il survivait à la première représentation.

Saisissant le crâne de la goule des deux mains, Alex lui flanqua un violent coup de tête. Un craquement sinistre résonna ; les deux adversaires lâchèrent prise et reculèrent en titubant.

Alex tomba dans les bras de deux autres goules, qui lui soufflèrent une haleine méphitique au visage. Il commença à paniquer quand une voix féminine déclama quelque chose qui ressemblait à du latin.

Les goules se figèrent, retenant leur souffle. A vrai dire, Alex n'était pas certain qu'elles respiraient. Ce coup-ci, elles avaient l'air... paralysé. Elles ne remuaient même plus un cil.

De la magie.

Alex se retourna.

— Willow, t'ai-je déjà dit que tu étais la meilleure... ? commença-t-il.

Mais ce n'était pas Willow.

Sur les marches du bâtiment principal se tenait une

grande adolescente blonde à qui Alex, Buffy et le reste de la bande avaient déjà eu affaire quelques fois. C'était plus ou moins une amie — et Wendy la Gentille Petite Sorcière.

Si elle s'était appelée Wendy. Ce qui n'était pas le cas.

— Continue, Alex, l'encouragea Amy Madison. Même si je ne suis pas Willow, j'aime m'entendre dire à quel point je suis fantastique.

Alex regarda les goules et secoua la tête d'un air éberlué.

— Fantastique, ouais... Surtout pour ce qui est de tomber à pic, concéda-t-il.

— Merci, gloussa Amy en s'approchant.

Il la regarda sans savoir que dire.

La mère de la jeune fille était une méchante sorcière, qui avait fini par s'exiler toute seule dans une dimension inconnue. L'année précédente, la bande à Buffy avait découvert qu'Amy étudiait la magie à son tour, et qu'elle semblait plutôt douée.

Même si elle était au courant pour la Bouche de l'Enfer et pour l'identité secrète de la Tueuse, elle ne faisait pas vraiment partie de leur groupe. C'était juste une fille qu'ils saluaient dans le couloir ou à qui ils empruntaient ses notes... quand elle se donnait la peine d'en prendre.

Amy n'était pas du genre à patrouiller la nuit dans Sunnydale pour chercher des créatures des ténèbres à remettre sur le droit chemin.

— Qu'est-ce qui t'amène ici ce soir ? s'étonna Alex. Tu cherches un prince à changer en crapaud ? Une petite fille avec des pantoufles de rubis ? Ou peut-être...

— Observation personnelle : Alex se croit toujours

drôle, soupira Amy. Tu n'as peut-être pas remarqué que les monstres affluent à Sunnydale comme si on leur avait promis un banquet gratuit, et que la Tueuse a choisi pile ce moment pour s'éclipser ?

« Moi, je m'en suis rendu compte. Je ne vais pas en perdre le sommeil, mais si je vois une bestiole pas humaine qui essaie de manger quelqu'un que je connais… Je suppose que je filerais un coup de main à la victime. »

Elle s'immobilisa devant Alex et, les poings sur les hanches, lui sourit.

— Et au fait : de rien.

Le jeune homme s'empourpra.

— Ah, oui. Merci. Mais que veux-tu dire par « se croit toujours drôle » ?

Secouant la tête, Amy le dépassa et se dirigea vers l'avenue.

— Elles vont retrouver leur liberté de mouvement dans quelques minutes, jeta-t-elle sans se retourner. A ta place, j'éviterais de rester dans le coin.

Puis elle traversa la chaussée, enjamba un buisson et se fondit dans les ténèbres.

Alex fixa l'endroit où elle avait disparu. Elle n'était peut-être pas prête à s'investir dans le Gang de Scoubidou, mais ce qu'elle venait de dire, c'était de la frime. Elle patrouillait ce soir parce que les gens qu'elle aimait étaient en danger, un point c'est tout.

Le jeune homme s'en réjouit. Il serait plus facile d'affronter les horreurs qui les attendaient en sachant que ses amis et lui n'étaient pas seuls.

Quelques secondes plus tard, tandis qu'il cherchait un objet assez pointu ou assez contondant pour occasionner de sérieux dommages aux goules, Cordélia débTrainoula sur le parking.

Willow et elle écarquillèrent les yeux en découvrant les goules paralysées. Bondissant hors de la voiture, elles se précipitèrent vers Alex qui s'approchait des créatures, une brique à la main.

— Salut, les filles.

— Alex, que se passe-t-il ? s'inquiéta Cordélia. Que sont ces... choses dégoûtantes ?

— Quelles choses ? demanda innocemment le jeune homme.

— Ces choses-là, fit Willow. On dirait des goules, mais... Pourquoi... ? Comment as-tu fait ça ?

Un sourire malicieux s'afficha sur le visage d'Alex.

— Vous n'êtes pas au courant ? (Il prit une voix rauque.) Je suis Batman.

Les deux filles levèrent les yeux au ciel.

Puis ils entreprirent de neutraliser les nouveaux ornements de pelouse du lycée avant que leurs estomacs ne se remettent à gargouiller.

Le brouillard se déversait dans le port de la petite ville de Sunnydale.

Observant la mer, Dallas Mayhew se demanda s'il risquait d'être éjecté de l'équipe au cas où il manquerait l'entraînement du lendemain matin. Il se sentait épuisé, et il picolait depuis le coucher du soleil. A présent, il avait perdu la notion du temps, mais une chose était sûre : il avait descendu un pack de six au minimum.

Du temps où il était plus jeune — l'an dernier, par exemple —, ça ne lui aurait fait ni chaud ni froid. Mais il était quasiment un vieillard, maintenant... Et le meilleur ailier de Sunnydale ! L'entraîneur ferait probablement une exception dans son cas.

A moins qu'il ne se décide à rentrer chez lui pour

dormir un peu. Il n'aurait qu'à revenir le lendemain soir avec ses copains et remettre ça...

Si seulement il parvenait à retrouver son chemin dans ce maudit brouillard.

Dans la villa de son père, Micaela Tomasi était debout près de la fenêtre d'une pièce qu'elle avait aimée autrefois, mais qu'elle considérait désormais comme sa cellule.

Car à n'en pas douter, elle était prisonnière.

Son père — l'homme que ses fidèles appelaient Il Maestro — l'avait prise sous son aile pour lui enseigner les voies du chaos. Puis, conformément à son plan, il avait confié la suite de son éducation à une famille d'Observateurs afin qu'elle devienne membre du Conseil et puisse le trahir en sa faveur.

Et c'était ce qu'elle venait de faire. Elle avait trahi le Conseil et l'Observateur de l'actuelle Tueuse.

Micaela appréciait sincèrement Rupert Giles. On l'avait envoyée pour enquêter sur lui, le distraire, le voler... Elle ignorait que des acolytes l'avaient accompagnée pour le tuer.

Rupert avait échappé à une première tentative de meurtre. Mais à en croire le père de la jeune femme, ses jours étaient comptés.

Les rêves qu'Il Maestro nourrissait pour le monde lui avaient tenu lieu d'éducation quand elle était enfant. C'étaient les fondations sur lesquelles Micaela avait bâti sa vie.

Durant les années passées au sein du Conseil — d'abord comme apprentie puis, plus tard, en tant qu'Observatrice, attendant que la fille qu'on lui avait affectée succède à une autre —, la jeune femme avait appris que ses pairs ne se battaient pas pour faire régner n'importe quel ordre : ils aspiraient à un monde juste et libre, libéré du mal et des créatures de l'Enfer.

Récemment, elle était revenue chez son père et avait constaté de ses propres yeux à quel point il était devenu sauvage et brutal. Alors, elle avait réalisé qu'il faisait partie des forces des ténèbres que le Conseil combattait avec tant d'acharnement.

Si elle était restée sur la voie qu'il avait choisie pour elle, elle aurait été irrémédiablement corrompue. A présent, elle ne voulait plus rien avoir à faire avec lui.

Mais elle ne pouvait pas partir. Son père ne l'y autoriserait jamais. Elle était persuadée qu'il l'aimait sincèrement. Mais il préférerait la voir morte plutôt qu'alliée avec ses ennemis.

Une heure plus tard, Micaela regardait toujours par la fenêtre ; elle sirotait un vin doux vieux de trente ans provenant des vignobles de sa famille. Tandis qu'elle admirait la lumière magique que le Duomo projetait sur la ville, au loin, quelqu'un frappa légèrement à la porte.

La jeune femme se détourna pour aller ouvrir, mais la poignée tournait déjà. Elle se figea, effrayée et ne sachant comment réagir. Aucun acolyte de son père ne se serait permis d'entrer dans sa chambre sans autorisation.

Une silhouette que Micaela reconnut aussitôt se découpa dans l'encadrement.

— Albert ! Que faites-vous ici ?

Le magicien se glissa furtivement dans sa chambre, comme un amant qui rejoint sa belle en cachette. Cette image n'offensa pas vraiment Micaela : elle connaissait et admirait Albert depuis longtemps.

Mais tout avait changé ces derniers temps. Pour eux tous. Micaela avait été témoin de choses qu'elle n'aurait jamais dû connaître. Elle avait vu son père infliger à des innocents des tortures incroyablement cruelles. En dépit de toutes ses allégations, son œuvre n'avait rien de saint ni de spirituel.

Il Maestro était un monstre, tout simplement. Et les acolytes — les Fils de l'Entropie, comme il les appelait — ses sinistres fidèles.

Mais peut-être ne lui obéissaient-ils pas tous aveuglément...

Albert sourit.

— Nous n'avons pas beaucoup de temps, chuchota-t-il. Je vais partir d'ici. Pas ce soir, mais très bientôt. J'aimerais y arriver pendant que je suis en possession de tous mes membres et que mon cerveau est encore logé dans ma boîte crânienne.

Micaela le dévisagea en silence, sentant monter en elle un fragile espoir.

— J'ai vu combien vous souffriez, continua Albert. Et je prie pour que vous soyez à mes côtés lorsque je m'enfuirai. Si Il Maestro est l'ange du futur, c'est un ange de ténèbres. Mais vous, Micaela... Vous êtes un ange de lumière. Je crois que je suis en train de tomber amoureux de vous.

Micaela ne répondit pas. Quand il la prit dans ses bras, elle se laissa aller avec gratitude et, à défaut d'autre chose, remercia le Ciel de ne plus se sentir aussi seule.

CHAPITRE IV

Ils étaient de retour.

Le clair de lune argenté traversant sa silhouette éthérée, l'esprit d'Antoinette Régnier écarta les rideaux dans la chambre de son fils. Des silhouettes enveloppées de capes grouillaient comme de la vermine sur la pelouse de la Maison du Portail. Elles crépitaient de magie, cherchant une brèche dans les barrières protectrices que Jean-Marc avait érigées autour de la maison.

Un frisson d'appréhension courut le long de l'échine d'Antoinette ; derrière elle, une quinte de toux déchirante retentit.

Le fils d'Antoinette s'était traîné jusqu'au Chaudron de Bran pour reconstituer ses forces, et il s'y attardait plus que de coutume. Il tenait mollement la Lance de Longinus, une des armes les plus puissantes du monde. Aucun guerrier qui la brandissait, disait-on, ne pouvait être vaincu.

Mais ce n'était peut-être plus vrai, car il semblait que la mort aurait très bientôt raison de Jean-Marc. Il devait s'immerger dans le Chaudron trois fois par jour, et sa mère sentait que le moment approchait où ses ablutions de jouvence ne suffiraient plus à le maintenir en vie.

Alors son petit garçon plus que centenaire mourrait.

Antoinette anticipait le désastre : la fin de tout ce qui

était bon, la destruction du monde tel qu'ils le connaissaient. Puis elle se morigéna, tentant de se raccrocher à sa foi. Jean-Marc ne faillirait pas à ses devoirs. Il tiendrait le coup jusqu'à ce qu'on retrouve Jacques. N'était-il pas le fils d'Henri Régnier, l'homme qu'elle avait aimé de tout son corps, de tout son cœur et de toute son âme ?

Antoinette se souvenait encore de leur première rencontre. Autorisant son esprit à vagabonder quelques instants, elle revit le moment où Henri avait conquis son cœur d'un regard et d'une caresse...

— On prétend que c'est le plus dépravé des hommes, chuchota Marie, la ravissante cousine américaine d'Antoinette, pendant que des femmes de chambre à la peau noire, qui n'émettaient jamais le moindre son, les soumettaient à la torture du laçage de corset.

Les cheveux blonds de Marie étaient coiffés en anglaises qui encadraient son visage comme un filigrane ; les longues mèches sombres d'Antoinette pendaient librement sur ses épaules.

Ce n'était pas conforme à la mode. Pourtant, les jeunes gens qu'elle fréquentait lui chuchotaient souvent qu'ils préféraient sa coiffure toute simple aux échafaudages sophistiqués qui ornaient la tête des autres demoiselles.

Mensonge ? Peut-être. Mais quelle importance...

— On prétend aussi que monsieur Régnier a une... une bonne amie, ajouta Marie en rosissant. Tu vois ce que je veux dire...

Antoinette haussa les épaules, prenant un petit air de supériorité typiquement français.

— Un homme séduisant et dans la fleur de l'âge ? Quoi d'étonnant à ça ?

— Que tu es donc choquante ! s'exclama Marie en lui flanquant une tape sur le bras. Ne laisse jamais ma mère t'entendre dire des choses pareilles !

Antoinette grimaça.

— Ne t'inquiète pas ! Cela dit, ma chère, en France, nous acceptons que les hommes aient des appétits qu'un bon dîner ne satisfait pas.

— Des appétits ! répéta Marie, scandalisée. Comment peux-tu parler de la sorte ?

— Certaines femmes en ont de semblables, ajouta sa cousine, ravie de son petit effet. Peut-être moi. Et peut-être même toi...

— Antoinette Cornier ! s'étrangla Marie. Tu es une créature dangereuse et immorale. Une dame ne se comporterait jamais comme... comme tu sous-entends. Ce que tu suggères est si... Aïe !

Les femmes de chambre achevèrent de lacer leurs corsets. Ensuite vinrent des mètres et des mètres de jupons, puis les superbes robes de velours qu'Antoinette avait ramenées de Paris.

Plus tard — cette scène était toujours aussi limpide que du cristal dans sa tête, malgré les Fils de l'Entropie qui grouillaient sur la pelouse et le fait qu'Henri soit mort depuis plus d'un siècle —, les deux cousines et les parents de Marie avaient rejoint Henri Régnier devant le portail de fer forgé de sa maison.

Quelle prestance il avait, tout de noir vêtu, avec ses cheveux et sa moustache sombres ! Qu'il était gracieux quand il esquissa une courbette à l'ancienne mode ! Comme son français était pur, bien qu'il eût de son propre aveu vu le jour en Italie, étant élevé en Angleterre !

La soirée ne devait pas avoir lieu chez lui ; il ne les

invita même pas à entrer, ce qui leur parut étrange, pour ne pas dire très grossier.

Une poignée de gens s'étaient réunis dans le jardin baigné par le clair de lune. L'apparition des deux cousines fut accueillie par un murmure nerveux. A en juger par les regards qu'on leur lança, les jeunes filles eurent l'impression qu'on les jaugeait. Alors Antoinette, qui était plus fine que Marie, comprit que tout le monde voyait en elles des épouses potentielles pour le mystérieux et charmant Henri Régnier.

Toujours insouciante, sa cousine se lança dans une conversation animée au sujet des sculptures de verre qui ornaient la pelouse, de l'excellence du champagne et des petits-fours.

Antoinette leva fièrement le menton en voyant Henri Régnier l'observer, immobile à l'autre bout du jardin. Il y avait en lui quelque chose de fascinant…

Antoinette mourait d'envie de découvrir son secret.

De le découvrir, lui.

Il se dirigea vers elle et inclina la tête.

— Mademoiselle, souffla-t-il, je crois que vous êtes venue pour moi. Accepteriez-vous une promenade ?

— Mais oui, monsieur, répondit-elle, le suivant, sans même songer à réclamer la présence d'un chaperon.

Ni se demander pourquoi personne ne leur en proposait un.

Ni tenir compte de la remarque pétulante de Marie :

— Chère cousine, il semble que tu sois *affamée*…

Dès le début, il y eut entre eux une faim dévorante que rien n'aurait su apaiser. Une passion qui transcendait les limites de la chair et de la terre.

Au clair de lune, dans sa roseraie parfumée, Henri lui ouvrit son cœur, lui dévoilant toutes les choses que seuls les Régnier devaient savoir. Les autres invités ? De simples illusions, des aspects de lui-même qu'il avait invoqués grâce à sa magie, ses runes et ses cristaux.

— J'ignore de quelle façon, mais vous êtes liée à ma maison, acheva-t-il.

Puis il la prit dans ses bras, et leur pacte fut conclu.

Jean-Marc naquit trois ans plus tard. En dépit d'une assistance magique, l'accouchement fut long et douloureux.

Plus tard dans la nuit, Henri prit son bébé dans ses bras et pleura.

— Je suis navré. Pardonne-moi. Tu n'as pas encore prononcé un seul mot et ton destin est déjà scellé.

Peu après, une horreur survint dans le port de Boston. Et ce fut elle qui scella le destin d'Antoinette.

Debout à la fenêtre de son appartement, Giles observait les deux représentants du Conseil qui veillaient ostensiblement sur lui.

Ils étaient arrivés un peu plus tôt dans la journée. Une rapide conversation avec eux avait permis au bibliothécaire de découvrir plusieurs faits inquiétants.

D'abord, personne n'avait revu Micaela, que le Conseil avait officiellement déclarée morte. Malgré son chagrin, Giles refusait d'abandonner tout espoir.

Ensuite, aucun des deux hommes n'avait jamais entendu parler de Matthew Pallamary, ce qui ne le surprit guère. Pallamary avait été envoyé pour l'enlever, pas pour le tuer, mais dans quel but ?

C'était toute la question.

En début de soirée, ils avaient appris qu'Ian Williams, serviteur au quartier général du Conseil, venait de disparaître. Ça n'avait rien d'étonnant : le Conseil ayant envoyé des émissaires veiller sur Giles, Williams devait se douter qu'ils révéleraient l'imposture de Pallamary, dont il s'était personnellement porté garant.

Hélas, Williams avait également contacté Buffy, Angel et Oz. Giles priait pour qu'il les ait envoyés à Londres pour leur faire perdre du temps, et non les jeter dans la gueule du loup. Comme il n'avait aucun moyen de contacter ses protégés, il se rongeait les sangs depuis.

Joyce avait senti sa nervosité, mais il avait préféré la mettre sur le dos de ses « gardes du corps » plutôt que d'avouer qu'il s'inquiétait pour sa fille.

Enfin, le téléphone sonna. C'était Buffy.

Pendant que Giles parlait avec elle, il fit signe à Joyce qu'il lui passerait le combiné dès qu'il en aurait fini. La pauvre femme était suspendue à ses lèvres, la peur se lisant sur son visage. Il aurait aimé la rassurer, trouver quelque chose à dire ou à faire pour la soulager. Mais c'eût été malhonnête de sa part.

— Donc, dit Buffy, Ian Williams a essayé de nous jeter dans les griffes du... Angel, comment s'appelait cette bestiole, déjà ? Ah oui, le Skree. Un truc qui ressemblait à un aigle avec une tête humaine. Il a bien failli dévorer Oz.

« Puis les Fils de l'Entropie sont venus finir le boulot, mais c'est nous qui les avons achevés, et ils ont pris feu sur la pelouse. »

— C'est très troublant, murmura Giles.

— Moi, ce que je trouve troublant, c'est qu'on ne puisse pas faire confiance à vos petits copains du Conseil, dit sèchement la jeune fille.

Giles soupira et jeta un coup d'œil vers la fenêtre. Un des gardes lui faisait signe. Il lui rendit son salut.

— Où êtes-vous en ce moment ?

— Toujours au quartier général des Fils de l'Entropie. Leur ligne doit être sur écoute, mais puisque nous avons décidé de vivre dangereusement…

Buffy était furieuse et il ne pouvait l'en blâmer. Remontant ses lunettes sur son nez, il prit le temps de choisir ses mots.

— Mieux vaut partir du principe que la sécurité du Conseil est compromise. Il risque d'y avoir d'autres fuites.

— Le Conseil est une véritable passoire, grommela Buffy.

— Je te conseille de te tenir à l'écart de ses envoyés et de ne leur communiquer aucune information. Je ferai pareil de mon côté. Nous sommes obligés de nous montrer méfiants. Trop de choses sont en jeu.

— Je déteste ça, grogna Buffy. Quelqu'un est en train d'éliminer tous les Observateurs d'Europe et du Japon, et je n'aime pas vous savoir sans protection…

— C'est gentil, dit Giles, touché.

— … Vu que ma mère habite avec vous.

La jeune fille gloussa et il ne put s'empêcher de l'admirer. C'était une Tueuse fort peu conventionnelle, mais maligne et dotée d'un courage incroyable. Il ne pensait pas qu'elle ait eu d'égale parmi celles qui l'avaient précédée.

— Je ferai attention à elle, promit Giles.

— Merci.

— Elle a très envie de te parler. Veux-tu que je te la passe ?

— Bien sûr.

Il donna le combiné à Joyce et quitta la pièce.

Ouvrant la porte de son appartement, il fit signe à ses

gardes du corps d'approcher. Les deux hommes le dévisagèrent d'un air amical.

— Mauvaise nouvelle, les gars, leur annonça-t-il. On vient de vous relever de vos fonctions.

Boston, 1875

Le brouillard avait envahi la ville de Boston. Il couvrait le port et le quartier de Beacon Hill.

De leur voix plaintive, les cornes de brume avertissaient les navires du danger. Mais ce n'était pas le brouillard qui menaçait ceux qui s'y aventuraient. Plutôt la chose qui se tapissait à l'intérieur.

Sur le coup de minuit, Henri Régnier se tourna vers sa femme Antoinette tout en enfilant son manteau et en glissant un quartz rose dans sa poche gauche.

Dans la droite, il mit une sphère dorée ornée d'une Croix de sainte Brigitte qui contenait des prières de protection en latin, en hébreu et en français. Un talisman dont son père lui avait enseigné le secret, et qui avait accompagné leur famille dans le Nouveau Monde.

— J'aurais déjà dû mourir tant de fois…, lui avait confié Richard sur son lit de mort. C'est grâce à ça que j'ai survécu. (Il avait poussé un soupir.) Si Catherine de Médicis m'avait écouté… Mais elle n'est plus que poussière, maintenant. Comme tous les enfants que Fulcanelli l'a autorisée à avoir.

— Que nous arrive-t-il… après, père ? avait demandé Henri. Nous changeons-nous aussi en poussière ?

— Nous devenons l'incarnation du devoir accompli, avait sobrement répondu Richard. Le témoignage de tout ce qui est bon en ce monde.

— D'une vie manquée, avait ajouté Henri.

— D'une vie *offerte*, avait corrigé Richard en plaçant sa main sur celle de son fils. N'oublie jamais que mourir pour les autres est la fin la plus noble qu'une personne puisse connaître.

Sur Beacon Hill, Henri dit à Antoinette :
— J'y vais. Prieras-tu pour moi ?
— Comme toujours.

Elle se dressa sur la pointe des pieds pour l'embrasser. Fermant les yeux, il inclina la tête, se sentant indigne d'une telle épouse.

— Je crains de t'avoir trompée, Antoinette. Je ne t'avais pas révélé quelle existence misérable mènerait la femme du Gardien du Portail. Je te voulais tellement. J'avais tant besoin de toi...

Antoinette sourit.

— Je sais. J'avais lu la douleur dans tes yeux, mon cher. La solitude. Et je savais qu'il te fallait un héritier.
— Ce n'est pas pour ça que je..., commença Henri.

Elle lui posa un doigt sur les lèvres pour le faire taire.

— Les mensonges sont indignes de nous. Tu devais te marier, et j'ai eu la chance que tu me choisisses.
— Mais...
— As-tu *vu* que tu mourrais ce soir ? Tu parles comme si nous ne devions jamais nous revoir.

Henri détourna la tête.

— Ma chère Antoinette... Je dois avouer que c'est bien le cas.
— Alors, reste ici !
— Je ne peux pas. Le brouillard charrie le mal. Si je ne l'emprisonne pas, il s'emparera de cette ville.

Elle se pendit à son cou, le suppliant de ne pas l'abandonner.

— Cette fois, tu trouveras peut-être un moyen de renvoyer le monstre.

Henri lui posa un baiser sur le front.

— Crois-moi, mon amour, j'essaie systématiquement, comme le faisait mon père avant moi. (Il désigna leur maison.) Depuis plus d'un siècle, je m'efforce de faire de cet endroit un véritable foyer, où les couloirs résonnent de rires plutôt que des hurlements de monstres enragés. Mais j'ai échoué.

Des larmes amères roulèrent sur les joues d'Antoinette.

— Si tu meurs ce soir, que se passera-t-il quand déferlera la prochaine vague d'horreur ?

Henri garda le silence quelques instants.

— Jean-Marc est encore jeune, mais mon sang coule dans ses veines, dit-il enfin.

— Le mien aussi, sanglota Antoinette. Tu ne peux pas le laisser si tôt. Il a encore trop à apprendre. (Posant la tête sur la poitrine de son mari, elle laissa libre cours à ses larmes.) Je t'en supplie, ma vie, mon âme. C'est mon seul enfant.

Henri soupira.

— Je pourrais faire quelque chose pour Jean-Marc, déclara-t-il. Mais ce serait... terriblement injuste pour toi.

Antoinette se raidit.

— Ordonne-moi d'arracher mon cœur de ma poitrine pour lui, et j'obéirai.

Henri prit une profonde inspiration. Elle lut une détermination sinistre dans son regard. Pour la première fois, elle eut vraiment peur. Puis elle se força à reprendre son calme et attendit la suite.

— Pour lui, je peux te lier à cette maison. A ta mort, tu ne connaîtras pas le repos, mais tu continueras à veiller sur lui par-delà la tombe. Tu seras un esprit enchaîné à cette Terre jusqu'à ce que sa descendance soit assurée.

Antoinette bomba le torse.

— As-tu besoin de me tuer pour ça ?

L'expression d'Henri lui assurant le contraire, elle tendit les mains.

— Dans tous les cas, j'y consens, et j'insiste pour que tu accomplisses le rituel avant de quitter cette maison.

Après, Henri fit à sa femme des adieux très émouvants, puis il se traîna jusqu'au port envahi par la brume.

Il ramait seul, refusant d'admettre que le rituel avait sapé ses forces. Mais il était trop tard pour y remédier, car la lanterne suspendue à la proue de sa barque éclairait déjà quelque chose de plus substantiel que le brouillard opaque.

La coque pourrissante du *Hollandais volant*. Comme le lui avaient révélé ses runes.

Henri Régnier, tonna le capitaine, *es-tu venu arpenter avec moi les mers du feu d'Enfer ?*

Un frisson parcourut l'échine du Gardien. Il se doutait que son approche ne passerait pas inaperçue, mais il n'attendait pas que le spectre connaisse son identité. Ça ne laissait présager rien de bon.

Henri se leva dans sa barque et écarta les bras. Une lueur rose cristalline l'enveloppait ; des tentacules de magie crépitaient autour de lui. D'une voix qui ne tremblait pas, il lança un sort pour bannir le capitaine.

Non ! dit la voix spectrale. *Tu n'oseras pas, Gardien du Portail. Joins-toi à nous ou meurs.*

Henri se concentra sur son incantation. La lueur rose s'intensifia et une odeur de fumée monta de la brume.

— Liez à moi et à ma maison ce bateau et son équipage. Dans la cour de ma maison, emprisonnez ce vaisseau infernal et les morts qui arpentent son pont.

Abordez-le, ordonna le capitaine. *Et amenez-le-moi !*

Le *Hollandais volant* éperonna la petite barque. Henri lutta pour conserver son équilibre.

La brume se déversa sur lui ; lorsqu'elle toucha sa peau, celle-ci se mit à fumer. Des cloques couvrirent son visage et le dos de ses mains, mais il continua à se concentrer sur la lueur rose, bien déterminé à dissiper le brouillard pendant qu'il emprisonnait le vaisseau dissimulé à l'intérieur.

— Par le pouvoir des dieux de la lumière, je t'immobilise. Par le pouvoir de mon nom et de ma maison, je t'emprisonne.

Chantez, vous autres, s'époumona le capitaine. *Couvrez le bruit de cette stupide berceuse.*

Des flammes jaillirent telles des comètes vers la proue de la barque d'Henri. Alors, le monstrueux cadavre en décomposition du *Hollandais volant* s'offrit à sa vue.

Des hommes — si on pouvait encore appeler ainsi ces squelettes aux entrailles desséchées — titubaient sur le pont rongé par les vers et couvert par la vase, leurs yeux (pour ceux qui en possédaient encore) rivés sur Henri.

Faisant grincer leurs mâchoires comme autant de scies, ils entonnèrent un chant épouvantable.

Envoyez ses ossements à Davey Jones,
Poussez-le, les gars, traînez-le, les gars.
Envoyez ses ossements à Davey Jones,

Expédiez-le en Enfer.

Ils vinrent le chercher, sautant par-dessus le bastingage du *Hollandais volant* et tombant à l'eau dans une gerbe d'éclaboussures. Henri les combattit de toutes les forces de sa magie ; comme il l'avait déjà fait si souvent auparavant, il érigea une barrière magique entre lui et ses adversaires.

Avec un craquement, le *Hollandais volant* avança, pulvérisant ses défenses et le projetant à la mer.

Henri cria de surprise et de douleur tandis que les vagues rongeaient ses vêtements comme de l'acide. Des lambeaux de chair se détachèrent de son corps. Il se sentit couler et avala de l'eau qui lui brûla les entrailles comme de l'acide.

La souffrance était inimaginable. Insupportable.

Joins-toi à nous, et elle cessera, dit le capitaine d'une voix enjôleuse.

Henri ferma la bouche, se concentra, puis refit surface. Bien que ses lèvres ne puissent plus former de mots, il récita mentalement : *Aux Dieux j'adresse mes supplications, en toute déférence et en tout honneur. Pour le bénéfice de l'ordre, j'offre ma vie.*

Il pensa à Antoinette et à leur fils, se demandant s'il les reverrait jamais.

Le soleil se couchait.

Dans la cave, Buffy regardait dormir Angel. Son profil paisible ressemblait à celui de n'importe quel homme.

Non, pas n'importe quel homme : celui qu'elle aimait et qu'elle désirait.

Au moment où elle allait le secouer gentiment, il se tourna et ouvrit les yeux.

— Je suis réveillé, annonça-t-il.

— Pas de repos pour les mauvais garçons, plaisanta Buffy. (Puis :) Ça ira question, euh, nourriture ?

— Je me débrouille, affirma Angel en soutenant son regard. Pourquoi, tu t'inquiètes ?

La jeune fille haussa les sourcils.

— Dans le sens : je m'inquiète pour toi, ou je m'inquiète pour Oz et moi ?

Silence. Buffy réalisa qu'elle y avait été un peu fort et tenta de réparer les dégâts.

— Parce que ce n'est pas la deuxième possibilité. Je voulais juste être sûre que tu consommais assez de... fer.

— Parce que j'ai l'air tellement pâle ? plaisanta Angel.

Ils se sourirent.

— Exactement, fit Buffy. Cela dit, je n'ai pas envie de parler de ça.

— Moi non plus. Nous avons des questions plus graves en suspens...

— Et ça va barder si nous n'obtenons pas des réponses dare-dare.

— Dare-dare, répéta Angel en se levant. Ton vocabulaire ne cessera jamais de me surprendre.

— Je suis comme ça ! triompha Buffy.

Quelque chose clochait.

Ian Williams cessa de faire les cent pas et se passa une main tremblante dans les cheveux. Il avait bien essayé de se dire que la Tueuse et ses amis s'étaient perdus sur le chemin du manoir de Redcliff, ou qu'ils avaient été retardés par un incident mineur... Une crevaison, par exemple.

Sans compter que, Skree ou pas, ses frères ne réussiraient pas à les éliminer en claquant des doigts. Mais son contact aurait dû rappeler des heures auparavant. A l'exception d'un faux numéro, le téléphone était resté muet toute la journée.

A présent, le soleil se couchait, et il ne pouvait plus rester les bras croisés. Il devait accepter la possibilité qu'Ariam et les autres aient échoué.

Le seul problème était que leur maître avait un seuil de tolérance à l'échec... extrêmement bas.

Une sonnerie retentit. Ian se précipita pour décrocher le téléphone.

— Que fais-tu encore là ? grogna une voix à l'autre bout de la ligne.

— Maestro, souffla Ian, qui le reconnut bien qu'il ne lui eût jamais parlé directement. Je suis honoré. J'en reste muet de stupéfaction.

— Que fais-tu encore là ? répéta son interlocuteur.

— Je... je..., balbutia-t-il.

— Vas-y !

Ian trembla de tous ses membres.

— Aller où ? demanda-t-il, réfléchissant à toute allure. A Redcliff ?

Pour toute réponse, Il Maestro raccrocha.

Quand Henri Régnier apparut dans la cour de la maison avec le vaisseau fantôme et son équipage enragé, Antoinette ne comprit pas que l'être pitoyable qui se dirigeait vers elle était son mari jusqu'à ce qu'il prenne la parole avec des cordes vocales si abîmées qu'elle eut du mal à distinguer ses mots.

— Le Chaudron... Vite !

Engourdie par l'horreur et la crainte, Antoinette se précipita à l'intérieur pour ramener le Chaudron de Bran le Béni. Henri était récemment entré en sa possession, après avoir emprisonné une tribu de sauvages capables de se transformer en animaux.

Ses précédents propriétaires ne connaissaient pas les pouvoirs de l'artefact. Ils avaient renoncé à s'en servir parce qu'il donnait à l'eau un goût saumâtre. Ils ignoraient que le Chaudron restaurait la vigueur et prolongeait l'existence. Mais ses vertus de guérison altéraient le goût de ce qu'on y faisait chauffer.

Henri avait commencé à étudier l'artefact, mais il n'avait pas encore eu l'occasion de s'en servir. *Et si c'était une mystification ?* songea Antoinette en y déversant des seaux d'eau dans le vestibule de la maison, tandis que son mari frissonnait et gémissait de douleur.

Oter les lambeaux de ses vêtements l'aurait trop fait souffrir. Il se plongea donc en l'état dans le Chaudron. Pendant une demi-heure, Antoinette resta agenouillée près de lui, les mains jointes sur une prière muette.

Puis Henri se manifesta.

— Je me sens mieux.

Il vécut encore quelques années et mourut âgé de plus de deux siècles. Jean-Marc devint alors le Gardien du Portail. Antoinette trépassa huit ans après et, grâce au sort de son mari, quitta son cadavre sous la forme d'un esprit quelques minutes après avoir poussé son dernier souffle.

Au moment où elle avait demandé à Henri d'accomplir le rituel, elle ne pensait qu'à son enfant. A présent, un siècle plus tard, elle songeait souvent à son mari avec désespoir. Où était donc l'âme d'Henri ? Car là, pour elle, serait le paradis.

Une fois Jean-Marc en possession de ses pouvoirs,

elle espérait recouvrir sa liberté. Comme son père et son grand-père avant lui, il s'était marié tard, ce qui ne cessait d'abasourdir Antoinette.

Si le rôle du Gardien du Portail était si crucial, pourquoi les Régnier flirtaient-ils avec le désastre en attendant si longtemps pour perpétuer leur lignée ? Et pourquoi n'avaient-ils qu'un seul héritier ? Que se passerait-il si celui-ci mourait avant que son tour ne soit venu ?

Antoinette supposait que c'était en rapport avec leur héritage. Cela faisait partie de l'étrange dessein de leur existence sacrifiée. Elle garda donc le silence tandis que les années défilaient et qu'elle restait au côté de Jean-Marc.

En 1985, son fils se maria et elle se prépara à lui faire ses adieux pour rejoindre Henri.

Mais Jean-Marc avait contracté une mauvaise union. Elle s'en rendit très vite compte. Kathleen n'était pas du bois dont on fait les épouses de Gardien du Portail. Elle détestait la maison et tout ce qu'elle contenait, ne pouvant supporter la vue de sa spectrale belle-mère.

Elle se réfugia dans la drogue et dans l'alcool. A la naissance de leur fils Jacques, elle annonça son intention de l'arracher à la Maison du Portail et de l'emmener loin « de toute cette folie ». Mais bien entendu, c'était impossible.

A la fin, persuadée que c'était la seule issue pour elle, Kathleen sauta d'une fenêtre du troisième étage. Antoinette supplia Jean-Marc de la placer dans le Chaudron, mais son fils refusa. La jeune femme avait fait son choix, et il entendait l'honorer.

Il la fit inhumer dans un cimetière de Boston, et non dans l'enceinte de la Maison du Portail, avec les autres Régnier. Bien qu'elle ne fût plus qu'un esprit, Antoinette resta pour l'aider à élever Jacques, désormais orphelin de mère.

Tandis qu'elle observait son fils centenaire, elle se demandait si elle resterait liée à la maison après sa mort. Sa mission consistait à prendre soin de Jean-Marc, non ? A moins qu'elle ne soit condamnée à veiller sur toute sa lignée…

Seul le temps le lui dirait.

Et du temps, ils n'en avaient plus beaucoup.

Ian était loyal et obéissant. Il réussirait là où les autres avaient échoué.

Les suspensions de sa voiture peinaient à cause de l'artillerie lourde qu'il transportait : un lance-roquettes, plusieurs dizaines de grenades, un fusil-mitrailleur. Même s'il devait pulvériser la maison, il capturerait la Tueuse pour Il Maestro et éliminerait ses compagnons.

Et si Il Maestro envoie quelqu'un ou quelque chose à mes trousses, je le tuerai aussi, chuchota une petite voix à l'intérieur de son crâne.

Il conduisait aussi vite que possible, les pneus crissant chaque fois qu'il prenait un virage. Son cœur battait à tout rompre et de la sueur dégoulinait sur son visage.

Après tant d'heures d'inactivité et d'indécision, cette soudaine précipitation le désorientait. Il avait l'impression de vivre un rêve, comme si son corps ne lui appartenait plus et qu'il l'observait de très loin.

Dans des ténèbres à couper au couteau, il franchit l'angle d'une avenue et distingua les tourelles du 217 Redcliff. La maison semblait toujours intacte, et cela le réconforta quelque peu. Elle avait également l'air désert : pas une seule lumière ne brillait à l'intérieur.

Arrivé devant le portail, Ian ralentit, puis se gara le

long du trottoir. Il avait de plus en plus de mal à respirer. Il alla ouvrir le coffre et commença à monter le lance-roquettes.

Et si certains de ses frères étaient encore à l'intérieur ? se demanda-t-il soudain.

Sa mâchoire se contracta.

Alors, ils mourront.

Pendant qu'Angel et Buffy remontaient de la cave, Oz leur lança doucement dans les ténèbres :

— Il y a quelqu'un.

— Bonne ou mauvaise nouvelle ? demanda Buffy en se précipitant vers une fenêtre.

Elle se plaqua contre le mur pour jeter un coup d'œil dehors.

— Tu es sacrément doué pour monter la garde, lâcha-t-elle avec un sifflement admiratif. Je le distingue à peine.

Le clair de lune éclairait une silhouette, au-delà du portail.

— Il porte quelque chose sur l'épaule. Ça me paraît méchamment familier… Le type aussi bien que l'arme, d'ailleurs. Je crois me souvenir qu'on t'en avait offert une comme ça pour ton anniversaire. Tu t'en es servi pour pulvériser le Juge.

Buffy eut un sourire nostalgique.

— C'était ta première grande sortie avec le Gang de Scoubidou. Le jour où tu as perdu ta virginité, en quelque sorte. (La jeune fille rougit.) Enfin, je veux dire, par rapport aux vampires et aux démons, et au fait de, euh…

— Fréquenter une Tueuse ? acheva Oz. Mais oui, ne t'en fais pas : tu étais ma première.

Angel se rapprocha d'eux.

— Un lance-roquettes, constata-t-il.

— Ouais. Porté par un Fils de l'Entropie... (Buffy plissa les yeux pour mieux voir.) Je l'aurais parié : c'est Ian Williams.

— Notre taupe, dit Oz.

— L'une d'entre elles. Et vu le matos qu'il a apporté, à mon avis, il est temps de mettre les voiles. (Buffy jeta un coup d'œil à Angel.) Dare-dare.

— Dare-dare, c'est mon surnom, dit Oz.

— La porte de derrière ? demanda le vampire.

— La porte de derrière, confirma Buffy.

La jeune fille avait déjà entassé leurs sacs près de la sortie. Ils les prirent et se glissèrent dehors, puis s'éloignèrent sous le couvert de la haie mal taillée qui faisait le tour du jardin.

Une explosion retentit.

Buffy rentra la tête dans les épaules et roula sur elle-même, sachant qu'Angel en ferait autant. Elle tourna la tête, histoire de vérifier qu'Oz avait bien plongé à terre.

Plusieurs fenêtres volèrent en éclats. Buffy aida Oz à se relever, mais quand elle regarda autour d'elle, Angel avait disparu.

Quelques instants plus tard, le vampire revint, poussant Ian Williams. Il l'avait empoigné par les cheveux et le bousculait sans ménagements.

— Il n'a pas une très bonne coordination, expliqua-t-il en tirant sur les cheveux du traître.

Qui lâcha un cri de douleur.

— Il faudrait qu'il soit complètement crétin pour venir ici sans renforts, même avec tout un arsenal, fit remarquer Oz.

Buffy avança.

— Tu commences vraiment à me porter sur les nerfs,

grogna-t-elle. Qu'est-ce que je vais bien pouvoir faire de toi ?

En réponse à sa question, Williams s'enflamma spontanément.

Avec un hoquet de surprise, Angel le lâcha.

Il lui fallut quelques secondes pour se consumer, laissant derrière lui un nuage de cendres que le vent dispersa aussitôt.

Les trois compagnons gardèrent le silence un long moment.

— Vous n'avez pas une impression de déjà-vu ? lâcha enfin Oz.

— Fichons le camp d'ici, grommela Buffy.

— Il y aurait de quoi libérer un petit Etat avec ça, dit Buffy alors qu'ils finissaient d'inspecter le coffre de la voiture de Williams et de transférer son contenu dans la leur.

Angel se glissa derrière le volant ; Oz grimpa sur la banquette arrière.

— J'ai une question : on emprunte les routes fantômes, ou on conduit jusqu'à Paris avec un arsenal d'armes illégales ?

Il ne reçut pas de réponse.

Angel démarra et ils s'éloignèrent à bonne allure…

Mais pas assez bonne pour se faire remarquer.

Une vingtaine de minutes plus tard, une forme blanche leur barra la route.

— Angel, attention ! s'exclama Buffy.

Le vampire donna un coup de volant. La chose n'avait pas couru mais *flotté* à leur rencontre.

Et elle continuait à flotter devant eux. Tenant sa tête dans ses bras comme un lycéen porte ses livres et ses cahiers.

— Un fantôme, donc, conclut Oz.

Buffy descendit de la voiture.

— Angel, ne coupe pas le moteur, ordonna-t-elle.

Le vampire obéit.

Le spectre était celui d'une femme vêtue d'une longue robe blanche. Elle était plutôt jolie, dans un genre désuet.

Et décapitée…

— Puis-je vous aider ? s'enquit poliment Buffy.

Buffy Summers. Ecoute-moi.

— Je ne fais que ça, souligna la jeune fille.

Je connaissais ton Observateur. Je l'aimais. C'était un homme charmant.

Tiens donc…

— Nous nous efforçons de respecter sa vie privée, expliqua Buffy en plissant le nez. Alors, il ne serait pas très sympa de nous révéler tous les détails croustillants…

Les morts chuchotent dans leur tombe qu'une nouvelle Tueuse est sur le point de perdre la vie. Je t'en informe pour honorer Rupert Giles… Et parce que des portes sont en train de s'ouvrir sur des endroits maléfiques. Les démons ont envahi les routes fantômes.

Buffy frissonna.

— Les paris sont-ils ouverts sur le moment précis de ma mort ? s'enquit-elle avec une désinvolture feinte.

Le fantôme leva une main et la pointa sur la jeune fille.

Tu ne devrais pas prendre ça à la légère. Arme-toi. Protège-toi. Tu es la Tueuse.

— C'est marrant, je ne m'en étais pas aperçue, grogna Buffy. (Elle se pencha vers le fantôme.) Il ne faut pas croire tout ce que racontent les morts.

Elle tourna les talons et revint vers la voiture.

Dis bonjour à Rupert de la part de la comtesse de Dartmoor.

— Promis.

Et tâche de rester en vie, ajouta le fantôme. *Pour notre bien à tous. Et la survie du monde.*

Buffy jeta un coup d'œil par-dessus son épaule.

— Merci, dit-elle au moment où la silhouette translucide de la comtesse se dissipait.

Elle remonta en voiture.

Angel la dévisagea d'un air interrogateur. La jeune fille haussa les épaules.

— Oh, elle s'était perdue. Elle m'a demandé son chemin. J'ai dû lui expliquer que je n'étais pas du coin.

Angel se renfrogna.

— Buffy, nous l'avons entendue.

— Ah.

Oz leva une main.

— Finalement, Paris, ce n'est peut-être pas une grande idée, suggéra-t-il.

— Qui en a une autre ? soupira Buffy.

— D'accord, mais on dirait que les routes fantômes ne sont pas très sûres, souligna Angel. Le temps presse : qui sait quand ils décideront de tuer le petit garçon ?

— Et Oz ne va pas tarder à nous faire sa crise mensuelle, ajouta Buffy.

Le jeune homme haussa un sourcil, puis se tourna vers Angel.

— Aurons-nous des problèmes pour faire entrer les armes en France ? demanda-t-il.

— Je n'y suis pas allé depuis longtemps, répondit le vampire. Mais en Europe, surtout si on est un touriste américain, on peut circuler sans que les gens vous posent trop de questions.

— Parfait, dit Buffy. On y va.

Angel passa la première.

— Cette voiture fera l'affaire pour le moment, mais il va falloir qu'on trouve une camionnette, histoire qu'Angel ne se fasse pas cramer au premier rayon de soleil ! lança Oz. Et si nous voulons nous faire passer pour des touristes américains, autant peaufiner notre couverture.

— Le vol de voiture, constata Buffy, voilà une des choses que Giles a négligé de m'enseigner.

— Ne t'en fais pas, la rassura Angel. Je manque de pratique depuis un moment, mais je devrais m'en sortir.

Oz secoua la tête.

— C'est comme le vélo, ça ne s'oublie pas. Y a-t-il une chose que tu ne saches pas faire ? Que tu n'aies jamais essayée ?

Angel leva les yeux vers le rétroviseur. Apparemment, pour regarder Oz : mais c'était difficile à dire, vu qu'il n'avait pas de reflet.

— Pas des masses, admit-il.

CHAPITRE V

Elle portait une mantille tenue par un gros peigne en écaille, et une robe ancienne de dentelle noire. Des pétales de rose flétris étaient accrochés à la traîne style flamenco qui caressait le parquet ciré tandis qu'elle se tordait les doigts en grognant.

Le noir était sa couleur ; il faisait ressortir sa peau d'une exquise pâleur et ses grands yeux sombres. Oui, sa bien-aimée était très belle... Complètement folle, mais très belle.

Et c'est pour ça qu'il l'adorait.

— Les taureaux, chuchota Drusilla, griffant l'air de ses ongles pointus, tout en se balançant au son des guitares qu'elle était la seule à entendre. Oh, Spike, comme ils saignent...

Sa langue pointa hors de sa bouche et elle tourna lentement sur elle-même, les bras tendus sur le côté comme si elle tenait une cape de matador.

— *Olé*, souffla-t-elle.

— Pas devant le petit, Dru, grogna Spike.

Perché sur le bord de la table dans leur petit appartement du bord de mer, il tapota paternellement l'épaule de l'enfant assis à ses côtés.

Le garçonnet aux cheveux noirs se raidit, balança les jambes dans le vide, mais ne se déroba pas. Spike lui lança un regard approbateur. Il aimait beaucoup Jacques Régnier. C'était un humain selon son cœur : pas du genre à faire des crises d'hystérie et à supplier en pleurant qu'on l'épargne.

— Qu'est-ce que ça peut faire ? lança Drusilla en un chuchotement vicieux qui ravit Spike.

Il ne s'en lassait pas ; il n'était pas encore assez vieux ni blasé pour ça. Après tout, même Angélus en pinçait encore pour Drusilla, et il avait deux cent quarante ans et des poussières.

Dans un frou-frou de jupons, la vampire martela le sol de ses talons écarlates. Elle découvrit les crocs en observant Jacques et fit mine de le poignarder.

— Tu seras bientôt mort. Ils te trancheront la gorge. Ils te feront saigner, petit veau.

Malgré la peur qui brillait dans son regard, l'enfant leva le menton. Spike gloussa, prit la main de Drusilla entre les siennes et embrassa le bout de ses doigts si fins et pourtant si forts.

— Nous n'en savons rien, chaton. Ils ne nous ont pas dit ce qu'ils comptaient lui faire.

Dru se redressa et, de l'index, dessina des cercles sur les lèvres de son amant.

— Ils se précipitent en avant et enfoncent les banderilles dans leurs muscles saillants... C'est là que le sang commence à couler. Qu'ils souffrent. La corrida, c'est tout un art.

— Le sang commencera à couler quand nous le déciderons, dit Spike d'une voix traînante, en mordillant le petit doigt de Dru. Pas avant.

La vampire sourit de plaisir.

— Ici. Mais pas à Madrid. Pas dans les arènes.

En un éclair, son humeur changea. Elle fit un pas en

arrière, les dents serrées, les yeux lançant des éclairs de colère. Sa lèvre inférieure trembla comme celle d'une petite fille à qui on refuse de satisfaire un caprice.

— L'Espagne ! dit-elle sur un ton accusateur. Tu m'avais promis l'Espagne. Tout saigne ici, même le ciel. (Elle tapa du pied.) Tu avais dit que nous irions. Que nous boirions du *sangre*.

Spike s'appuya sur ses mains posées derrière lui et étendit les jambes. Il faisait un peu chaud ici. Trop pour quelqu'un qui portait un cache-poussière et des bottes.

L'enfant était vêtu de manière plus convenable pour le climat, avec une chemise à manches longues et un pantalon gris tourterelle : l'uniforme de l'école privée snobinarde où Dru et lui l'avaient enlevé à Londres.

— C'était avant que nous sachions que les Fils de l'Entropie avaient leur quartier général quelque part en Italie, dit Spike pour apaiser sa compagne. Mais c'est joli ici, tu ne trouves pas ?

D'un geste, il désigna la petite pièce aux meubles sculptés, aux étagères garnies de coquillages poussiéreux et au sol couvert de sable. La nature à son état le plus brut.

— L'air marin te fait du bien, chaton. Il te met du rose aux joues.

En réalité, les joues de Drusilla étaient d'une pâleur cireuse, comme toujours.

Ils étaient dans un charmant petit village près de Pise. Spike se plaisait bien dans le coin : le vin était excellent, et il n'y avait pas d'autres vampires. Le parfait endroit pour que Dru et lui étanchent leur soif de sang et concluent leur marché avec les Fils de l'Entropie, qui s'avéraient un peu plus retors que prévu.

Ils n'avaient qu'à leur donner la Lance de Longinus

pour récupérer l'héritier du Gardien du Portail. Où était le problème ? Peut-être ne lui faisaient-ils pas confiance ? Une attitude saine dans les affaires, avait toujours pensé Spike.

— L'Espagne, insista Drusilla avec une moue mécontente.

Spike savait qu'elle était capable de continuer ainsi pendant des jours. Cette seule idée le fatiguait d'avance.

— Ici, il y a de belles mamas italiennes dodues et des chérubins du Tintoret, dit-il avec une pointe d'exaspération. Tu veux un chérubin, poussin ? Je peux aller t'en chercher un.

Spike fit mine de se lever, et le petit garçon se raidit de nouveau. Il avait peur de Drusilla.

Décidément, il était futé, ce marmot !

— Et toi, qu'est-ce qui te ferait plaisir ? demanda Spike en se tournant vers lui. On pourrait le faire tatouer, chaton. Il aurait fière allure avec un gros serpent sur la poitrine, ou quelque chose dans le genre.

— Ne t'attache pas trop à lui, dit Drusilla. Tu sais bien qu'il est destiné à l'abattoir.

Spike soupira.

— Je suppose que tu as raison. (Il lui fit un sourire rempli d'adoration.) Comme d'habitude.

Près de lui, Jacques Régnier posa une main sur sa bouche. Sans doute pour s'empêcher de hurler.

Spike tapota le bras de Drusilla.

— Alors, qu'est-ce que tu veux manger ?
— Quelqu'un de grassouillet.

La vampire s'éloigna en dansant vers la porte. Puis elle se retourna. Ses yeux brillaient d'une splendide lueur dorée ; ses crocs effilés étaient les plus ravissants que Spike ait jamais contemplés.

Le petit garçon resta impassible. Mais il mourait d'envie de hurler, Spike le sentait.

Il était expert en matière d'êtres humains et de terreur.

Dallas Mayhew tira la glacière de sa cachette, sous l'échelle de la cabine du *Maraudeur*, et y prit trois canettes de bière : une pour lui, une pour son pote et une autre pour la bonne mesure. Berçant les triplés dans ses bras, il remonta sur le pont du voilier de son père.

— Regarde ça, mec, souffla Spenser Ketchum en tendant l'index.

Dallas tourna la tête. Devant eux, une épaisse brume blanche montait de la mer et menaçait de déferler sur le *Maraudeur*. Le jeune homme haussa les épaules.

— Ce n'est que du brouillard.

— Mais ça brille, insista Spenser. Et il y a quelque chose à l'intérieur.

— Prends une bière. Tu te sentiras mieux après, conseilla Dallas.

— Regarde, mec ! s'exclama Spenser, les yeux écarquillés.

Mais la brume les avait engloutis, et ils n'y voyaient plus rien.

— Dépêche-toi de nous faire virer dans le sens du vent ! cria Spenser.

Trente secondes plus tard, la brise maritime gonfla leur voile, et le moteur fuma tant il tournait en surrégime. Impossible de faire plus, Spenser le savait. Ce qui ne l'empêchait pas de paniquer.

Et Dallas n'allait pas tarder à en faire autant. Parce que son pote avait raison : il y avait quelque chose dans le brouillard. Un cauchemar.

Un cauchemar qui les voulait.

Le jeune homme n'arrivait pas à y croire. Il vivait à

Sunnydale depuis toujours. C'était le genre de petite ville tranquille où il ne se passait jamais rien.

Pour une fois, Dallas regrettait presque la monotonie dans laquelle son existence baignait jusque-là. Quand il appelait un peu d'action de tous ses vœux, il ne pensait pas du tout à ça.

Ça : des squelettes qui le poursuivaient à bord d'un navire pourrissant, dont la figure de proue poussait des hurlements aigus et faisait claquer ses mâchoires.

Le vent gémissait ; par-dessus ses lamentations, les jeunes gens entendirent les marins morts chanter.

— Dépêche-toi, gémit Spenser. Plus vite !

Des larmes roulaient sur les joues de Dallas. Il pensa à sa mère, atteinte de sclérose en plaques, et à son père qui jonglait avec deux boulots pour que son frère Cort et lui ne soient privés de rien. Il pensa à son rêve stupide de quitter cette ennuyeuse petite ville et ses ennuyeux parents pour aller dans un endroit excitant. Un coin où sa vie changerait.

Le port était en vue. Accroupi contre le bastingage, Dallas distingua le quai où son père amarrait le *Maraudeur*. Si proche… Mais il n'était pas question qu'il s'embête avec toutes ces cordes : dès que la coque toucherait le fond, il sauterait à l'eau et prendrait ses jambes à son cou.

Il sentit le voilier racler le fond sablonneux. Bondissant par-dessus le bastingage, il détala en soulevant une gerbe d'éclaboussures sur son passage.

Le jeune homme risqua un coup d'œil en arrière. Peut-être tout ça n'était-il qu'un mauvais rêve, une hallucination due à l'alcool et aux stéroïdes dont il se gavait.

Mais ce qu'il vit le détrompa.

Le brouillard courait à la surface de l'eau comme un

raz de marée, et l'épave à moitié décomposée caracolait sur sa crête. Beaucoup trop haut. Elle n'aurait pas dû être là, n'aurait pas dû…

— Spense ! hurla Dallas.

Mais son ami s'était recroquevillé sur le pont en position fœtale. Il voulait retourner le chercher, vraiment, il le voulait…

Pourtant, il courut de plus belle, sortant enfin de l'eau et se hissant sur la jetée où sa mère et lui observaient les petits crabes autrefois… Avant qu'elle ne tombe malade et qu'il ne grandisse.

Avec un sanglot de soulagement, Dallas se releva et se retourna.

Alors le vaisseau fantôme s'élança dans les airs.

Paralysé de stupeur, Dallas ne songeait même plus à fuir. Sous ses yeux exorbités, le navire de cauchemar flottait sur les ailes du vent nocturne, sa silhouette spectrale se découpant contre le firmament.

Puis le brouillard monta et s'épaissit. Quelques secondes plus tard, le jeune homme ne contempla plus qu'un banc de nuages particulièrement dense.

Incapable de croire à sa chance, il cligna des yeux.

Spenser s'approcha, pataugeant dans l'eau.

— Merci beaucoup, mec ! cracha-t-il. Merci de m'avoir abandonné. Tu es vraiment un ami.

— Spense…, commença Dallas.

Mais il n'avait rien à dire pour sa propre défense. Il avait laissé tomber son meilleur pote. Honteux, il baissa la tête.

— Dallas.
— Spense, si c'était à refaire, je te jure que…
— *Dallas.*

Se redressant, il dévisagea son ami. Les yeux écarquillés, celui-ci fixait un point au-dessus de sa tête. Sa bouche s'ouvrait et se fermait, mais aucun son n'en sortait.

Dallas se retourna.

Un filet s'abattit sur lui. Il hurla tandis que les cordes glacées l'enserraient et se tendaient, mordant sa chair.

Puis il se sentit soulevé dans les airs.

Alors qu'il se débattait et s'efforçait vainement de reprendre son souffle, quelque chose de coupant s'enfonça dans sa poitrine.

Le jeune homme baissa les yeux et vit une pointe métallique le transpercer de part en part. Du sang jaillit de la plaie comme de la bière d'une cruche.

Ça ne fait pas si mal, songea-t-il vaguement.

Ça ne tarderait pas à faire mal.

Mais ça ne durerait pas très longtemps.

— Ah, Paris, soupira Buffy. Je savais bien que je viendrais ici un jour.

Devant eux, la tour Eiffel se découpait contre le ciel.

— Et je savais que ce serait en compagnie d'un loup-garou et d'un vampire endormi.

— Je ne dors pas, grogna Angel d'une voix pâteuse.

La jeune fille jeta un coup d'œil par-dessus son épaule. Ils avaient confectionné une sorte de tente avec des couvertures, et elle n'apercevait même pas le sommet du crâne d'Angel.

— Tu devrais, répliqua-t-elle. On ne peut pas savoir lesquelles des innombrables et très excitantes forces des ténèbres vont nous tomber dessus ce soir.

— Ou tout de suite, corrigea Oz tandis qu'un homme vêtu comme un figurant de *Casablanca* levait les mains et leur faisait signe de se ranger sur le bord de la route.

— Génial, marmonna Buffy. Je savais bien qu'on aurait dû jeter l'AK-47 avant de prendre le ferry.

— C'est une bonne arme, objecta Angel, et on a balancé presque tout le reste. Difficile de se défaire d'un bijou pareil.

— Qu'est-ce qu'on fait s'ils nous demandent de sortir de la camionnette ? demanda calmement Oz. On a oublié de prendre de la crème solaire indice cinq millions. Pour toi.

Buffy haussa les épaules.

— On n'aura qu'à se tirer à toute allure.

— Comme tu veux.

Le jeune homme eut la délicatesse de ne pas mentionner qu'ils étaient coincés dans un embouteillage monstrueux. A moins de faire pousser des ailes à leur véhicule, l'option « fuite » risquait de ne pas en être une.

— Je me range, annonça-t-il.

Il baissa sa vitre pour parler au gendarme qui approchait.

— Bonjour, dit-il en français.

L'homme débita des phrases à la vitesse d'une mitraillette. Buffy se demanda si elle avait vraiment étudié sa langue au lycée, ou si les cours faisaient partie d'un complot diabolique fomenté par l'administration — plus spécifiquement, par le proviseur Snyder — pour pousser les élèves à réveiller les morts en incantant dans un dialecte maléfique.

Ça expliquerait pourquoi la cuisinière a toujours le regard dans le vague et un gros problème de déodorant.

— D'accord ? acheva le gendarme en flanquant une petite tape sur le flanc de la camionnette.

— Oui, merci, répondit Oz.

L'homme s'éloigna entre les voitures. Le jeune homme passa la première et se réinséra dans la circulation avec toutes les peines du monde. Personne ne voulait lui céder le passage. Après tout, ils étaient à Paris…

— Alors ? s'impatienta Buffy.

Oz jeta un coup d'œil dans le rétroviseur.

— Il m'a dit qu'il y avait un accident un peu plus loin, et qu'on devrait faire un détour.

Avec un signe de la main pour la voiture qui approchait, il s'engagea dans la file du milieu. Des pneus crissèrent ; un klaxon résonna.

— Ou, au choix, que le camembert était en promo au supermarché du coin. C'est comme tu le sens.

— Le détour, trancha Angel.

Buffy se pencha vers Oz.

— Il était déjà né quand on a inventé le français.

— J'ai entendu, grogna le vampire.

— Dors ! lui ordonna Buffy.

La nuit était tombée sur Paris quand les trois compagnons atteignirent l'adresse découverte au 217 Redcliff, à Londres.

— Ça ne m'étonne pas, grommela Buffy en serrant contre elle l'AK-47.

Oz avait pris un revolver et Angel un pistolet ; le lance-roquettes était resté dans la camionnette.

— Partout où je mets les pieds, il y a toujours des araignées et des restes humains.

Ils étaient dans les catacombes de Paris, où les ossements s'empilaient comme des blocs de Lego : crânes et cubitus par-ci, fémurs et bassins par-là…

— Ce n'est pas si terrible, objecta Oz en promenant le faisceau de sa lampe sur les parois couvertes de squelettes. La plupart des gens paient pour voir ce spectacle.

— On finira peut-être par affronter un monstre qui raffolera des parcs d'attractions ou des bons restaurants…, soupira Buffy.

Elle trébucha et posa le pied sur un crâne, dont une moitié tomba en poussière.

— Désolée, marmonna-t-elle.

— En parlant de restaurants, tu as remarqué que dans les films, les méchants mangent toujours des raisins ? demanda Oz. Ou alors, ils découpent de gros morceaux de dinde pour les donner à leur persan. Comment ça se fait ?

— La gourmandise, suggéra Angel. Un des sept péchés capitaux.

— Avec la monotonie, grommela Buffy en étouffant un bâillement. Il n'y a personne ici, les copains. On plie bagage et on file à Disneyland.

— Tueuse, chuchota une voix d'outre-tombe.

Les trois compagnons se regardèrent. En silence, Angel et Oz hochèrent la tête, puis ils se déployèrent dans des directions opposées, le premier vers la droite et le second vers la gauche. Mieux valait couvrir un maximum de terrain afin de surprendre la personne qui venait de parler avant qu'elle ait le temps de réagir.

Buffy éteignit sa lampe de poche. Impossible de déterminer d'où venait la voix ; tant qu'à faire, mieux valait ne pas donner l'avantage à leur mystérieux interlocuteur.

— Tueuse...

— C'est moi, dit Buffy en tendant l'oreille. Et vous êtes... ?

Une pause.

— Un ami...

— Je vois. C'est pour ça que vous vous cachez. Quand les gens font ça dans mon entourage, je pense toujours que c'est à cause de ma passion honteuse pour les films de Molly Rindgwald. A moins que je ne sache pas choisir mes amis...

— Je vous en supplie, écoutez-moi. Je n'ai pas beaucoup de temps.

— Etes-vous occupé à manger des raisins ? demanda Buffy par curiosité.

— Je crois qu'on m'a suivi, souffla l'inconnu.

— Ça alors, ce serait une expérience nouvelle pour moi ! Dites, vous ne feriez pas partie des Fils de l'Entropie, par hasard ? Et je ne parle pas du groupe de chanteurs.

— Si, mais…

— Mais vous êtes un gentil Fils de l'Entropie, coupa Buffy. Je m'en doutais.

Elle tenta de scruter les ténèbres, puis songea à rallumer sa lampe de poche. Au lieu de cela, son index se crispa sur la détente de l'AK-47. C'était une bien meilleure source de réconfort.

Il y eut un étrange grognement.

— Oh, mon Dieu, gémit son nouvel ami. Elle arrive. Aidez-moi…

Un éclair bleu illumina brièvement le mur du fond.

Un éclair magique. Buffy se tendit.

— Expliquez-moi d'abord ce que vous faites là.

— Non. Elle arrive. Je vous en supplie…

Un autre éclair, suivi par une boule de feu.

Buffy garda la silence. L'inconnu essayait peut-être de la piéger. Ou bien il était assez fort pour s'en sortir tout seul. Mais dans la catégorie Devoirs de la Tueuse, pour trois cents points, il se pouvait aussi qu'il ait vraiment besoin de son aide.

Et comme il faisait partie des méchants, son assistance allait lui coûter bonbon.

— Ce sont les routes fantômes, dit-il enfin. Il y en a une quantité infinie, mis à part celles que vous avez empruntées. Je sais que vous avez eu des problèmes dans les limbes, mais vous ne devez pas voyager ouvertement dans cette dimension. Vous êtes trop repérables.

— C'est encore une embuscade, pas vrai ? grogna Buffy. L'adresse à l'intérieur de la bourse…

— Ça devait en être une, mais j'ai tout découvert. (Une pause.) Je travaille avec quelqu'un qui connaît votre Observateur.

La jeune fille ne voyait pas du tout de qui il voulait parler.

— Sachez seulement que nous nous efforçons de l'arrêter de l'intérieur, dit l'inconnu.

— Une minute ! lança Buffy. Giles a un contact chez les Fils de l'Entropie ? Et qui essayez-vous donc d'arrêter ?

— Il Maestro.

Il y eut un second grognement.

Puis un cri.

La jeune fille alluma sa lampe et courut. Alors qu'elle atteignait un croisement, Angel jaillit d'un des passages latéraux et la rejoignit.

— Oz ! appela-t-elle.

— J'arrive, répondit son ami.

Un rugissement ébranla les catacombes. De la terre et des cailloux se détachèrent du plafond ; Buffy se retint à un crâne dont les dents lui éraflèrent la main. Sans y prêter attention, elle s'élança de nouveau.

— Attention ! s'exclama Angel.

Quelque chose tomba sur la jeune fille, lui faisant lâcher sa lampe et son AK-47 et la plaquant à terre.

Une détonation retentit, mais ne produisit pas le moindre effet sur la créature qui maintenait Buffy au sol. Refermant sa gueule sur les cheveux de la jeune fille, elle la traîna derrière elle. Elle avait quatre pattes, toutes terminées par des griffes acérées.

Soudain, elle pressa l'allure, emportée par son élan le long d'une pente. Buffy leva les bras pour tenter de se dégager, mais tout allait trop vite.

Quelque part au-dessus, Angel cria son nom, et elle entendit un bruit de course. D'une façon ou d'une autre, son agresseur et elle se retrouvaient plus bas que le tunnel d'où elle arrivait.

— Buffy ? Buffy, où es-tu ?

— Il doit y avoir une trappe quelque part. Cherche !

La jeune fille remua les jambes, essayant de se retenir aux murs.

Ne réussissant pas, elle ramena ses genoux contre sa poitrine et tenta de flanquer un coup de pied dans l'estomac de la créature. Là encore, elle échoua. Alors, elle enfonça ses talons dans le sol pour ralentir leur fuite.

Quelque chose perfora sa cuisse au-dessus du genou. Elle poussa un cri de surprise et de douleur en sentant une substance brûlante se répandre dans ses quadriceps.

Le monstre rugit. Puis Buffy entendit la voix d'Oz.

— Hé !

Une lumière diffuse se répandit autour d'elle. Plissant les yeux, la jeune fille tenta de détailler son agresseur. D'après le peu qu'elle en voyait, c'était un lion.

Il y eut un coup de feu. La balle érafla la joue gauche de Buffy, manquant sa cible.

Une seconde détonation. Cette fois, la créature grogna et lâcha sa proie.

La tête de la jeune fille heurta le sol de terre battue. Au moment où le monstre bondissait au-dessus d'elle, elle lui saisit une patte arrière. Mais sa prise n'était pas bonne, et il se débarrassa d'elle comme d'un simple moustique.

A défaut, elle lui empoigna la queue. Une vive douleur déchira ses mains ; elle serra les dents et s'accrocha.

La créature la traîna maladroitement derrière elle. Buffy remonta le long de sa queue et s'agrippa à son arrière-train.

— Tire encore, Oz ! cria-t-elle.

Un troisième coup de feu. Avec un rugissement furieux, le monstre se retourna vers Buffy...

... Qui hoqueta, stupéfaite. L'animal avait le visage d'un homme, à ce détail près que sa bouche était garnie de plusieurs rangées de dents et que ses iris avaient la couleur du sang. Sa queue cingla l'air au-dessus de sa tête, comme un boa constrictor, et fusa vers la jeune fille.

Elle se terminait par un dard pareil à celui d'un scorpion.

— Ouah, du calme !

Buffy plia le bras droit et le détendit brusquement, frappant la mâchoire de son adversaire du plat de la paume. La tête du monstre partit en arrière, et il poussa un nouveau rugissement.

La jeune fille en profita pour lui assener un coup de pied qui le fit tomber sur le côté ; alors, elle lui bondit dessus et le roua de coups aussi violents que vicieux, sans se soucier qu'il ait un visage humain ou non.

Ses poings s'abattirent sur son crâne, sur son nez, encore et encore...

Buffy n'arrivait plus à s'arrêter de frapper.

— Ça suffit, dit gentiment une voix.

La jeune fille sentit qu'on la tirait en arrière. Elle se releva d'un bond et fit volte-face, mais ce n'était qu'Angel qui braquait le faisceau de sa lampe sur le corps de la créature.

Il fallut à Buffy quelques secondes pour se calmer.

Alors, elle laissa retomber ses bras le long de ses flancs et tenta de reprendre son souffle.

— C'était une question de survie, pas vrai ? lança Angel.

Elle comprit qu'il faisait allusion au regard qu'elle lui avait jeté après qu'il eut brisé le cou du Skree.

— Ouais, grogna-t-elle en s'essuyant la bouche d'un revers de main.

Oz les rejoignit. Il baissa les yeux vers la créature, puis détailla Buffy et Angel.

— Désolé, dit-il. Je ne vise pas très bien.

La jeune fille eut un sourire grimaçant et massa sa jambe engourdie.

— Oh, je crois que tu m'as quand même sauvé la vie.

Oz secoua la tête.

— Ce n'est pas moi. Je ne l'ai pas touché une seule fois.

— Alors, c'est peut-être notre mystérieux Chuchoteur des Ténèbres, avança Buffy. Ce qui restaurerait quelque peu ma foi en l'humanité.

Mais de l'inconnu, il ne restait pas le moindre signe.

— Sans compter les horreurs qui s'échappent de la Maison du Portail, un paquet de monstres bossent pour le grand *kahuna* qui tire les ficelles des Fils de l'Entropie, résuma Oz.

— Je ne suis pas certaine qu'ils bossent pour lui, corrigea Buffy en se rappelant de la sauvagerie du Wendigo qui lui avait involontairement sauvé la vie à Sunnydale. Disons qu'il les contrôle. Côté sorcellerie, ce type ferait passer notre vieil ami Ethan Rayne pour un Daffy Duck muni d'une baguette magique.

Angel s'agenouilla près du monstre mort et examina les rangées de dents pointues qui garnissaient sa bouche.

— Incroyable, souffla-t-il. Une manticore. Le visage d'un homme sur le corps d'un lion. Elles ont la réputation d'enlever les bébés, de les découper en morceaux et de les manger. Je n'en avais encore jamais vu.

— Un nouveau spécimen dans la série des monstres à visage humain, grimaça Buffy. Comme le nommé Il Maestro, qui soit-il…

Elle baissa les yeux vers la créature.

— Et quand je lui mettrai la main dessus, voilà le traitement que je lui infligerai. Pour commencer.

CHAPITRE VI

— Voilà ce qui s'est passé, dit Angel en promenant le faisceau de sa lampe sur la longue planche pareille à une rampe qui avait cédé sous le poids de Buffy et de la manticore. C'était l'entrée de la pièce dans laquelle nous nous tenons. Pendant la Seconde Guerre mondiale, des résistants français se dissimulaient dans les catacombes. Cet endroit leur tenait sans doute lieu de salle de réunion secrète.

— Maintenant, c'est un mouroir secret, dit Buffy, promenant un regard à la ronde.

Elle réalisa qu'elle avait perdu son AK-47.

Non que ça eût la moindre importance. Ce n'était pas du tout son type d'arme.

Soudain, la manticore explosa dans une gerbe de flammes. Les trois compagnons lui jetèrent un coup d'œil blasé.

— Il Maestro l'avait peut-être lancée sur les traces du type mystérieux, dit Angel, mais elle pouvait aussi bien être à nos trousses. Auquel cas, il m'étonnerait qu'elle soit venue seule…

Buffy approuva. Mieux valait être une cible mouvante qu'un pigeon mort.

— D'accord, soupira-t-elle. Il ne va pas tarder à faire jour. Où est la route fantôme la plus proche ?

— Selon Antoinette Régnier, il y en aurait une dans le clocher de Notre-Dame, répondit Angel.

Buffy eut un sourire las.

— Je savais bien qu'on pourrait profiter de ce voyage pour faire un peu de tourisme.

Ce soir-là, Giles marchait seul dans les rues de Sunnydale.

— « La lune était un galion spectral », murmura-t-il, citant le poème d'Alfred Noyes en contemplant le ciel.

Il fourra les mains dans les poches de sa veste pour se réchauffer, et se souvint d'une autre nuit, où il avait fait le même geste : à New York, pendant la convention des bibliothécaires, quand il avait rencontré Micaela Tomasi.

La soirée était anormalement brumeuse pour le Sud de la Californie, et la lune projetait une vive lueur sur les tentacules de brouillard. Une épaisse couche de vapeur masquait les trottoirs, les vitrines et les lampadaires.

Giles avait l'impression de se déplacer dans les rues d'une ville engloutie. Il en connaissait trois, et cette nuit, Sunnydale aurait pu être la quatrième.

Songeant à Londres, il fut gagné par le mal du pays... Non, c'était inexact. Il se sentait chez lui à Sunnydale à présent. « Par la nostalgie » aurait mieux convenu.

Giles soupirait après une époque où les choses étaient plus simples. Un temps où il travaillait au British Museum en attendant d'être appelé pour servir d'Observateur à la nouvelle Tueuse. Histoire de se distraire, il mémorisait des poèmes romantiques dont les auteurs avaient apparemment mené une vie bien plus excitante que la sienne.

Puis tout avait basculé, et il se surprenait parfois à regretter la facilité et l'ennui auxquels il avait dû renoncer.

Mais il ne se plaignait pas. Le fardeau du devoir reposait en réalité sur des épaules bien plus frêles — et pourtant plus puissantes — que les siennes. On ne lui demandait pas grand-chose : juste de consacrer sa vie à aider la Tueuse.

Buffy risquait son existence à chaque minute. Et il en serait ainsi jusqu'à ce qu'elle en meure.

Le bruit de ses pas résonnant sur le trottoir, Giles marchait sans laisser son regard s'attarder plus d'une seconde sur quoi que ce fût. Il était en patrouille ce soir, seul pour des raisons logistiques, mais surtout parce qu'il en avait besoin.

C'était bien beau que Joyce Summers soit venue chercher refuge chez lui. Mais il n'avait pas l'habitude de partager son espace avec quelqu'un.

La nécessité de préserver le secret autour de ses occupations d'Observateur l'avait poussé à s'isoler. Par habitude autant que par inclination, il préférait désormais sa propre compagnie à celle de n'importe qui d'autre. Y compris d'une femme ravissante et intelligente comme la mère de Buffy.

Jenny était la dernière qui eût passé du temps dans son appartement. A présent que le nécessaire à maquillage de Joyce traînait dans la salle de bains, et que son rouge à lèvres laissait une empreinte sur le bord des verres, Giles se surprenait à penser de nouveau à la belle Gitane que la mort lui avait arrachée. Ces signes subtils mais indéniables d'une présence féminine ravivaient son chagrin.

Il s'inquiétait pour Micaela et avait du mal à accepter l'idée qu'elle puisse être morte. Il ne voulait pas laisser

Joyce deviner la cause de son malaise. Il s'efforçait donc de lui dissimuler ses sentiments…

Tous les sens de Giles étaient en alerte. Deux lycéens avaient disparu la veille, et leurs camarades parlaient en chuchotant de créatures qui rôderaient sur la plage. D'autres horreurs que le Kraken, cet énorme monstre marin qui, pour ce qu'en savait le bibliothécaire, se tapissait toujours au fond des eaux noires de la baie.

Il se pouvait que ce brouillard soit dû à un caprice de la météo, les rumeurs étant dénuées de fondement. Mais Giles en doutait fort. Pas ici, et pas maintenant. Elles indiquaient sûrement l'ouverture d'une nouvelle brèche. La pauvre Willow allait devoir lancer un autre sort de fermeture.

Le bibliothécaire admirait la manière dont la jeune fille avait pris la place de Jenny au sein de leur petit groupe. Il n'avait pas le temps d'apprendre des rituels et de se procurer les ingrédients nécessaires à leur exécution : il était trop occupé à entraîner la Tueuse et à fouiller dans ses livres pour y dénicher des prophéties relatives aux nombreux démons que Buffy devait combattre.

Le travail dont Willow se chargeait si spontanément et avec tant d'enthousiasme complétait le sien, et il l'appréciait à sa juste valeur.

Comme il appréciait les efforts de chacun des jeunes gens, en fait.

Au fil du temps, Alex avait trouvé sa place de second de Buffy et de stratège occasionnel. Ses tactiques ne manquaient pas d'élégance…

Cordélia, qui avait d'abord semblé… superflue, incarnait la voix du bon sens quand le tact typiquement britannique de Giles l'empêchait d'exprimer des opinions percutantes. Oz avait une influence apaisante et secondait Willow en tout.

Oui, ils formaient un groupe de jeunes gens assez incroyables, ces amis de la Tueuse. Et d'une loyauté à toute épreuve envers Buffy.

— Au secours ! appela une voix, tirant Giles de sa rêverie. Oh, mon Dieu !

L'appel venait de tout près. Comme le bruit de course frénétique qui l'accompagnait.

— Non ! Non !

Au nord-ouest. Le plus discrètement possible, Giles s'élança dans cette direction. L'élément de surprise pouvait être son arme la plus efficace.

Il atteignit une rangée d'entrepôts, qu'il longea en effleurant leurs parois d'aluminium humide. Maudit brouillard ! Il n'y voyait rien…

— Oh, mon Dieu, gémit la voix — sans doute celle d'un adolescent.

Elle semblait s'éloigner de lui. Il y eut un cri étouffé, suivi par un craquement qui éveilla un vague souvenir dans l'esprit de Giles. Quelque chose qu'il n'arrivait pas tout à fait à situer…

Puis il leva les yeux et pâlit.

La lune descendait sur Sunnydale.

Non, ce n'était pas la lune, mais une forme massive et phosphorescente qui se rapprochait lentement du sol. La première pensée de Giles fut qu'il avait affaire à un OVNI.

Il fit un pas vers la gauche et, à tâtons, revint en arrière. Puis il se glissa entre deux bâtiments et attendit, le nez levé vers le ciel.

Une bourrasque soudaine lui projeta des gravillons dans les yeux. Le bibliothécaire se pressa contre le mur tandis que quelque chose s'envolait d'une poubelle — un carton déchiré, sans doute — et le frappait au visage.

La puissance de la tempête ne cessait d'augmenter ; elle hurlait dans les oreilles de Giles, l'empêchant d'entendre quoi que ce fût d'autre. Un instant, il espéra que le brouillard allait se dissiper. Mais tel ne fut pas le cas : au contraire, il parut épaissir.

Puis le bibliothécaire réalisa que le hurlement n'était pas celui du vent. Plutôt celui d'une multitude de voix gémissantes, désespérées et rageuses.

Peu à peu, il reconnut les notes d'une chanson. Les notes se changèrent en mots, et son cœur cogna douloureusement dans sa poitrine quand résonna le couplet suivant :

Nous voguons à bord du Hollandais,
Nous les âmes damnées, nous les âmes condamnées.
Nous voguons à bord du Hollandais
Qui file droit vers l'Enfer toutes voiles gonflées.

Le *Hollandais volant* ? Ici, à Sunnydale ? C'était un très mauvais signe. Antoinette Régnier, la mère de l'actuel Gardien du Portail, avait mentionné devant Giles que le navire de cauchemar était lié à leur maison.

La tempête faisait rage ; Giles remarqua que la brume s'éclaircissait peu à peu. Il leva les yeux. Au-dessus de lui flottait la coque pourrissante d'un vaisseau fantôme. Une grosse chaîne pendait du côté bâbord ; à son extrémité se balançait une vieille ancre à trois pointes toute rouillée.

Le *Hollandais volant* continua à perdre de l'altitude, jusqu'à ce qu'il arrive au niveau de Giles. Ses voiles étaient en lambeaux. Des cadavres animés arpentaient son pont, d'où montait une répugnante odeur de décomposition et de mort.

Sur la passerelle, un squelette tirait sur une corde attachée aux poignets d'un adolescent en blouson vert et blanc. Le peu de chair qui restait sur ses os était noircie par le soleil et grouillante de vers.

Quand il imprima une secousse brutale à la corde, son prisonnier tomba à genoux, cria et s'étala de tout son long. Autour de lui, les autres fantômes éclatèrent d'un rire qui fit dresser les cheveux sur la tête de Giles.

Le bibliothécaire serra les poings, réprimant l'envie de passer à l'action. Il ne pouvait rien faire. Et pour aggraver sa frustration, il avait reconnu l'adolescent qui était venu le voir la semaine précédente, en quête de brochures sur les universités de la région.

Il s'appelait Vinnie Navarro, et il venait juste d'être transféré d'un lycée de Chicago. Le déménagement à Sunnydale n'avait pas eu l'air de l'enchanter, mais il s'efforçait de tenir le coup pour ne pas ajouter aux soucis de sa famille. Il portait encore le blouson de son ancien établissement.

Une profonde tristesse envahit le bibliothécaire. Pauvre garçon ! Il ne se doutait sûrement pas que perdre ses amis serait la moindre des épreuves qui l'attendaient à Sunnydale.

Joins-toi à nous ou meurs, tonna une voix spectrale.

Puis son propriétaire avança sur le pont. Giles dut porter une main à sa bouche pour réprimer un cri de frayeur.

La silhouette portait la tenue noire des anciens capitaines de vaisseau. Mais à l'endroit où aurait dû être son visage, il n'y avait qu'une tache d'ombre mouvante aux profondeurs insondables. Le bibliothécaire n'y distingua rien ; en revanche, ce qu'il ressentit…

Ce qu'il ressentit…

C'était au-delà de toute raison. Le genre de terreur qui réduisait un homme adulte à l'état de fou furieux.

La mort avait ce visage.

La silhouette s'approcha de Vinnie, qui se recroquevilla sur lui-même et éclata en sanglots. Derrière lui, un zombie se détacha de la masse de ses semblables. Il tenait un nœud coulant, qu'il passa autour du cou de l'adolescent.

Levez l'ancre et pendez-le, ordonna le capitaine.

Il fit un geste insouciant de la main et tourna le dos à Vinnie.

Oui, monsieur, répondirent les squelettes.

La chaîne commença à remonter.

Maîtrisant sa peur du mieux qu'il put, Giles courut, sauta et s'y accrocha.

De nouveau, le brouillard enveloppa le navire tandis qu'il reprenait les airs ; très vite, le bibliothécaire ne put plus distinguer le sol.

Suspendu sous la coque du *Hollandais volant*, il perdit tout sens de l'orientation, incapable même de dire s'ils prenaient encore de l'altitude.

Alex, Cordélia et Willow, dans le salon des Summers, observaient le cercle qui planait à hauteur de leur taille.

— Je continue à dire que c'est un boulot pour Superman ou, à défaut, pour la Tueuse, déclara le jeune homme.

Les filles hochèrent la tête. Willow avait l'air fatigué. Elle bâilla à s'en décrocher la mâchoire, mit la main devant sa bouche et soupira :

— J'ai lancé tous les sorts que je connais.

— Et pourtant, la faille est toujours là. Avec la ferme intention d'y rester, constata Alex.

— De quoi parlez-vous ? coupa Cordélia, impatiente. (Elle consulta sa montre.) Il n'y a qu'à appeler Giles pour lui dire que nous avons fait de notre mieux, mais que ça n'a pas marché.

« Si je rentre encore en retard, ma mère m'expédiera par le prochain avion dans un pensionnat en Suisse ! (Elle fronça les sourcils en dévisageant Alex.) Tu veux vraiment que je finisse mon année de terminale là-bas ? »

— Ça dépend des moments…, répondit le jeune homme. D'accord, j'appelle Giles.

Il saisit le téléphone des Summers et composa le numéro.

Ce fut Joyce qui décrocha.

— Bonsoir, madame Summers. Comment allez-vous ?

— Je suis un peu inquiète, avoua la mère de Buffy. M. Giles m'avait promis de rentrer il y a deux heures, et je n'ai aucune nouvelle de lui.

Alex fronça les sourcils ; les deux filles se mirent à chuchoter :

— Quoi ? Qu'est-ce qui se passe ?

Il leur fit signe de se taire.

— Vous êtes sûre que le téléphone était bien raccroché ?

— Oui.

— Et si vous aviez été en train d'appeler quelqu'un et qu'il y ait eu un signal d'appel, vous auriez pris la communication, pas vrai ?

— Alex ! cria Joyce, exaspérée. J'ai pris garde de ne pas me servir du téléphone. Tu me confonds avec ma fille.

— Ne quittez pas.

Le jeune homme couvrit le micro de la main, puis se tourna vers Cordélia et Willow.

— On a perdu Giles, annonça-t-il.

— Comment ? s'exclamèrent les filles.

Alex ôta sa main.

— Madame Summers, vous a-t-il dit où il allait ?

— Patrouiller. Je pense qu'il voulait enquêter sur la disparition des deux lycéens, expliqua Joyce.

— Lesquels, sur un échantillon de, oh, disons deux mille ? demanda Alex.

— Je crois qu'il a dit qu'il commencerait par le quartier du port.

— Ah, c'est déjà mieux. Un indice exploitable, se réjouit le jeune homme. Autre chose ?

— Rien dont je puisse me rappeler. Il m'a recommandé de ne pas m'inquiéter.

— Lui et ses bons conseils… Mais je vous promets qu'on va le retrouver et le ramener à la maison, d'accord ?

— Ce serait bien, dit Joyce, anxieuse. Je me fais vraiment du souci.

— Il n'y a pas de quoi. Nous avons la situation bien en main, mentit Alex.

Dès qu'il eut raccroché, ses épaules s'affaissèrent.

— Nous avons un sale problème sur les bras, annonça-t-il. Giles est allé sur le port, et le voilà porté disparu.

— Le Kraken, souffla Willow, horrifiée.

— Et zut ! soupira Cordélia. Pensionnat suisse, j'arrive !

Les marins ayant remonté la chaîne, Giles dut se cramponner à l'ancre tandis que le vaisseau survolait Sunnydale. Ses bras lui faisaient mal, et il craignait de lâcher prise d'un moment à l'autre. Le brouillard était si épais qu'il n'avait aucune idée de l'endroit où il était.

Au bout d'un moment, la proue du *Hollandais volant* s'inclina vers l'avant. Le bibliothécaire comprit qu'ils redescendaient.

Puis le fracas de l'océan retentit. Un instant, Giles crut que le vaisseau allait plonger. Une énorme vague le frappa de plein fouet ; il lâcha prise et tomba dans l'eau glacée.

Celle-ci se referma au-dessus de sa tête. Les ténèbres l'enveloppèrent.

Buffy n'aimait pas emprunter les routes fantômes. Mais il faisait déjà jour dans les rues de Paris, et elle ne voulait pas perdre douze heures de plus avant qu'Angel puisse sortir des catacombes.

Le fantôme de la comtesse de Dartmoor l'avait mise en garde contre ce mode de déplacement, mais la jeune fille n'avait plus le choix : le mystérieux inconnu semblait persuadé que les Fils de l'Entropie les épieraient tant qu'ils voyageraient par des moyens traditionnels.

Les trois compagnons s'étaient donc mis d'accord pour retourner dans les limbes. Outre la discrétion, ils avaient une raison supplémentaire de prendre un tel risque : Buffy avait besoin d'aide, et elle était prête à la chercher où elle pourrait la trouver.

Par chance, et à sa grande surprise, les esprits gardèrent leurs distances. La plupart semblaient en route vers le lieu de leur repos final, quel qu'il soit. Ceux qui les avaient attaqués lors de leur précédente incursion étaient des âmes perdues. Cette fois, ils ne tentèrent pas de s'interposer. *Les nouvelles doivent voyager très vite sur les routes fantômes,* en déduisit Buffy.

De temps en temps, elle apercevait dans le lointain

une silhouette ondulante ou un visage flou. Oz et Angel aussi. Mais de façon générale, les fantômes les laissèrent tranquilles.

Au moins jusqu'à ce que celui de la belle Tueuse rousse qu'ils avaient déjà rencontrée apparaisse devant eux.

— Oh ! souffla Buffy, surprise.

Elle essayait plutôt de contacter Kendra, qui avait combattu à ses côtés de son vivant.

Tueuse, je remercie le ciel que tu aies entendu mon appel, dit Maria Regina. *Je ne pouvais venir à toi, et j'avais désespérément besoin de ton aide.*

Buffy fut aussitôt sur ses gardes. Elle avait assez de problèmes sur les bras sans qu'on vienne en rajouter. Son emploi du temps était bourré à craquer.

Comme tu le sais déjà, les démons que tu affrontes sont en train d'affaiblir les barrières entre la Terre et l'Autre Monde, expliqua Maria Regina. *Ce que tu ignores peut-être, c'est que leur magie s'attaque également aux barrières qui séparent les limbes de l'Autre Monde et de l'Enfer.*

En ce moment même, des monstres déferlent sur les routes fantômes en quête d'âmes qu'ils emmèneront en Enfer. Ils se glisseront par les brèches qui conduisent à votre dimension.

— Raison de plus pour ne pas traîner ! coupa Buffy. Aide-moi à arrêter les Fils de l'Entropie, qui sont à l'origine de tous nos problèmes.

Pas maintenant. Tu dois d'abord combattre avec moi, insista Maria Regina.

Elle fit un pas en avant et toucha l'avant-bras de Buffy. La jeune fille sentit une étrange décharge électrique. Même après leur mort, comprit-elle, les Tueuses restaient différentes du commun des mortels.

Or, Buffy n'aimait pas être différente. Sauf dans les occasions où elle était blessée si gravement qu'une humaine ordinaire aurait succombé.

Maria Regina lui prit la main.

Nous sommes les Elues. On nous a confié une mission.

— Celle de sauver notre monde, dit Buffy. Pas tous les mondes de l'univers.

Celle de combattre les forces des ténèbres, corrigea Maria Regina.

Buffy grogna.

— On est vraiment obligées de s'y coller tout de suite ? J'ai une mission très importante sur le feu... Mais tu es déjà au courant. Pourquoi ne cherches-tu pas d'autres Tueuses pour t'aider ? J'ai entendu dire que Kendra était dans le coin.

Maria Regina secoua la tête.

Elle a continué son chemin.

Buffy haussa les sourcils.

— Vers où ?

La lumière, peut-être... Qui peut le dire ? Sûrement pas moi, puisque je suis toujours coincée ici.

Buffy échangea un regard avec Angel, qui fit un signe de dénégation.

— Nous devons partir, dit-il doucement.

Sans crier gare, une horde de démons se matérialisèrent autour d'eux. Tous différents, et tous aussi hideux les uns que les autres.

Du pus dégoulinait de la peau écarlate de celui qui était en face de Buffy. Un autre, dont la langue pendait jusque sur son estomac rebondi, se jeta sur Angel, pendant que deux créatures vertes aux orbites vides attaquaient Oz en faisant claquer leurs tentacules.

Et ils n'étaient pas venus seuls.

La brèche s'est ouverte ! cria Maria Regina en passant à l'action.

Empoignant les deux adversaires d'Oz, elle se servit de leurs têtes comme de cymbales. Alors qu'ils titubaient, sonnés, elle leur arracha des tentacules. Un fluide vert visqueux jaillit, éclaboussant Buffy et ses compagnons.

Oz s'effondra. Buffy eut juste le temps de le repousser du bout du pied avant que le démon écarlate ne bondisse.

Elle se jeta à terre et fit une roulade avant. Puis elle tapa des mains sur le sol pour ralentir son élan, et décocha une ruade au démon qui reprenait son équilibre et pivotait pour préparer une nouvelle attaque.

Atteint à la poitrine, il recula et vint heurter le dos d'Angel. Celui-ci le saisit à la gorge, se baissa brusquement et le fit passer au-dessus de sa tête comme une poupée de chiffon. Le démon écarlate alla percuter son collègue obèse. Tous deux s'étalèrent. Avec un grognement de fureur, Angel les roua de coups de pied jusqu'à ce qu'ils s'immobilisent.

Buffy se précipita au secours d'Oz, non sans jeter un regard sévère à Maria Regina, qui se battait contre un tout petit démon dont le principal mode d'attaque semblait être de siffler en postillonnant.

Pas étonnant qu'elle se soit fait tuer, songea la jeune fille en empoignant un démon bleu par le bras.

Mais le monstre se décomposa en une nuée de vers. D'abord surprise, Buffy se souvint qu'Alex et Cordélia avaient affronté une créature semblable lors de leurs démêlés avec l'Ordre de Taraka, des assassins envoyés par Spike et Drusilla pour éliminer la Tueuse.

— Maria Regina ! appela-t-elle. Un petit coup de main ne serait pas de trop.

L'adversaire de sa consœur lui cracha du feu au visage. *C'était donc pour ça qu'il bavait partout : sa machine avait des ratés...* Buffy le ceintura et fit rapidement demi-tour. Les flammes incinérèrent les vers qui grouillaient sur le sol.

— Maria Regina, c'est ta pause-déjeuner ou quoi ? s'impatienta la jeune fille.

Je suis désolée. Je... je n'ai plus de forces, s'excusa la Tueuse morte, visiblement perturbée.

Elle s'approcha de Buffy et lui toucha le bras. Il y eut une autre décharge d'électricité.

— Hé, lança la jeune fille, qu'est-ce que tu fabriques ?

Maria Regina se rembrunit.

Je ne sais pas. C'est peut-être parce que mon temps est révolu et que tu es la Tueuse actuelle. Mais je me sens régénérée. Je crois que je peux de nouveau me battre.

— Ça tombe à pic, parce qu'il y a pas mal de boulot en ce moment ! railla Buffy.

Elle bondit dans les airs, pivota sur elle-même et décocha un coup de pied tournant à un démon qui se précipitait vers elle, une hache de bourreau à la main. La créature s'effondra en lâchant son arme. Buffy la poussa hors de sa portée du bout de sa botte, puis lui abattit ses deux poings sur le crâne.

Je vais le finir, proposa Maria Regina en ramassant la hache.

Elle donna un coup de pied au monstre, tandis que Buffy passait à l'adversaire suivant. La jeune fille songea à réclamer l'arme, mais sa consœur morte en avait plus besoin qu'elle.

A son grand soulagement, Oz s'était relevé et ne s'en tirait pas trop mal face à un démon à l'apparence presque humaine. Ses griffes sifflèrent dans les airs quand le jeune homme lui flanqua un coup de poing dans le nez, puis un coup de genou au bas-ventre. La créature s'effondra. Oz lui empoigna les cheveux, lui cogna la tête sur le sol et lui brisa le cou.

— Bon travail, le félicita Buffy.

— Attention à toi ! cria le jeune homme.

Buffy pivota à temps pour voir le démon qu'elle avait abandonné à l'autre Tueuse se précipiter vers elle en brandissant sa hache. Elle brisa son élan d'un coup de coude dans l'estomac, lui arracha son arme et s'en servit pour l'éventrer.

— Maria ! cria-t-elle en se tournant vers sa consœur.

Celle-ci était tombée à quatre pattes.

Buffy ne voyait pas son visage.

— Maria, tu es blessée ?

Buffy s'élança. Mais Angel fut plus rapide, et il atteignit la Tueuse morte avant. Comme il avait toujours ses traits vampiriques, la jeune fille eut peur que Maria Regina ne réussisse pas à l'identifier et essaie de l'éliminer.

— Angel, ne t'approche pas, lui ordonna-t-elle.

— Buffy ? souffla Angel.

Mais c'était Maria Regina qu'il regardait, pas elle.

— Quoi ? s'inquiéta la jeune fille.

Le vampire leva les yeux vers elle.

A cet instant, Maria Regina — ou plutôt la chose qui s'était fait passer pour elle — se releva d'un bond et se jeta sur Buffy.

Elle avait le corps de Buffy, le visage de Buffy, les cheveux de Buffy.

Un instant, la jeune fille paniqua. Son adversaire copiant ses propres techniques de combat, elle se ressaisit pour riposter. Mais son double parait chaque coup de poing ou bloquait chaque coup de pied.

Tu vas perdre, Tueuse. Et l'Enfer triomphera, siffla la créature.

— Le jour où il gèlera là-bas, répliqua Buffy.

Du coin de l'œil, elle vit qu'Angel avançait vers son double.

Ne te mêle pas de ça, vampire, cria la créature. Elle éclata de rire. *Je connais chacun de tes mouvements. Toutes tes astuces.*

— Dans ce cas, on évitera de jouer au poker avec toi, dit sagement Buffy.

— Je ne voudrais pas te presser, mais on est en infériorité numérique, intervint Oz en ramassant la hache et en la brandissant sous le nez d'un démon couvert de fourrure noire qui avançait vers lui.

— Va aider Oz, ordonna Buffy à Angel.

Le vampire dévisagea le doppelgänger.

— Mais…, commença-t-il.

— Vas-y !

Il s'éloigna.

Tu as fait une grosse bêtise, Tueuse, railla la fausse Maria Regina en gardant ses distances.

— Je sais. J'aurais dû te demander une pièce d'identité lors de notre première rencontre.

Son esprit entraîné au combat évaluait déjà les attaques que son double risquait de lancer.

— Mais il est trop tard pour ça maintenant, Maria Regina. D'ailleurs, as-tu jamais été Maria Regina ?

Cette force était autrefois l'ombre de la Tueuse morte. Je l'ai connue… intimement. C'est moi qui l'ai tuée.

— Je me souviens d'un épisode de *Star Trek* sur le même sujet. D'une bonne douzaine d'épisodes de *Star*

Trek, en fait... Un peu cliché, même dans les limbes. Tu aurais pu trouver quelque chose de plus original.

Son double eut un sourire éblouissant.

Ça a suffi à te tromper. Tu m'as laissée te toucher, et maintenant, je détiens ton essence. Si tu tues l'ombre qui est désormais la tienne, tu détruiras une partie de toi-même. Et tu mourras encore plus jeune que le destin ne l'a prévu.

— Vraiment ? Mon avenir n'est pas gravé dans la pierre, déclara Buffy malgré le frisson qui lui parcourut l'échine. Et malheureusement pour toi, le tien est déjà scellé. Oz !

Son ami lui lança la hache. Elle la saisit au vol, plongea sur le doppelgänger et le décapita d'un coup net.

Aussitôt, les démons disparurent, comme s'ils avaient été attirés là par la ruse de la créature qui se faisait passer pour Maria Regina.

La tête de la fausse Buffy vola dans les airs et atterrit aux pieds d'Oz. Le jeune homme la contempla en silence pendant quelques instants, puis leva les yeux vers son amie.

— L'Elue, lâcha-t-il, imperturbable. Je la connaissais, Horace.

Buffy ne put s'empêcher d'éclater d'un rire nerveux entrecoupé de sanglots.

CHAPITRE VII

Après la débâcle face à Maria Regina, Buffy décida qu'arpenter les routes fantômes à la recherche de Kendra ne valait pas la peine. L'autre Tueuse n'était peut-être même plus dans le coin. De toute façon, ses compagnons et elle n'avaient pas de plan, et trop de sales bestioles risquaient de leur tomber dessus.

Ils ressortirent par le clocher de la cathédrale de Notre-Dame et traînèrent dans les rues de Paris sans savoir que faire.

De nuit, la ville paraissait vraiment magnifique. Tous les monuments célèbres étincelaient de lumière : la tour Eiffel, l'église de la Madeleine, l'hôtel des Invalides.

Dans les bistrots se pressait une foule de jeunes gens un peu plus âgés que Buffy et Oz, plongés dans des conversations très profondes qui nécessitaient la consommation d'une grande quantité de café et de cigarettes.

— Tout le monde ici est si bien habillé, murmura Buffy en jetant un coup d'œil à la ronde.

Elle se sentait limite clocharde. Voilà ce qui arrivait quand on portait le genre de fringues entassables dans un sac à dos et qu'on n'avait pas eu l'occasion de se doucher depuis trop longtemps.

— C'est à cause des accessoires, déclara Oz. Les foulards, les bijoux...

— C'est vrai, approuva Buffy en observant trois filles assises à une petite table ronde.

Tout ce qu'elles portaient était harmonisé, de leurs bagues jusqu'à leurs collants à motifs.

— Ça m'étonne qu'on ne t'ait pas dirigé vers les métiers de la mode pendant les Journées d'Orientation, ajouta Buffy.

Oz haussa les épaules.

— La nouvelle petite amie de Devon lit *Cosmo*, expliqua-t-il. Ils sont très branchés sur les accessoires.

— Surtout en couverture, plaisanta la jeune fille. Il y a toujours beaucoup de gros accessoires.

Oz se contenta de sourire.

— Les Parisiennes ont toujours été réputées pour leur élégance, intervint Angel. Au début du siècle, elles portaient des choses étonnantes. Si vous aviez vu leurs bustiers...

Les deux autres le dévisageant avec surprise, il insista :

— C'étaient de très jolis bustiers.

— On en revient toujours aux accessoires, grogna Buffy. (Elle soupira.) Bon. Retour à la question favorite des Tueuses à travers les temps : qu'est-ce qu'on fait ?

Ils gardèrent le silence pendant quelques secondes, puis Oz suggéra :

— On devrait peut-être se faire remarquer un peu. Après tout, les Fils de l'Entropie ne savent pas ce que nous mijotons. Si nous avons l'air disponible pour une petite agression ou une tentative de meurtre, avec un peu de chance, ils montreront le bout de leur vilain nez.

— Tu as raison : ça, ce serait une chance comme on n'en a pas tous les jours, dit Buffy.

Angel regarda autour de lui.

— Si on veut se faire remarquer, on n'a pas intérêt à rester dehors, perdus dans la foule. Que diriez-vous de nous poser quelque part pour manger un morceau ? Vous devez avoir faim, tous les deux.

— Je crève la dalle, avoua Buffy. Et toi ?

— On avait dit que tu ne poserais pas de questions, lui rappela Angel.

— Pardon. (La jeune fille prit une grande inspiration et se tourna vers Oz.) Tu te sens d'attaque pour le café et les clopes ?

— Au moins pour le café.

— Tu as beau parler leur langue, tu ne ressembleras jamais aux Français si tu t'entêtes à faire preuve de mauvaise volonté !

Ils entrèrent dans le premier café venu, nommé *Le Bistrot de la Place*. Angel fit le coup de la fusion mentale vulcaine au serveur ; autrement dit, ils se parlèrent très vite et utilisèrent des mots que Buffy ne comprenait pas.

La jeune fille voyait bien qu'Oz arrivait à peu près à suivre leur conversation. Etant la seule des trois à prendre des cours de français, elle n'y comprenait rien. C'était humiliant. Mais elle commençait à avoir l'habitude : tant de choses l'étaient, dans l'existence d'une Tueuse...

Le serveur les conduisit à une table, près de la fenêtre. Angel lui tendit un billet qu'il empocha en inclinant la tête comme s'il s'adressait à un duc.

— Merci, monsieur.

— Ça, j'ai compris ! s'exclama Buffy, très fière. Tu l'as soudoyé pour qu'il nous donne une table bien placée.

— Une table où nous puissions voir et être vus, corrigea Angel. Avec un peu de chance, nos petits amis ne tarderont pas à se pointer avec un lance-roquettes.

— Je n'avais pas pensé à ça, admit Oz.

Buffy dévisagea d'abord le jeune homme, puis Angel.

— Ecoutez, vous deux, dit-elle très sérieusement. Je suis la Tueuse ; c'est mon boulot. Mais aucun de vous n'est accablé des mêmes obligations. Vous pouvez rentrer à la maison si ça vous chante, je ne vous en voudrais pas.

Angel l'ignora complètement et leva la main pour attirer l'attention du serveur.

— Garçon, appela-t-il. (Puis, jetant un coup d'œil vers Oz :) Café ?

Ils mangèrent une délicieuse soupe, avec du brie bien coulant et une baguette croustillante.

Pendant qu'ils se régalaient, Angel les pria de l'excuser. Il se leva et revint un quart d'heure plus tard en s'essuyant négligemment la bouche.

— Je suppose que tu n'étais pas en train de lire le journal dans les toilettes, avança Buffy, qui eut soudain du mal à avaler sa nourriture.

Angel se rassit et saisit le dernier morceau de baguette.

— Je peux ?
— Bien sûr.

Il le croqua en fermant les yeux et en souriant d'un air ravi, comme n'importe quel type ordinaire.

Partout dans la salle, de jeunes Parisiens bavardaient bruyamment en fumant comme des pompiers. Ils avaient l'air si préoccupés, si sérieux !

S'ils avaient su qu'un loup-garou, un vampire et une Tueuse étaient parmi eux, ils n'en auraient pas cru leurs yeux. En tout cas, ils n'auraient pas pu continuer à commenter ce qu'ils prenaient pour des nouvelles fracassantes.

— A quoi penses-tu ? demanda Angel.

Buffy haussa les épaules.

— Je dois être une des plus jeunes clientes ici, mais je me sens tellement vieille...

— Tu es fatiguée, c'est tout.

— Sûrement. (Buffy se tourna vers Oz.) Combien de jours te reste-t-il ?

— Huit, d'après mes calculs.

— On devrait appeler la base pour savoir ce qui se passe. Et s'assurer que tout va bien du côté de Jean-Marc. Je vais chercher un téléphone.

Elle fit mine de se lever, mais Angel la retint, posant une main sur son bras.

— Ça a marché. Nous avons de la compagnie, annonça-t-il.

Buffy écarquilla les yeux sans tourner la tête.

— Où ça ?

— Dehors. De l'autre côté de la rue.

La jeune fille vit les ombres qui se découpaient sur un kiosque à journaux. Pas de robes à capuche. C'étaient peut-être de simples voleurs. Mais vu les circonstances, mieux valait se préparer au pire.

— Excellente vision, félicita-t-elle Angel. Tu dois souvent gagner les gros animaux en peluche dans les stands de tir.

Oz finit de siroter son café.

— Ça a été vraiment rapide, lâcha-t-il. Je commence à penser que notre plan a trop bien fonctionné.

— Combien de types ? demanda Buffy.

— Je ne vois pas bien. Ce ne sont peut-être pas nos fans, mais ils traînaillent de la même façon qu'eux.

— Les Fils de l'Entropie sont des traînailleurs, approuva Oz. Je l'avais remarqué.

— Donc, on paie l'addition, on se lève, on sort et on se fait attaquer, résuma Buffy. Vous êtes avec moi, les gars ?

Oz replia sa serviette et la posa à côté de son assiette.

Angel saisit l'addition et gloussa.

— Il nous a compté un supplément pour le beurre. Alors que je lui ai graissé la patte pour avoir une bonne table.

Buffy fronça les sourcils en détaillant l'addition.

Elle ne comprenait pas un traître mot.

— On y va, pressa-t-elle.

— Et dire que tu parles si bien le français...

— Je pensais qu'ils n'essayaient pas de rouler les gens qui faisaient un effort.

Angel tira quelques billets de sa poche.

— Je les ai retirés dans un distributeur avec la carte de Giles, un peu plus loin, expliqua-t-il avant que Buffy puisse poser la question. C'est ce que j'étais parti faire tout à l'heure.

— Oh.

Buffy fut embarrassée : elle avait cru qu'il s'était éclipsé pour chasser.

— En tout cas, dit-elle pour cacher sa gêne, à ta place, je ne lui laisserais pas de pourboire.

— Tu es impitoyable, sourit Angel.

La jeune fille ramassa son sweat-shirt anglais — après avoir décidé, mais un peu tard, qu'il ne lui plaisait pas tant que ça — et son sac à dos.

— Dommage que nous ayons laissé les armes dans la camionnette.

— Mais nous avons une arme secrète, lui rappela Oz : toi.

Ils sortirent du *Bistrot de la Place* à la queue leu leu.

— Dieu merci, le brouillard s'est levé, soupira Cordélia tandis qu'Alex, Willow et elle roulaient dans les rues de Sunnydale à bord de son coupé rouge.

Ils avaient commencé leurs recherches la veille, avant de rentrer pour prendre quelques heures d'un sommeil bien mérité. Mais ils n'avaient pas fermé l'œil et, dès l'aube, ils étaient de nouveau sur le pied de guerre.

Alex hocha la tête.

— Comme ça, on pourra voir si Giles est dans le coin.

— Ah, oui. Aussi, fit Cordélia.

— Ne me dis pas que tu te réjouissais de la disparition du brouillard parce qu'il fait friser tes cheveux ? s'étrangla le jeune homme.

Willow soupira et tourna la tête vers la vitre. Elle s'inquiétait beaucoup pour Giles, et les disputes de ses camarades ne faisaient rien pour arranger son humeur.

La jeune fille ne pouvait s'empêcher de penser que tout était sa faute. Si elle avait été plus douée pour lancer des sorts de protection, et capable de les faire durer plus longtemps, le bibliothécaire serait bien au chaud dans son lit…

Enfin non, peut-être pas dans son lit, parce qu'il l'avait laissé à la mère de Buffy, et qu'elle ne voulait même pas penser à ce qui se passerait si…

Sans compter qu'il était plus de midi.

— Mes cheveux sont très bien ! cria Cordélia. (Puis, jetant un coup d'œil inquiet dans le rétroviseur :) N'est-ce pas ?

Alors Willow réalisa que son amie s'inquiétait toujours au sujet de la nouvelle coupe qu'elle avait dû adopter parce que Springheel Jack lui avait mis le feu. Du coup, elle éprouva une certaine compassion : elle aussi, elle avait eu un instant de doute quand elle était allée chez le coiffeur pour faire raccourcir ses mèches rousses.

La jeune fille se pencha entre les sièges avant.

— Tu es très jolie. Comme d'habitude.

— J'essaie, grogna Cordélia. Non que mes efforts soient toujours très appréciés…

— Je suis certain que l'équipe de foot t'en est reconnaissante ! railla Alex.

— Ça suffit ! s'emporta Willow en lui flanquant une tape sur la tête. Sois un peu plus gentil avec elle, pour une fois.

— Quoi ?

Alex n'avait jamais autant écarquillé les yeux.

— Merci, Willow.

Le sourire de Cordélia n'avait jamais été aussi large.

Quand elle eut fini de défendre la cause des snobinardes en détresse, Willow replongea dans un silence morose. Giles avait disparu depuis la veille, et ils n'avaient pas encore découvert le moindre indice. Il y avait de quoi se ronger les sangs.

Selon Alex, le bibliothécaire était pareil à un Maître Jedi : sans lui, les forces des ténèbres refermeraient inexorablement leurs mâchoires avides sur eux. Willow n'était pas sûre d'identifier le reste de la distribution, mais tant qu'elle n'héritait pas du rôle du Wookie…

Bien qu'il fût presque une heure de l'après-midi, le temps était si couvert que les jeunes gens distinguaient à peine le soleil. Les jours s'enchaînaient trop rapidement. Personne n'aurait pu dire quand le Gardien du

Portail allait expirer, mais il semblait convaincu que son fils était toujours en vie.

Pour le moment.

— Bon, d'accord, soupira Buffy quand ils eurent parcouru trois pâtés de maisons sans le moindre incident. J'ai mauvaise haleine ou quoi ?

— Pendant les cours d'autodéfense, on nous a appris que la personne qui marche et parle comme une victime finit toujours par en devenir une, lui rappela Oz.

Angel grogna de frustration.

— Oz… Ils savent qu'elle est la Tueuse. Ça m'étonnerait qu'ils se laissent avoir parce qu'elle fait mine de se casser un talon.

— Surtout que je porte des baskets, fit remarquer Buffy.

— Et si tu… ?

Oz trébucha et tomba à quatre pattes sur le trottoir.

— Oups !

— Tu vas bien ? demanda Buffy, lui tendant la main pour l'aider à se relever.

— Je crois que je me suis écorché un genou. Rien de grave.

Des hommes vêtus de noir jaillirent de l'ombre et se précipitèrent sur eux, aplatissant Oz sur le sol et chargeant ses deux compagnons.

— Ah ! Je savais bien… que ça marcherait, haleta le jeune homme, le souffle coupé.

Buffy fit face aux deux premiers attaquants : un homme d'un certain âge, qui n'avait plus qu'une maigre couronne de cheveux sur le crâne, et un plus jeune dont le front était barré d'une énorme cicatrice.

Tendant les bras, elle leur flanqua un coup du plat de

la main en plein visage. Comme leur tête basculait en arrière, elle glissa le bout de ses doigts sous leur sternum et fit craquer leur cage thoracique. Ils s'effondrèrent avec un hoquet de douleur.

Pendant ce temps, Angel avait malmené son adversaire. Pourtant, l'homme réussit à invoquer une force invisible qui projeta le vampire contre une clôture électrifiée. Il trembla violemment tandis que de la fumée s'élevait de sa chair.

— Espèce d'ordure ! s'exclama Buffy, folle de rage.

Elle se jeta sur l'homme et l'envoya heurter la clôture à son tour. Il hurla de douleur.

Buffy sentit le picotement de l'électricité quand elle saisit les mains d'Angel pour l'arracher à la clôture et le projeter sur le sol. Le temps qu'il se redresse, l'acolyte était mort, horriblement calciné.

Entre-temps, Oz avait encaissé quelques coups et rendu la monnaie de leur pièce à ses adversaires. Pourtant, il ne put rien faire quand deux des Fils de l'Entropie murmurèrent quelque chose.

Il porta les mains à ses yeux en gémissant.

— Angel ! cria Buffy.

Ils se précipitèrent sur les adversaires d'Oz, distribuant coups de poing et coups de pied avec une parfaite synchronisation, jusqu'à ce qu'ils aient l'air de danser un étrange ballet au rythme de l'adrénaline qui pulsait dans les veines de la jeune fille.

Les deux Fils de l'Entropie s'effondrèrent, inconscients.

— Mes yeux, chuchota Oz. Vous les voyez ?

Il promena un regard aveugle sur Buffy, qui lui posa une main rassurante sur l'épaule.

— Ils ne sont pas abîmés. C'est sans doute temporaire.

En réalité, elle avait très peur pour lui. Les Fils de l'Entropie n'étaient pas des enfants de chœur. Qui pouvait dire jusqu'où allaient leurs pouvoirs ?

Livide, elle se jeta sur l'acolyte le plus proche, un type jeune et plutôt mignon — *quel gâchis !* — pendant qu'Angel lui criait :

— On devrait en épargner un ou deux !

— Juste celui-là, grogna-t-elle. Je vais lui briser tous les os, et ensuite…

Le vampire retint son bras.

— Un coup de plus et il est mort, dit-il.

Haletante, Buffy baissa les yeux vers la forme prostrée à ses pieds.

— J'ai dû me laisser un peu emporter, marmonna-t-elle, honteuse.

Elle regarda autour d'elle. Il ne restait pas d'autres Fils de l'Entropie. C'était le dernier ; ses congénères avaient pris leurs jambes à leur cou, l'abandonnant à son sort. La jeune fille s'agenouilla près de lui.

— As-tu vraiment envie de vivre ?

L'acolyte ouvrit ses yeux tuméfiés et la dévisagea sans rien dire.

— Ce n'est pas la bonne question, intervint Angel. Son chef le tuera, de toute manière. Et sans tarder, si j'en crois nos expériences précédentes. La bonne question, c'est… Quel est ton seuil de résistance à la douleur ?

Sur ces mots, il appuya sur une plaie, dans la poitrine de l'homme.

— Hé ! cria Oz en se rapprochant d'eux.

— Super, répondit Buffy. Tu y vois !

— Oz, ce n'est pas le moment de militer pour Amnesty International, grogna Angel.

Il continua à torturer l'acolyte, tandis que Buffy se forçait à ne pas réagir. Le vampire avait raison.

— Où est Il Maestro ? demanda Angel d'une voix dure. Dis-le-moi, et la douleur s'arrêtera.

— Et ma vie aussi, corrigea l'homme, très pâle.

— Dans les deux cas, tu es mort : tu le sais aussi bien que moi. Mais tu n'es pas forcé de souffrir avant.

— Oh, mon Dieu, lâcha Oz. Angel, tu dépasses les bornes.

Quand le vampire se tourna vers lui, il arborait son visage démoniaque.

— Ils viennent de te rendre aveugle ! cria-t-il. Ils essayaient de nous tuer et d'emmener Buffy, qui sait pourquoi ? Et si nous ne retrouvons pas ce gamin très vite, toutes les choses et les gens que tu aimes sont sans doute condamnés. Des questions ?

Oz secoua lentement la tête.

— Aucune.

De nouveau jeune et puissant, Jean-Marc déposa un baiser sur la joue spectrale de sa mère et écarta les bras. De l'énergie s'engouffra dans les centaines de couloirs de la Maison du Portail, scellant les brèches et rajustant les angles faussés.

Dans leur cellule magique, des créatures effrayantes hurlèrent, rendues furieuses par son retour. Le Gardien du Portail, leur geôlier, avait repris le contrôle. Les goules se déchaînèrent, la Méduse fit siffler ses serpents ; le Minotaure flanqua un coup de tête dans un des murs du labyrinthe dont il était prisonnier.

— Combien de temps ? demanda doucement Antoinette.

— Bien assez, la rassura Jean-Marc.

Debout à la fenêtre, il lançait des volées d'éclairs sur les Fils de l'Entropie. La première en incinéra un bon tiers, et la deuxième fit plus de dégâts encore. Après la troisième, il ne resta qu'une poignée d'acolytes qui s'éparpillèrent sans demander leur reste.

— Tu as réussi, mon fils ! s'exclama Antoinette en lui pressant la main.

Pour lui, et pour lui seul, elle semblait faite de chair et de sang.

— Mais non, maman, répondit Jean-Marc d'une voix tremblante.

Quand il leva les yeux vers elle, il avait vieilli de trente ans.

Depuis plusieurs jours, un flot ininterrompu de Fils de l'Entropie s'efforçait d'envahir la maison. C'était une guerre sur un seul front, mais qu'il était obligé de livrer à plusieurs niveaux.

Celui-ci n'était que le plus évident.

— Il y en aura d'autres, lâcha le Gardien.

— Tu n'es pas obligé de continuer à souffrir, dit Angel d'une voix apaisante. Donne-nous juste une adresse, et nous te laisserons partir.

Allongé sur le dos dans la poussière du terrain vague, l'acolyte leva les yeux vers le visage démoniaque de son bourreau. On l'avait prévenu que la Tueuse se baladait en compagnie d'un vampire et d'un loup-garou, mais il ne s'était pas attendu à souffrir autant.

Le maître le détruirait pour son échec. Et il espérait que ce serait bientôt.

— Il ne me pardonnera jamais, réussit-il à dire en anglais, bien qu'il fût hollandais d'origine.

Comme elle semblait loin, sa vie paisible à Amsterdam… C'était là qu'il avait rencontré Il Maestro, dans des circonstances on ne peut plus ordinaires : une bière dans une taverne, quelques récits échangés, une blague cochonne sur les blondes... Puis les sacrifices de jeunes vierges, le sang, la dégradation...

Des larmes coulèrent sur ses joues.

— C'était réel, insista-t-il. La magie était réelle.

— La douleur l'est aussi, répliqua Angel, le lui prouvant une nouvelle fois.

Dans un coin, près de la clôture, l'autre compagnon de la Tueuse frissonna. L'acolyte lui sut gré de sa compassion. Car la souffrance était insupportable. Le vampire savait comment l'infliger.

— Tu vas mourir, dit Angel. Mais si tu me dis ce que je veux savoir, ce sera rapide.

Même la Tueuse avait pâli et détournait le regard. Alors, une étrange chose se produisit. Frère Hans s'avisa soudain qu'elle avait une mère, comme lui, et que toutes deux ne tarderaient pas à pleurer la mort de leur enfant.

D'une certaine façon, ils se ressemblaient. Parce qu'Il Maestro finirait par la tuer. Il n'y avait pas d'autre possibilité. Voilà pourquoi l'acolyte lâcha, d'une voix brisée par la douleur :

— Une villa, à Florence. Près de la Cour des Roses. Je n'y suis jamais allé, mais je sais qu'il se cache là-bas.

— Merci.

Le vampire baissa sur frère Hans un regard rempli de tristesse.

— Veux-tu que je laisse la suite à ton maître ?

L'acolyte cligna des yeux.

— Non, dit-il. Je vous ai dit ce que vous vouliez savoir.

Angel hocha la tête.

Un craquement dans sa nuque...

Puis l'oubli.

Buffy et Oz attendaient au coin du terrain vague où Angel avait infligé tant de souffrance à leur ennemi.

Ils savaient tous les deux ce qui était en train de se passer. C'était dans l'ordre des choses. La logique l'exigeait. Angel n'avait pas le choix et, de toute façon, l'acolyte était condamné.

Mais à cet instant, la jeune fille se sentait plus éloignée que jamais du vampire.

— Pourquoi Il Maestro ne l'a-t-il pas fait frire ? demanda Oz au bout d'un moment, pour meubler le silence plus que par curiosité.

Buffy secoua la tête, regrettant presque que ça n'ait pas été le cas.

Willow, Alex et Cordélia avaient garé la voiture et déambulaient dans les rues à la recherche d'un indice du passage de Giles.

Jusque-là, ils n'avaient rien trouvé, et l'heure du dîner approchait. Leurs parents ne tarderaient pas à se demander où ils étaient.

Le bibliothécaire avait disparu depuis près de vingt-quatre heures.

— Ça ne va pas du tout, gémit Willow en se tordant les mains. Pas du tout, du tout.

— Je ne peux pas te contredire sur ce coup, soupira Alex. (Il lui pressa amicalement l'épaule.) Mais nous le retrouverons, Will. Et nous lui mettrons sur le dos un des petits émetteurs qu'on utilise pour les baleines, histoire de ne plus jamais le perdre.

— D'accord, souffla la jeune fille. Parce que je déteste ça. Je passe mon temps à me faire du souci pour les uns et les autres, et si la fin du monde approche, je voudrais au moins pouvoir dire au revoir à Oz.

— Willow, ferme-la ! cria Cordélia. Reprends-toi, pour l'amour de Dieu !

— Cordy, elle souffre, s'indigna Alex.

La jeune fille posa les mains sur ses hanches.

— Et alors ? Moi aussi, je souffre. Mais est-ce que j'en fais tout un plat ? Non. Tu veux savoir pourquoi ? Parce que ça ne fera pas avancer les choses. Notre boulot, c'est de garder notre calme et de retrouver Giles. On aura tout le temps de s'effondrer plus tard... en privé.

Elle éclata en sanglots.

— C'est-à-dire... pas maintenant, hoqueta-t-elle à travers ses larmes.

— Ouah, souffla Alex en la dévisageant avec respect. La froideur et l'indifférence incarnées.

— Ça demande un peu d'entraînement, c'est tout. (Cordélia s'essuya les yeux.) Allez, on continue à chercher.

— Ça roule pour moi.

Alex jeta un regard interrogateur à Willow.

— Ça roule pour moi aussi, dit-elle.

Le jeune homme l'étreignit.

— Ça, c'est ma copine ! la félicita-t-il. Je veux dire : la copine d'Oz.

Le téléphone sonna longtemps avant que quelqu'un ne réponde.

— Allô, monsieur Régnier ? C'est Buffy Summers, cria la jeune fille, comme si elle parlait à un sourd. La Tueuse.

— Je m'en doute, répondit Jean-Marc sur un ton amusé.

Elle en fut un peu vexée. Après tout, il aurait pu connaître plusieurs Buffy Summers.

Puis le Gardien du Portail fut pris d'une violente quinte de toux.

— Inutile de vous demander si vous vous sentez bien...

— Avez-vous retrouvé mon fils ?

C'était bizarre. Quand il avait décroché, il avait la voix d'un homme dans la force de l'âge et, quelques secondes plus tard, il parlait comme un vieillard, si bas et en chevrotant tellement qu'elle avait du mal à le comprendre.

— Pas encore, avoua Buffy, prise de culpabilité. Mais nous avons enfin déniché une adresse.

— Ah.

Un long silence pesant. Puis, dans un chuchotement, Jean-Marc Régnier reprit :

— Mon fils. Retrouvez mon fils. Et, Buffy...

— Oui ?

— Dépêchez-vous.

Ils avaient fait le grand tour des entrepôts dans le quartier du port. A présent, Alex, Cordélia et Willow se tenaient sur la jetée, observant l'horizon noir et la mer plus noire encore. Ils n'avaient rien trouvé, et ils ne savaient vraiment plus quoi faire.

C'était dimanche soir ; l'heure du dîner avait sonné depuis longtemps. Alex ne voulait pas admettre qu'il perdait espoir, mais il était sur le point de suggérer qu'ils rentrent chez eux, affrontent la colère de leurs parents et reprennent leurs investigations le lendemain soir après les cours. S'ils étaient privés de sortie, ils ne seraient d'aucune utilité à personne.

Alors ils entendirent une voix masculine demander :

— Vous êtes de la police ?

Willow jeta un coup d'œil à Alex, qui se racla la gorge et fit un pas en avant.

Un homme âgé, vêtu d'un coupe-vent bleu marine et d'un jean délavé, se tenait sur le pont d'un splendide voilier. La lumière était éclairée dans la cabine.

— Puis-je vous aider ? demanda Alex.

— Vous n'appartenez pas à la police. Vous êtes beaucoup trop jeunes pour ça, constata son interlocuteur, irrité.

— Pourquoi, vous aviez quelque chose à raconter aux flics ?

— Ça se peut... Hier, j'ai vu un type faire du ski nautique dans le brouillard, sauf qu'il n'avait pas de ski, juste ses chaussures. C'est très dangereux. Il risque de se faire mal ou de blesser quelqu'un. Pour ce que j'en sais, il a très bien pu se noyer.

— Je l'ai vu aussi, dit une autre voix dans les ténèbres.

Un second homme émergea de la cabine d'un voilier plus petit, amarré non loin de là.

— Je n'arrivais pas à dormir, j'étais en train de lire Melville. Je l'ai vu passer en... On aurait dit qu'il volait. Je ne voyais pas du tout pourquoi un type comme lui se livrait à une telle fantaisie.

— Un type comme lui, répéta Alex, inquiet.

Son interlocuteur hocha la tête.

— La quarantaine, bien habillé... (Il gloussa.) Une seconde, j'ai cru que c'était ton fils, dit-il au premier homme.

— Mon fils est en Malaisie avec sa femme, répondit celui-ci. Une spécialiste en écologie tropicale.

— Ça a l'air excitant, souffla Alex.

— Ce n'était pas Harry, insista le premier homme.

— Il lui ressemblait, répliqua son compère. Des cheveux bruns, un costume en tweed…

Cordélia et Willow retinrent leur souffle et se regardèrent.

— Un costume en tweed, murmura Willow.

— Du ski nautique sans ski, ajouta sa camarade en haussant les sourcils.

— Il faut trouver un bateau ! lança Alex.

Joyce ne voulait pas mentir à Buffy, mais elle ne voulait pas non plus lui dire la vérité. Elle n'aspirait qu'à protéger sa fille, à lui épargner tout souci.

Pourtant, son devoir était clair.

— M. Giles n'est pas ici, ma chérie. Nous ignorons ce qu'il est devenu.

Buffy garda le silence. Joyce ferma les yeux.

— Tes amis sont en train de le chercher, ajouta-t-elle.

— Oh, maman, non, murmura sa fille d'une voix effrayée.

A cet instant, elle redevint son bébé, et Joyce la jeune mère émerveillée par la créature minuscule et parfaite qui venait de sortir de son corps pour entrer dans le monde. Elle aurait fait n'importe quoi pour Buffy.

— Je suis désolée, ma chérie. Ils le retrouveront…

— D'accord. Je te rappelle bientôt, maman. Je dois y aller.

— Attends ! Dis-moi comment tu vas. Dis-moi où tu es. Dis-moi…

La communication avait été coupée.

Joyce leva les yeux vers la fenêtre. Dehors, le brouillard était si dense qu'elle n'arrivait pas à distinguer les maisons de l'autre côté de la rue.

CHAPITRE VIII

— Quand on a débarqué sur cette plage en Normandie, l'enfer s'est déchaîné. L'enfer, oui, affirma gravement le vieil homme au coupe-vent bleu marine.

Assises dans son bateau que le ressac faisait danser, Cordélia et Willow hochèrent poliment la tête. Elles tenaient une tasse de chocolat chaud qu'il leur avait préparé sur son réchaud à propane.

Le voilier grinçait et craquait pendant que l'homme égrenait ses souvenirs, sans paraître remarquer leur anxiété. Alex faisait les cent pas sur le quai, tous ses gestes trahissant sa frustration.

— Un homme sur deux est mort en posant le pied sur cette maudite plage, continua leur hôte. C'était un carnage incroyable. (Il secoua la tête.) La première fois que j'ai vu un cadavre, j'ai cru que j'allais vomir mes boyaux.

— Moi aussi, approuva vivement Willow, avant de rougir et de baisser le nez vers sa tasse.

— Dans le film qu'ils ont passé l'année dernière, ajouta très vite Cordélia. Ça l'a beaucoup impressionnée. C'était très réaliste, non ? (Elle porta une main à sa poitrine.) Moi-même, j'ai dû sortir de la salle quelques instants.

Ne se tairait-il donc jamais ? La jeune fille transpirait à grosses gouttes.

Le soleil était en train de se lever. Bien qu'ils aient fait une ronde téléphonique, appelant leurs parents pour dire qu'ils dormaient les uns chez les autres, elle sentait la paranoïa la gagner. Si son père découvrait qu'elle avait passé la nuit dehors — en compagnie d'Alex Harris, pour couronner le tout —, son sort était scellé.

Le pensionnat suisse.

L'homme se rembrunit. Il leur avait dit son nom, mais Cordélia l'avait déjà oublié. Elle était tellement fatiguée…

Leur hôte consulta sa montre.

— C'est presque l'heure, annonça-t-il. Le soleil va bientôt se lever, et je dois partir à la pêche. Vous n'avez pas école ?

— Bien sûr que si, affirma Willow, mal à l'aise. Mais nous travaillons sur un projet de biologie pour lequel nous devons collecter des spécimens nocturnes. Notre bateau…

Ne sachant plus quoi inventer, elle jeta un coup d'œil vers Cordélia, qui prit la suite.

— S'est cassé. (Elle fit un geste vague.) Juste comme ça. Il ne devait pas être bien solide. Il y avait un trou dans le… le plancher, et maintenant, il va falloir qu'on en prenne un autre pour aller chercher nos spécimens.

— Où est-il ? demanda l'homme. Je peux peut-être vous filer un coup de main pour les réparations.

— C'est très gentil à vous, balbutia Willow, mais… Nous l'avons laissé à la maison. Nous espérions que…

— Les filles, il est l'heure d'aller en cours, intervint Alex en se rapprochant d'eux sur le quai. (Il posa un pied sur le bastingage.) On reviendra chercher le bateau de mon oncle plus tard.

— Et les spécimens marins, ajouta Willow.

— Ah oui, ces fameuses bestioles sur lesquelles

vous n'arrivez pas à mettre la main. Pas de chance, hein ? (L'homme éclata de rire et frappa dans ses mains.) Allons, il est temps pour moi d'y aller.

Les jeunes filles remontèrent sur le quai et agitèrent la main pour lui dire au revoir. Tandis qu'Alex les poussait en direction de la voiture, Cordélia siffla :

— Qu'est-ce que tu fiches ? Il allait nous prêter son voilier !

— Je ne pouvais pas le savoir ! De toute façon, il est un peu tard. Le soleil est presque levé.

— Qu'est-ce qu'on fait ?

— On va au lycée pour ne pas avoir d'ennuis. On revient après les cours et on vole le petit bateau rouge qui est amarré tout seul près de ce promontoire, là-bas.

— Promontoire ? répéta Cordélia en haussant les sourcils.

Willow soupira.

— Tu ne t'en souviens plus ? C'est le seul mot qu'il a su épeler correctement lors du test d'orthographe, en sixième. Je suis certaine qu'il attendait une occasion de le replacer...

Alex lâcha un soupir désabusé, puis désigna une longue jetée de pierre qui s'avançait dans l'océan.

Les deux jeunes filles pivotèrent. Cordélia plissa les yeux, bien que ce fût le meilleur moyen d'attraper des pattes-d'oie... Ça, et se faire bronzer sans une crème solaire indice 25 minimum.

— Je ne vois pas de petit bateau rouge, constata Willow.

— Tant mieux, sourit malicieusement Alex. Dans ce cas, peut-être que personne d'autre ne le verra non plus.

— C'est toi qui l'as amené là-bas ? demanda Cordélia.

— Oui. Il avait l'air de s'ennuyer tout seul. Je l'ai

apprivoisé, dit Alex en se frottant les mains. Alors, on va en cours ? Parce que si on manque encore une fois, le proviseur enverra des commandos de l'Empire à notre recherche, et nos parents nous priveront de sorties jusqu'à la fin de nos jours.

Les filles approuvèrent à regret.

— Nous retrouverons Giles, assura Alex d'une voix apaisante.

Cordélia sourit bravement.

— Et avec un peu de chance, il ne sera pas transformé en beignets de poulet comme le dernier type qu'on a découvert sur la plage, ajouta le jeune homme.

— Oh, mon Dieu !

Willow fondit en larmes ; cette fois, Cordélia l'imita.

— « Florence est le foyer ancestral de la famille de Médicis », lut Oz dans son guide. Intéressant. C'est ici qu'a eu lieu le premier Bûcher des Vanités. Perruques, instruments de musique, recueils de poésie et œuvres d'art diverses, toutes parties en fumée...

— Les instruments de musique aussi, hein ? murmura Buffy, assise sur la banquette avant de la camionnette que conduisait Angel. Ils avaient dû entendre les derniers morceaux de Glorieux Mélange.

Oz sourit et braqua de nouveau le faisceau de sa lampe sur le guide.

— Le type qui a lancé ça était un moine fanatique appelé Savonarole. Il a péri sur un bûcher au même endroit l'année suivante.

— Ça devait être le guitariste, déclara doctement Buffy. Tu as trouvé quelque chose sur la Cour des Roses ?

Angel leur avait rapporté les informations extorquées à l'acolyte qu'il avait torturé à Paris.

— Non, répondit Oz. On n'aura qu'à se renseigner sur place.

Ils étaient toujours sur le territoire français et se dirigeaient vers la frontière italienne.

Avant de partir, Oz avait acheté quelques livres dans une petite boutique, près de Notre-Dame. Parfois, il en lisait des passages à voix haute à ses deux compagnons. De temps à autre, Angel rajoutait un commentaire. Buffy réalisa qu'Angélus, le Fléau de l'Europe, avait visité tout le continent ou presque.

— Après avoir sauvé le monde, je pense sérieusement à faire le tour de l'Europe avec un sac à dos, une carte Inter-Rail, Willow et... qui voudra bien nous suivre.

Buffy tourna la tête vers la vitre sans répondre. Après avoir sauvé le monde, elle rentrerait à Sunnydale où elle moisirait jusqu'à la fin de son existence terrestre. Les Tueuses n'avaient pas vraiment droit aux congés payés. Ni aux congés maladie...

Elle repensa au petit garçon qu'ils cherchaient, Jacques Régnier, et aux similitudes entre leurs vies. L'enfant était bloqué dans la Maison du Portail, dont il ne sortait que pour aller capturer des monstres et des démons de tous poils. Buffy n'arrivait même pas à imaginer ce que ça pouvait faire d'être une Tueuse de onze ans. Au moins avait-elle bénéficié de quelques années d'une bienheureuse innocence...

D'une bienheureuse liberté.

Soudain, Angel tourna à gauche et s'engagea sur une route au revêtement défoncé qui conduisait vers une épaisse forêt. Les phares de la camionnette illuminèrent la végétation dense qui surplombait le chemin. Des ombres filèrent devant eux, et Buffy se redressa sur son siège.

— Tu as vu quelque chose ? s'enquit-elle. Quelqu'un qui nous suit ?

— Non, je prends juste des précautions à tout hasard, répondit Angel. A partir de maintenant, nous ne devrions faire confiance à personne... Excepté nous-mêmes, bien sûr. Faisons comme si tous les gens que nous rencontrons étaient des ennemis, aussi inoffensifs qu'ils aient l'air.

Après quelques minutes, le vampire suggéra :

— Arrêtons-nous une minute pour nous dégourdir les jambes.

Buffy, tenaillée par une envie pressante, approuva.

— Bonne idée, mais ne nous attardons pas.

— Promis.

— Machiavel vivait à Florence, lança Oz tandis que le vampire se garait dans un bosquet. Tous les grands comploteurs de l'histoire adorent cette ville, apparemment.

— Il doit y avoir une Bouche de l'Enfer quelque part. Ou une brèche, suggéra Buffy.

— Bonne remarque, dit Oz en refermant son guide. Avec Willow, on évitera sans doute Florence.

Buffy eut un sourire amer. Puis elle ouvrit la portière et sauta à terre.

— On en est où question essence ? demanda-t-elle.

— Il faudra faire le plein avant le lever du soleil, répondit Angel.

Ils avaient décidé de tout payer avec le liquide qu'ils retiraient dans des distributeurs grâce à la carte American Express de Giles, afin de laisser un minimum de traces derrière eux. Mais malgré leurs précautions, ils continuaient à partir du principe qu'ils étaient suivis. C'était le meilleur moyen de rester sur leurs gardes.

Buffy alluma sa lampe de poche et s'éloigna des garçons. Ils avaient dû comprendre qu'elle avait besoin d'intimité, car ils ne la suivirent pas.

La forêt était glacée et sentait la terre humide. Buffy aperçut un cercle de champignons au pied d'un arbre. Elle sourit. En Angleterre, selon, Giles, ils étaient considérés comme un signe de la présence des fées. Un jour, son Observateur avait passé des heures à chercher des lutins après en avoir vu un. Et bien sûr, il s'était fait gronder par sa mère, qui avait passé ces mêmes heures à le chercher, lui.

Des larmes brûlèrent les yeux de Buffy, qui les essuya d'un geste rageur. Elle était malade d'inquiétude pour Giles. Elle avait beau essayer de se concentrer sur sa mission, l'angoisse restait toujours là, comme le bourdonnement qui monte d'un vieux poste de télévision.

Tandis qu'ils attendaient le retour de Buffy, Oz se tourna vers Angel.

— C'est dur pour elle, dit-il doucement.

— C'est dur, un point c'est tout, grimaça le vampire. Nous ne devons pas traîner.

— Il reste encore beaucoup de kilomètres à parcourir avant de s'arrêter pour dormir. Tu veux que je prenne le volant ? proposa Oz.

Angel secoua la tête.

— Ça ira. Vous devriez essayer de vous reposer un peu, tous les deux. Moi, je me cacherai sous des couvertures pendant la journée. Ça nous évitera de perdre du temps. J'avoue que je suis inquiet à l'idée de passer la frontière italienne.

Oz réfléchit.

— On pourrait essayer de te trouver une chambre

quelque part, et tu nous rejoindrais plus tard, suggéra-t-il.

— On verra. (Angel se redressa en entendant bruire les fourrés.) Buffy, il faut y aller !

Alors, la forêt entra en éruption comme un volcan.

Des dizaines de créatures longues d'une trentaine de centimètres fondirent sur les deux compagnons, se laissant tomber des arbres ou jaillissant du sol. Angel agita frénétiquement les bras, s'efforçant d'en attraper une.

Il réussit à refermer ses mains autour du cou de l'une d'elles et la tint sous la lumière des phares tandis que d'autres lui sautaient dessus et tentaient de le mordre.

C'était une sorte de reptile ailé, couvert d'écailles bleu-vert. Dardant la langue, il lâcha un sifflement furieux et cracha sur le vampire.

Angel recula la tête, mais la bave acide fit un trou dans son col roulé. Puis la créature plongea ses griffes dans son bras, l'éraflant du coude jusqu'au poignet.

— Malédiction, grogna Angel en projetant le monstre à terre pour le piétiner. Rentre dans la camionnette, Oz !

Mais le jeune homme était déjà à ses côtés, essayant de chasser les créatures qui le harcelaient.

Pour une raison qu'il ne s'expliquait pas, aucune n'avait attaqué son compagnon. C'était lui qu'elles voulaient, et elles le faisaient savoir à coups de griffes et de dents.

Buffy jaillit des buissons en criant de douleur. Elle se précipita tête la première contre le flanc de la camionnette qu'elle percuta violemment, assommant les trois reptiles ailés qui s'étaient agrippés à ses cheveux et à ses épaules.

— Qu'est-ce que c'est encore ? demanda-t-elle.

— Je n'en ai aucune idée, avoua Angel, se rapprochant d'elle pour la débarrasser d'un minuscule mais féroce agresseur.

Buffy tenta de l'aider, mais les créatures étaient trop nombreuses, et leur poids menaçait de la faire tomber. Même Angel avait des problèmes pour faire face.

— Ce sont des Draco Volans, dit une voix masculine. Avec les compliments d'Il Maestro.

Il y eut une explosion. Puis l'air au-dessus d'eux scintilla d'une lueur rose ; les créatures affolées poussèrent des cris aigus. Une par une, elles lâchèrent leur proie et tombèrent mollement sur le sol.

— Montrez-vous ! ordonna Buffy.

Une silhouette avança vers eux en titubant. Elle portait une longue robe à capuche imbibée de sang. Tendant les mains vers Angel et Buffy, elle psalmodia dans une langue inconnue.

— La ferme ! cria la jeune fille en se précipitant à l'attaque.

— Buffy, non ! l'arrêta Angel. C'est du latin : une prière de guérison.

— Ah oui ? (La Tueuse saisit l'homme à la gorge, et se retrouva aussitôt avec les mains poisseuses de sang.) Ça ne doit pas trop fonctionner : regarde-le !

L'inconnu la dévisagea.

— Je vous en prie. C'est moi qui vous ai sauvée des griffes de la manticore en lui tirant dessus.

Surprise, Buffy le lâcha.

— Vous êtes le type des catacombes ?

La tête de l'homme s'affaissa sur sa poitrine. Buffy le prit par la main et le guida lentement vers la camionnette. Malgré le sang qui maculait leurs vêtements, ses blessures et celles d'Angel semblaient presque toutes refermées.

— Pourquoi ne t'ont-ils pas attaqué ? demanda le vampire à Oz.

— Parce que j'ai mangé de l'ail ce midi ? suggéra le jeune homme.

— Demandons ça à notre nouvel ami, proposa Buffy.

— Les Draco Volans n'aiment pas beaucoup les loups, répondit l'homme. J'aimerais pouvoir faire davantage pour vous. Il Maestro vous piste par magie. J'ai pu me servir de son sort pour vous suivre, mais il sait certainement que je suis là.

— En d'autres termes, vous êtes foutu, résuma Buffy, non sans une certaine compassion.

— Comme c'est joliment dit, soupira l'inconnu. (Il frémit de douleur.) Je crains de ne pas pouvoir marcher jusqu'à votre véhicule. Aidez-moi à m'asseoir, s'il vous plaît.

L'homme glissa une main dans sa poche et la jeune fille se tendit. Mais il ne sortit qu'une photo.

— Je m'appelle Albert, révéla-t-il. Dites-lui que j'ai été courageux.

Buffy prit la photo. Elle représentait une jeune femme aux cheveux couleur de miel cascadant sur ses épaules. Sans un mot, elle la tendit à Angel.

— Il nous a trompés, reprit Albert. Il nous avait promis le pouvoir au sein d'un ordre nouveau… (Alors qu'il agrippait convulsivement le bras de Buffy, du sang coula entre ses doigts.) Nous ne savions pas qu'il était si maléfique.

Il eut une quinte de toux.

— Non, c'est faux, chuchota-t-il d'une voix brisée. Nous savions. Nous savions depuis le début. Et ça n'avait pas d'importance. Et puis… Je suis tombé amoureux d'elle. Quel homme aurait pu lui résister ?

Il toussa de nouveau ; du sang bouillonna au coin de ses lèvres.

Buffy le retourna. Le dos de sa robe était en lambeaux ; des morceaux de peau et de muscles dépassaient des déchirures. La jeune fille apercevait même ses vertèbres, et elle se demanda comment il avait tenu aussi longtemps. Si Il Maestro tenait absolument à se servir de son allume-gaz à distance, il allait devoir se dépêcher.

— Il est à Florence, dit Albert. Vous devez y aller.

Buffy sera les poings en le regardant mourir.

Angel secoua la tête. Elle comprit à quoi il pensait. Ils ne devaient faire confiance à personne, partir du principe que tous étaient des ennemis. Comme Ian Williams.

— Non ! C'est faux, dit la jeune fille en jetant un regard d'avertissement à ses compagnons. Il est à Vienne. Il a toujours été là-bas. Nous venons de l'apprendre... par d'autres amis.

Albert écarquilla les yeux.

— Pas à Florence ?

— Pas à Florence, confirma Buffy.

— Ah. (Il ferma les yeux.) Tant mieux. Il ne peut pas savoir que vous êtes au courant.

Il marmonna quelques syllabes et remua les doigts. Buffy sentit un picotement courir sur sa peau et demanda :

— Que faites-vous ?

— C'était un effort pitoyable, murmura Albert, mais je pourrai peut-être dissimuler votre présence à Il Maestro.

Il leva une main ; puis sa tête retomba en avant.

— Micaela...

Il mourut en prononçant ce prénom.

Oz fixa Buffy.

— Vienne ?

La jeune fille haussa les épaules.

Autour d'eux, les Draco Volans explosèrent.

Giles s'éveilla en sursaut.

Il gisait sur le pont du *Hollandais volant* dans toute sa splendeur pourrissante. Se détachant contre le velours du firmament, les cordages ressemblaient à une toile d'araignée géante. Le vaisseau était un amas de planches rongées par les vers qui tenaient ensemble par miracle.

Désorienté, Giles consulta sa montre. Il aurait dû faire jour. Mais la nuit qui l'enveloppait était aussi noire que la mort. *A bord du* Hollandais volant, songea-t-il, *il règne peut-être des ténèbres éternelles...*

Il vit soudain les visages spectraux qui le contemplaient. Certains n'avaient pas d'yeux, et pourtant, il sentait leur regard peser sur lui.

Ses cheveux se dressèrent sur sa nuque.

Puis un mouvement parcourut les rangs des zombies, qui s'écartèrent pour laisser passer une silhouette, qui semblait s'être matérialisée dans l'air. Elle était vêtue de noir, et son visage... Son visage...

Giles en fut glacé jusqu'à la moelle. Pourtant, il n'existait pas d'explication logique à la terreur qu'il ressentait, car il ne distinguait que du vide. Mais ce vide éveillait en lui une angoisse irrépressible.

Le bibliothécaire eut la certitude que c'était sa meilleure arme, et la raison pour laquelle ses captifs sanglotaient.

Alors, il sut ce qu'il devait faire. L'élément de surprise pouvait encore jouer en sa faveur.

Se raclant la gorge, il se redressa et se campa fermement sur ses pieds pour lancer d'une voix joviale :

— Capitaine, je sollicite la permission de monter à votre bord. J'ai une soif terrible ; je connais de nombreux chants de marin, et il me serait agréable de passer quelques heures en votre compagnie.

Le spectre sans visage le fixa un long moment. Puis il partit d'un rire énorme. Mais le son et le mouvement semblaient au ralenti, comme s'ils venaient d'une autre dimension.

Permission accordée, mortel ! Vu que tu es déjà à mon bord, que tu as le culot d'un boucanier et l'absence de sens commun d'un fou... Depuis des siècles que j'arpente ces mers maudites, aucun homme n'a jamais demandé à rester ici de son plein gré.

— Je suis peut-être un fou, mais un fou curieux, précisa Giles en s'efforçant de maîtriser sa voix. J'ai entendu beaucoup de récits sur vous et votre équipage. Et j'aimerais beaucoup passer quelques heures en votre compagnie.

Mais pas davantage. Il devait quitter ce navire aussi vite que possible, de préférence avec Vinnie. Dans le pire des cas, il devrait se résoudre à abandonner le jeune homme.

Hilarant ! La silhouette éclata de nouveau d'un rire qui ressemblait au grondement d'un canon. *Quelques heures, ou l'éternité ?*

— Accordez-moi une faveur, capitaine, dit Giles en levant le menton. Si mes chants vous ravissent, vous me laisserez repartir. Si je vous déçois, je me joindrai à votre équipage.

Entendu.

La silhouette tapa du poing sur le bastingage. Un geste au ralenti... au moins, aux yeux de Giles.

Le bibliothécaire parvint à garder son équilibre, bien que ses jambes se fussent soudain transformées en coton.

Puis un mouvement attira son attention. Il leva les yeux... et sut qu'il passerait le reste de sa vie, aussi longue qu'elle puisse être, à regretter de ne pas s'être abstenu de jouer les héros.

Trois cadavres se balançaient dans la mâture parmi des dizaines de squelettes à divers stades de la décomposition. Leur visage était noirci ; leur langue gonflée pendait sur leur menton.

Giles reconnut Dallaw Mayhew, un des meilleurs joueurs de football du lycée de Sunnydale, et son meilleur ami, Spenser Ketchum. Le troisième corps était celui d'une jeune femme à la queue-de-cheval blonde, vêtue d'un T-shirt kaki et d'un pantalon de marin. Les yeux manquaient dans ses orbites ensanglantées.

Un instant, Giles crut voir Buffy, et il se maudit pour s'être fourré dans une situation pareille, alors qu'il aurait dû faire tout son possible pour aider sa Tueuse. Pourquoi avait-il cédé à une impulsion stupide en s'accrochant à l'ancre du vaisseau ?

Déglutissant, il détourna le regard. Le *Hollandais volant* tanguait dans l'obscurité. Giles ne distinguait ni phare ni rivage. Il ignorait à quelle distance des côtes naviguait le brigantin, et s'il ne finirait pas lui aussi pendu dans la mâture. Au moins Vinnie Navarro ne s'y balançait pas encore...

Quelque chose de très froid lui toucha l'épaule, comme de la glace courant sur sa peau nue. Pivotant, il se retrouva nez à nez avec le capitaine.

Il n'osa pas le regarder en face, de peur de perdre le contrôle de ses nerfs. Il esquissa une courbette qui devait déjà être passée de mode avant que le *Hollandais volant* soit construit.

— Everett Morris à votre service, déclara-t-il.

Il ne voyait pas l'intérêt de révéler son véritable nom à cette créature.

Le regard du capitaine se posa sur lui ; il sentit ses genoux trembler.

Bienvenue à bord, Rupert Giles.

— Ah, soupira le bibliothécaire. J'aurais dû me douter que je ne parviendrais pas à vous abuser.

C'est un fait...

La silhouette fit signe à Giles de la suivre. Elle ne flottait pas exactement sur le pont, mais sa démarche chaloupée ne ressemblait pas à celle des membres d'équipage. Elle ne semblait pas être là, mais plutôt être la projection de quelqu'un qui se cachait ailleurs.

Le capitaine précéda Giles sur la passerelle et attendit les mains croisées dans le dos pendant qu'un des zombies ouvrait une large porte de bois.

Puis il se retourna pour descendre une échelle et dit en levant les yeux vers son invité :

La coutume, à bord, veut que je passe le premier.

— Bien entendu.

Giles regarda le capitaine disparaître dans l'ouverture. Tout son être se rebellait à l'idée de le suivre. Son esprit lui hurlait de sauter par-dessus bord et de s'éloigner à la nage, aussi illogique que cela puisse paraître, puisque la côte n'était même pas en vue.

Au prix d'un gros effort, il s'engagea à son tour sur l'échelle. Au-dessus de lui, la porte se referma, le plongeant dans des ténèbres impénétrables.

Il descendit un barreau.

Quelque chose de poilu courut sur sa main en couinant. Un rat. Il se figea. Une odeur de décomposition lui chatouilla les narines, et son estomac se rebella. Il ferma la bouche pour ne pas vomir, prit une profonde inspiration et se remit en mouvement.

Le chemin est long jusqu'en bas, maître Giles, l'avertit le capitaine. *D'une certaine façon, c'est une descente aux Enfers.*

— Délicieux, vraiment, marmonna le bibliothécaire.

Il eut vite la bouche sèche et les muscles endoloris. Le navire ne cessait de tanguer et il n'en finissait pas de descendre. Il était impossible qu'ils soient toujours à bord du *Hollandais volant.*

Enfin, son pied se posa sur le sol. Il s'accrocha un instant aux barreaux de l'échelle, essayant de retrouver son sens de l'orientation.

Par une porte entrouverte, une lumière brillait faiblement au bout de ce qui ressemblait à un couloir. Giles tenta de se souvenir des vieux chants de marins qu'il avait appris chez les boy-scouts. Il ne se rappelait plus rien. Il eut beau s'efforcer de fredonner quelques mélodies, il n'entendait dans sa tête que le cliquetis des ossements dans la mâture.

Il poussa la porte. La flamme vacillante d'une chandelle révélait une cabine autrefois somptueuse, mais qui disparaissait maintenant sous la poussière et les toiles d'araignée. Le plafond laissait assez de place pour un lit à baldaquin de velours rouge, à demi mangé par les mites. Un hublot laissait entrer l'air iodé.

Sur une table couverte de cartes et de parchemins étaient posées deux chopes en étain. Le capitaine avait saisi l'une d'elles. Giles le salua d'un signe de tête, qu'il lui rendit avant de l'inviter à s'asseoir.

Le bibliothécaire obéit et s'empara de la seconde chope.

— Santé, dit Giles en avalant une gorgée.

Il faillit la recracher. Le rhum lui brûla la gorge puis l'estomac.

Le capitaine leva sa chope à son tour et la vida en silence.

Puis il la reposa avec un soupir de satisfaction.

Giles porta de nouveau la sienne à ses lèvres. Alors qu'il buvait une seconde gorgée, il réalisa que sa soif devenait intenable, et que ce breuvage infernal n'allait rien faire pour l'arranger.

— Si j'osais…, commença-t-il.

Il sursauta quand un verre apparut près de son coude droit. Il était rempli d'un liquide transparent qui ressemblait à de l'eau.

— Merci, dit Giles, l'avalant d'un trait.

Au moment où il allait poser le verre, il constata que celui-ci était encore plein. Il but encore, et le même phénomène se reproduisit.

— Ça, c'est pratique ! commenta-t-il.

Le capitaine gloussa.

Etre damné pour l'éternité n'a pas que des inconvénients.

— Surtout quand on a le foie solide…

Son hôte éclata de rire.

La finesse d'esprit me manque. Tout comme la bonne compagnie. Ici, les gens me redoutent.

— Ça a peut-être un rapport avec l'habitude de pendre tous ceux qui mettent les pieds sur votre navire…

La silhouette haussa les épaules.

Pas tous. En plus de vous, deux mortels sont actuellement à mon bord.

— Je vois, dit Giles, dont le cœur avait fait un bond dans sa poitrine.

Qui d'autre, à part Vinnie ? Il devait les découvrir et les délivrer.

Ne vous souciez pas d'eux. Ils finiront par mourir, même si je ne les tue pas.

— Vraiment ?

Les fleurs ne poussent pas dans le sel. Les mortels ne peuvent pas vivre à bord d'un vaisseau fantôme... Vous m'aviez promis des chansons.

— C'est exact.

A son grand soulagement, un vieux chant de marin britannique lui revint en mémoire. Il parlait de harpons, de vents qui soufflaient et d'autres joyeusetés nautiques.

Je savais que vous ne me décevriez pas, dit le spectre.

Giles sourit.

Même s'il avait plus envie de hurler que de chanter.

— Apparemment, il ne disparaît pas, dit Buffy en observant le corps d'Albert dans la forêt.

Elle mourait d'envie de l'enterrer. D'abord parce que ses compagnons et elle commençaient à laisser une piste de cadavres derrière eux. Ensuite, parce que ça l'ennuyait d'abandonner un pauvre type qui avait fini par revenir vers le Côté Lumineux de la Force.

— On pourrait donner deux ou trois coups de pelle, suggéra la jeune fille.

— On pourrait, si on en avait une, dit Oz. Allons voir s'il n'y a pas dans la camionnette quelque chose qui pourrait faire l'affaire.

A cet instant, le cadavre d'Albert remua. Buffy jeta un coup d'œil à Angel.

Le type n'était peut-être pas mort, finalement.

— Albert ? appela-t-elle, hésitante.

Puis le corps s'éleva dans les airs, lévita un moment

au-dessus de leur tête et continua à grimper en déversant sur eux une pluie de gouttes de sang.

— Tu crois que c'est l'autre qui a fait ça ? demanda Buffy.

Angel haussa les épaules.

— Pas à ma connaissance.

Le cadavre disparut.

— Dites-moi que c'est ainsi que nous montons tous au ciel, murmura Oz.

— Je l'espère, dit Buffy, le nez levé vers les étoiles. Repose en paix, Albert.

— Quelque part, je doute que ce soit le cas, répondit Angel, impassible.

Giles avait un franc succès, bien qu'il fût soûl comme un Polonais. Ou peut-être à cause de ça.

Le capitaine l'avait ramené sur le pont, où il divertissait l'équipage depuis ce qui lui paraissait des heures. Entre l'alcool et la terreur qui ne l'avait pas lâché depuis l'instant où il avait rouvert les yeux, ses idées se brouillaient un peu plus à chaque minute.

Mais le bibliothécaire avait vu où étaient retenus Vinnie et un homme qui, à en juger par sa mise, devait être un docker : les zombies les avaient jetés dans la cale où le capitaine était descendu chercher une bouteille de vieux porto.

Couverte de poussière, celle-ci reposait dans un placard en compagnie de pommes desséchés. Un peu plus loin, les deux prisonniers bâillonnés étaient recroquevillés dans une sorte de cage faite de planches et de cordages. Le capitaine avait lâché un commentaire : il avait fini par se lasser de donner la grande cale.

Vinnie et son malheureux compagnon avaient écarquillé les yeux en voyant entrer Giles. Le bibliothécaire leur avait fait signe de se tenir tranquilles. Il ne voulait pas leur donner trop d'espoir : leur cauchemar était loin d'être terminé.

A présent, titubant sous les effets du stress, de la fatigue et de l'alcool, il haussa de nouveau la voix pour accompagner l'équipage dans son interprétation sinistre de *La Vierge de Nantucket*.

Les morts se rassemblèrent autour de lui au son d'un accordéon infernal, tandis que le vent faisait tanguer le navire de plus belle et cliqueter les ossements dans la mâture. Certains chantaient d'une voix monotone, comme s'ils n'étaient plus capables de saisir la beauté de la musique. D'autres semblaient un peu plus animés, mais Giles ne détectait chez eux aucun enthousiasme : juste un soulagement momentané de leur souffrance.

Il finit par se sentir comme ces bouffons s'escrimant à distraire une foule qui aurait préféré une bonne vieille exécution. Puis il fut pris d'une inspiration au moment où il finissait la bouteille de porto.

Allez-y, maître Giles ! Il y en a d'autres dans la cale.

Dans la cale. Là où étaient les prisonniers.

Le bibliothécaire se porta volontaire pour aller chercher une nouvelle bouteille. Son hôte y consentit. Giles dut lutter pour réfléchir tandis qu'il descendait en titubant et faisait semblant d'ouvrir le placard.

Il se jeta contre la cage et murmura :

— Je vais vous délivrer. Ne paniquez pas ! Avez-vous vu un couteau quelque part ? Une autre arme ?

Pour toute réponse, les prisonniers firent des signes de tête frénétiques.

— Je crains de ne pas comprendre, avoua Giles avec un sourire navré.

Vinnie Navarro gémit sous son bâillon. Alors, il tourna lentement la tête.

Le capitaine se tenait en haut de l'échelle. Bien que son visage ne soit toujours qu'ombre, tout dans sa posture trahissait la fureur qui le submergeait.

J'aurais dû m'en douter. Puisque c'est ainsi, vous aurez droit au supplice de la planche, maître Giles. Et notre hideuse dame vous mangera pour son souper. C'est bien dommage : vous êtes un merveilleux chanteur.

Sur ces mots, le spectre éclata de rire.

CHAPITRE IX

Willow trouva la journée interminable. Quand elle rentra enfin dans sa chambre, elle s'endormit comme une masse.

Dans son rêve, le Fantôme des Devoirs en Retard se tenait au pied de son lit. Il était désespéré, car elle avait dépassé la date limite pour rendre sa copie. Il n'y avait pas d'Alex au lycée dans ce monde de cauchemar, et Willow séchait tant de cours que son livret scolaire ressemblait au réquisitoire d'un procureur.

— Petite Willow... (Elle ouvrit les yeux.) Ensorceleuse, ouvre les yeux, il le faut.

Willow se redressa pour découvrir un homme assis sur son lit. Il était âgé et voûté ; ses mains tremblaient. Rêvait-elle ?

— Euh...

— Jean-Marc Régnier, dit l'inconnu pour se présenter.

Il se voûta encore. Willow comprit qu'il s'inclinait.

— Le *Gardien du Portail* ?

Willow était la seule à ne l'avoir jamais rencontré. Elle le dévisagea, surprise. Il avait l'âge de Mathusalem...

— Plus pour très longtemps.

— Buffy et les autres se dépêchent. Ils font de leur mieux..., dit l'adolescente pour le rassurer.

— J'ai du travail pour toi, petite Willow.

Régnier frissonna et toussa ; un instant, sa silhouette parut s'estomper.

Le cœur de Willow battait la chamade. Elle avait vu des tas de choses bizarres dans sa vie, mais c'était ce que sa chambre avait connu de plus étrange.

— Un travail... D'accord. (Elle jeta un regard inquiet à la porte.) Attention... Mes parents pourraient vous entendre tousser. Désolée.

Le Gardien eut un bref sourire, vite remplacé par un sérieux mortel.

— Une brèche, dit-il d'une voix faible. Immense.

— Chez Buffy ? cria Willow. (Puis elle se souvint de ses parents et baissa le ton.) Où ?

— Dans la mer. Sous la surface. A cause du *Hollandais*.

— Le quoi ?

— Le vaisseau. Le *Hollandais volant*. Je l'ai emprisonné il y a plus d'un siècle avec son équipage. Mais aujourd'hui, il est libre, et mes runes disent qu'il fait voile vers vous. (Régnier soupira.) D'abord le Kraken, et maintenant ce bateau de malheur. La brèche est grande, et elle s'élargit.

— Oh, souffla Willow, incrédule. Le bateau vole ?

Giles. En deltaplane.

— Tu dois fermer cette brèche. Je t'aiderai. Il faut agir tout de suite, il n'y a pas de temps à perdre...

— Mais j'ai *besoin* de temps. Il faut que je trouve Giles... L'Observateur...

— Impossible. Tu dois te lever et m'aider. *Maintenant*.

Alex s'époumonait sur sa chanson.
It never rains in Southern California...

Mais bien sûr, il pleuvait.

Une bruine ininterrompue depuis le début de l'après-midi. Ils avaient attendu la nuit avec impatience. Sortir en pleine mer par ce temps serait déjà dangereux pour des marins aguerris, mais avec cette invraisemblable brume qui avait englouti la ville, Alex et ses deux amies couraient à la mort.

Willow et Cordélia à ses côtés, il avait traversé le quai pour récupérer le petit bateau rouge qu'il avait « emprunté » et caché un peu plus tôt. Les trois amis étaient dans des eaux interdites par les gardes-côtes. Leur bateau était petit par rapport aux navires de pêche déjà éventrés par le Kraken, mais ils n'avaient pas le choix. Il fallait trouver Giles.

Et refermer la brèche dont le Gardien avait parlé à Willow.

— Hé ! Willow, souffla Alex. Je viens de penser à un truc... Si le Gardien du Portail a réussi à bouger ses fesses pour aller dans ta chambre, c'est qu'il se sent mieux, non ?

Willow fit la grimace, et le jeune homme regretta sa question.

— Hélas non. Régnier se meurt, Alex. Il suit un cycle... Il puise de l'énergie, puis se vide. Et bientôt il ne pourra même plus puiser. Avant, il serait allé fermer cette brèche lui-même, au lieu de m'envoyer à sa place. « Vas-y, Willow ! Car si tu ne règles pas la situation assez vite, plus la peine de s'inquiéter pour les Fils de l'Entropie. La fin du monde va nous tomber dessus de toute façon. » Rien de tel qu'un peu de pression, pas vrai ?

Souriante, Cordélia donna une petite tape sur la tête de Willow.

— Vas-y !

Alex la regarda sévèrement

— Tu prends bien les choses, Cordy.

— Je suis au-delà du rationnel, répondit Cordélia. Ça surcharge monstrueux ! Réveillez-moi quand ce sera fini...

— Promis, assura Alex. Mais ne me dis plus jamais ça, d'accord ?

Même Willow rit.

Les vagues léchaient les flancs du bateau. La pluie était plus légère, presque une brume. Cordélia avait cessé de se plaindre de l'humidité. *Au bout d'un moment*, réalisa Alex, *elle a fini par comprendre que c'était inutile...*

— Je n'aime pas ça, dit Willow en scrutant les alentours. (L'océan était désespérément vide.) Il faut qu'on trouve le *Hollandais volant*. Je suis capable de refermer la brèche, enfin, je crois. Mais pas avant d'avoir retrouvé Giles...

— D'accord, concéda Alex. Traquons notre bibliothécaire préféré. Ça va prendre un certain temps, mais...

Willow secoua la tête.

— Tu ne m'écoutes pas, Alex. Nous n'avons *pas* le temps. Le Gardien l'a dit : si nous n'arrivions pas à libérer Giles, il faudra quand même refermer la brèche avant qu'elle ne devienne trop importante... (Elle soupira.) Alors il restera coincé à bord à jamais.

Alex n'avait rien à répondre. Il se contenta de mener le bateau vers le large, maniant le gouvernail et essuyant de temps en temps le moteur.

Il ne connaissait rien aux bateaux, mais voulait empêcher la brume de se condenser sur le moteur. Même si c'était inutile... Au moins, ça lui occupait l'esprit. C'était mieux que de réfléchir.

A sa vie, par exemple.

Alex soupira. Il était assis dans un bateau, au large de sa ville natale, avec deux des trois femmes qui ravageaient sa vie sentimentale. Etre seul avec elles suffisait à le mettre mal à l'aise.

Tout avait changé quand Buffy était entrée dans sa vie. Grâce à elle, il avait compris, ou au moins admis, que Willow tenait à lui.

Alex aimait Buffy, Buffy aimait Angel, Willow aimait Alex. Et Alex sortait avec Cordélia. Ce n'était pas de l'amour. Pas à son avis, en tout cas. Maintenant, Willow était amoureuse d'Oz.

Que leur arrivait-il ? Il aurait aimé comprendre.

Cette folie continuerait-elle quand ils seraient adultes ? Les gens maîtrisaient-ils mieux leurs émotions en grandissant ? Alex avait peur de ne pas aimer la réponse.

Willow frissonna et, par réflexe, Alex enleva sa veste et la lui tendit. Son amie accepta avec reconnaissance.

— Moi aussi je suis glacée, tu sais, souffla Cordélia.

— Rien de bien nouveau, hein ?

Cordélia leva les yeux au ciel et se rapprocha de Willow. Le bateau glissait sur les eaux. Autour d'eux, le brouillard se dissipait... *Non*. Alex regarda mieux. La brume ne se levait pas ; ils étaient simplement arrivés dans une zone plus claire.

L'œil du cyclone...

— Bizarre.

La voix de Willow résonna étrangement.

Loin au-dessus d'eux, un cri déchira la nuit.

— Bon sang, que se passe-t-il ? gémit Cordélia.

Un autre cri. Plus fort, plus près. A cinquante mètres sur leur gauche, un grand bruit d'éclaboussure.

Et plus rien.

Alex regarda Willow.

— Cette voix, on aurait dit...

— Giles.

— Mais comment ? demanda Cordélia. Les bibliothécaires ne tombent pas du ciel, vous savez. Même ici !

Ils appelèrent Giles. Avec la nuit et la brume, ils ne voyaient pas à plus de dix mètres. Même les lumières de la ville avaient disparu.

— Willow, nous aurions bien besoin de l'aide du Gardien, dit Alex.

— Il a dit qu'il serait là. Je pensais qu'il viendrait avec nous, mais...

Ils recommencèrent à crier. Enfin, une réponse leur parvint.

— Par ici ! Par ici !

Giles. Sa voix était troublée par l'écho, mais Alex pensait l'avoir localisé. Il poussa le gouvernail dans cette direction, et le petit moteur bouillonna dans l'eau.

— Alex ! cria Willow.

Se retournant, le jeune homme vit juste à temps l'énorme ancre rouillée qui arrivait à sa rencontre et se jeta à plat ventre près des filles. Etendu dans le minuscule bateau, il regarda passer au-dessus de lui la carcasse pourrie de l'ancien vaisseau, dégoulinant d'algues et de sang, qui vomissait de la brume.

L'ancre avait failli le décapiter.

Le hors-bord commençait à tourner en rond. Alex empoigna de nouveau le gouvernail et repartit dans la direction que prenait le navire en ruine.

Le hors-bord s'enfonça dans la brume.

— Alex, dépêche-toi ! cria Cordélia.

— A ton avis, je fais quoi ?

Willow les foudroya du regard.

— Hou hou, les copains… On se tait ? Merci !

Vexé, Alex maintint le cap. Peu après, ils entendirent Giles se débattre dans l'eau. Il appelait toujours au secours.

— Giles ? murmura Alex.

Sa voix lui fut renvoyée par la brume. Il ne voyait pas grand-chose, mais le vaisseau fantôme devait toujours être dans les parages. Au loin, il lui sembla entendre des morts chanter.

— Par ici ! dit Giles.

Alex le vit enfin, la tête ballottée par les vagues.

— Vous avez l'air d'un rat noyé, dit Alex en l'aidant à monter dans le bateau.

Giles s'ébroua.

— Moi aussi, je suis ravi de te voir, Alex…

— Euh, Willow, c'est peut-être le moment de fermer la brèche ? suggéra Cordélia.

— Non ! intervint Giles. Vous ne pouvez pas renvoyer le *Hollandais* au néant ! Il reste deux personnes vivantes à bord. Du moins quand je les ai vues pour la dernière fois…

Willow se tourna vers Giles.

— Le Gardien du Portail m'a dit que la brèche atteignait une taille imposante. Prendre le temps de vous sauver était déjà une folie…

— Tu ne peux pas les abandonner…

Alex le regarda, désolé.

— Le temps presse, Giles. On a déjà eu beaucoup de chance que vous tombiez du ciel comme ça. Autrement, on ne vous aurait jamais retrouvé.

— Je ne suis pas… ils m'ont jeté par-dessus bord. Ils ont dit quelque chose… je ne suis pas sûr d'avoir compris. Ils voulaient me faire manger par leur vieille dame laide.

— C'est vraiment un coup de chance, assura Willow.

Alex allait ajouter quelque chose quand une vague souleva le bateau, les entraînant hors de la zone claire. Quand elle les reposa enfin, la mer s'apaisa.

Le brouillard retomba sur eux.

Alors, l'eau se mit à bouillonner.

Un bruit. Celui de quelque chose d'énorme brisant la surface des flots. Alors qu'Alex tentait de percer la brume, un énorme tentacule gris-vert passa au-dessus de leur embarcation.

— Le Kraken, murmura Giles.

— La vieille dame laide, souffla Willow.

Alex se demanda si c'était l'heure – celle de mourir !

Le cliquetis des gréements et le claquement des voiles fantomatiques se rapprochaient. Le chant des hommes morts se fit de plus en plus fort. Le brouillard se dissipa devant la coque putrescente du *Hollandais volant* qui descendait pour se poser sur les vagues.

Un nouveau bruit d'éclaboussure. Des boucaniers squelettiques — littéralement — se jetèrent à l'eau.

— *Ah, Rupert Giles*, tonna une voix qui fit frémir Alex. *Si j'avais su que tu amènerais tes amis avec toi, je t'aurais jeté à l'eau il y a des heures !*

Les marins morts nageaient vers eux.

Le Kraken émergea de l'eau. Le vaisseau était énorme.

Cordélia fondit en larmes.

Willow ouvrit la bouche et commença à incanter. Giles appuya ses mains contre le dos de la jeune fille. Il lui apportait plus qu'un soutien moral, pensa Alex.

Il lui communiquait une partie de son énergie.

— Elle va y arriver ? demanda-t-il à Giles.

Les nageurs morts se rapprochaient.

Un squelette agrippa le bastingage du bateau ; Alex brisa les os des doigts d'un coup de pied.

Il frappa un autre mort à la tête, faisant tanguer le bateau et crier Cordélia.

La voix de Willow s'éleva. Sous la surface de l'eau, la brèche commença à luire. Même sans la réponse de Giles, Alex avait déjà compris qu'il était trop tard.

— *Non ! Tu ne peux pas être là !* rugit le capitaine du vaisseau fantôme. *Va-t'en ! Que cherches-tu ?*

— Pour mon père ! cria une voix faible mais déterminée.

— Giles, hurla Alex en désignant quelque chose du doigt. Regardez !

Sur le pont du *Hollandais volant* se tenait Jean-Marc Régnier, le Gardien du Portail. Dieu savait comment, il avait rassemblé ses forces et gagné le navire — sans doute avait-il utilisé les routes fantômes, pensa Willow. Une aura magique bleue enveloppait ses mains. Les marins en décomposition se rapprochèrent et la lumière dansa autour de ses doigts.

— Grande Bête, je t'appelle, je t'honore, je t'adore ! invoqua le Gardien. Prends-moi, avale-moi, et que mon sacrifice soit ta satisfaction.

— Mais qu'est-ce qu'il fait ? murmura Giles.

— Si vous ne savez pas, on ne risque pas de répondre…, souffla Alex.

Cordélia lui agrippa la main.

Le Kraken souleva une nouvelle déferlante en replongeant sous les eaux. La petite embarcation faillit chavirer. Elle prit l'eau, mais finit par se redresser.

Un tentacule apparut. Le Kraken se déplaçait sous la surface. Sous eux.

— Oh, mon Dieu…, gémit Cordélia.

— Il l'appelle, expliqua Willow, ébahie. Il va le laisser le tuer pour détruire le bateau.

— Mais il ne peut pas faire ça ! Sans lui, tout ça va…

— Willow ! Ferme la faille ! Maintenant ! ordonna Alex.

La voix de Willow retentit de nouveau. La jeune fille était en nage. Alex mesura pour la première fois l'effort que la magie lui demandait. Il y avait un prix à payer pour l'usage des sorts et des enchantements. Aujourd'hui en particulier.

Pourtant, elle continuait.

— Mais le Gardien…, commença Cordélia.

— N'est plus, répondit froidement Giles.

Alex leva les yeux et constata que c'était la vérité. Jean-Marc Régnier n'était plus sur le pont du vaisseau fantôme.

Les tentacules du Kraken sortirent de l'eau dans un grand fracas, et s'enroulèrent autour du *Hollandais volant*. Le bateau s'enfonça sous les flots.

Régnier leur avait gagné un peu de temps.

Willow en fit bon usage.

Quand le vaisseau fut à moitié submergé, Willow finit de jeter son sort. L'eau ne tourbillonna pas, mais la brèche, sous la surface, étincela. Les deux horreurs furent aspirées et renvoyées à leur tombe sous-marine… dans l'Autre Monde.

— Pauvre Vinnie, murmura Giles. Et il n'était pas seul…

Willow s'écroula sans connaissance aux pieds d'Alex. Celui-ci lui souleva la tête et, tendrement, dégagea les cheveux collés sur son visage.

— Tu as fait du bon boulot, Willow. Tu leur as botté le train.

Le brouillard se dissipa ; bientôt, les lumières de la côte apparurent. Leur proximité les étonna tous. Giles prit le gouvernail ; Cordélia tentait de se réchauffer à la proue.

Ils rentraient chez eux.

A Boston, le Gardien du Portail se régénérait dans le Chaudron de Bran le Béni. Il avait bien failli ne pas réussir à rentrer. Combien de temps faudrait-il aux propriétés magiques du Chaudron pour le remettre sur pied ? Des heures.

Prenant appui sur les coudes, il redressa la tête. Un grand cri fit vibrer les fenêtres. Plus bas, dans la cour, le *Hollandais* apparaissait et disparaissait, deux hommes récemment noyés étendus sur le pont. Le capitaine rugit quand le Kraken s'enroula autour de la poupe, dévorant bois et fantômes. La figure de proue infernale disparut dans ses entrailles.

— Pour toi, père, chuchota Jean-Marc.

Puis il s'abandonna aux eaux régénératrices.

Ils étaient de nouveau sur la route et l'aube approchait.

Angel étudia le ciel avant de se tourner vers Buffy.

— Oz a raison. On irait plus vite si on se séparait. Et nos chances seraient meilleures. Vous pouvez avancer toute la journée et au moins la moitié de la nuit. Je vous ralentis.

La jeune fille détourna le regard. Elle savait qu'Angel avait raison, même si elle n'avait pas envie d'en tirer les conséquences.

Angel comprenait. Lui non plus n'en avait aucune

envie. Mais il était temps de prendre les bonnes décisions.

— Personne ne te protégera pendant ton sommeil..., dit son amie. Nous sommes là pour te surveiller, te défendre en cas d'attaque.

Il lui répondit avec autant de gentillesse que possible.

— Ce n'est pas pour moi que tu dois te faire du souci.

— C'est pourtant le cas, soupira Buffy.

Angel hocha la tête. Lui aussi s'inquiétait toujours pour elle.

— Tu es la Tueuse, lui rappela-t-il. Tu dois accomplir ton devoir. Je me remettrai en mouvement dès la tombée de la nuit. Je vous rattraperai... Je vous dépasserai peut-être, ajouta-t-il avec un sourire.

Buffy fit de son mieux pour le lui rendre.

— Essaie un peu...

Angel la regarda, fier et impressionné. Il ne put se retenir de l'embrasser doucement. Quand elle ferma les yeux, il eut envie de recommencer. De lui donner plus. Mais il ne pouvait pas.

— Je te retrouverai, promit-il.

— Angel, dit-elle d'une voix brisée. (Elle baissa les yeux et le regarda.) Tu me retrouveras.

— Oui.

— D'accord. (Buffy se retourna vers Oz.) En route ! On emmène Angel jusqu'à la prochaine ville, et on continue.

Oz opina.

— Et si je conduisais ?

Angel monta à l'arrière et fit signe à Buffy de le rejoindre.

— Quand j'aurais trouvé ce type, dit-elle, je l'éventrerai.

— Et c'est moi qui te passerai le couteau.
Buffy soupira.
Oz démarra.

— Oh, il est si dodu, Spike, gémit Drusilla. J'ai envie d'une friandise. Un si joli petit garçon. Je pourrais le dévorer tout cru !

Elle sourit à Jacques, assis à sa place habituelle, sur la table du repaire. Le sang du petit garçon se figea à la vue des yeux rougeoyants et des dents blanches de la vampire. Même sous sa forme humaine, elle le terrifiait. Elle n'était pas seulement maléfique... Elle était folle !

— Une seule bouchée, supplia-t-elle. Je ne finirai pas tout. Il est jeune. Le sang ne lui manquera même pas.

— Non, ma mignonne, répondit Spike en allumant sa cigarette. (Il referma son briquet argenté et le rangea dans la poche de son pardessus.) Pas une goutte. Je te connais. Tu as du mal à te contrôler, pas vrai ?

— Spike, grogna Dru, boudeuse.

Il l'attira dans ses bras. Par-dessus l'épaule de son compagnon, Drusilla continua d'étudier Jacques, et se lécha les lèvres à son intention. C'était un jeu entre eux.

— Cela fait des jours et des jours qu'il est devant moi, avec ses petites joues roses et sa bouille de bambin. C'en est trop !

Le cœur de Jacques battait la chamade. Il avait appris à connaître ses geôliers. Spike ne refusait jamais longtemps quelque chose à Drusilla... Si elle voulait boire son sang, Spike finirait par lui céder. Et elle tuerait Jacques, juste pour s'amuser. Et pour énerver Spike.

Jacques ne reverrait jamais son père ni sa grand-mère. Et le monde s'écroulerait, parce qu'il n'y aurait pas de nouveau Gardien du Portail.

— Une seule gorgée, quémanda-t-elle, passant les doigts dans les cheveux de Spike. Une seule. Je serai très prudente.

— Eh bien...

Spike semblait indécis.

Drusilla leva l'index.

— Une seule.

Spike soupira.

— Ce ne serait pas sérieux. Jacques est un petit garçon très spécial... Il est le seul à pouvoir nous obtenir ce que nous voulons. On en a besoin, chaton. (Il caressa la joue de Drusilla). Quand on aura la lance, tu pourras dévorer tous les garçonnets dodus que tu voudras.

— Mais j'ai celui-là sous la main. Et on n'a pas encore la lance. (Drusilla l'embrassa et s'assit sur ses genoux.) Et je veux grignoter un morceau.

— Ecoute-moi bien, vieux, dit Spike à Jacques sans quitter sa dulcinée des yeux. Ma poulette a envie de te picorer le cou. Ma nuit va être beaucoup plus calme si je lui permets. Alors fais-moi plaisir, d'accord ? Laisse-toi faire.

Il se tourna vers Jacques, qui les fixait tous les deux. Drusilla se libéra des bras de Spike et tendit les mains vers Jacques. Elle agissait comme s'il était un petit animal qu'il fallait rassurer et séduire.

— Allez, viens, chantonna-t-elle. Ça va aller, mon petit, ça va aller.

— Ne me touchez pas, espèce de sorcière ! cria Jacques, les larmes lui troublant la vue.

Il sauta de la table et courut vers elle, lui percutant l'estomac de la tête. Elle tomba et rit pendant qu'il la frappait à coups de poing. Jamais il n'avait frappé une fille ou une femme avant, mais Drusilla n'en était pas une. C'était un démon. Son père lui avait appris tout ce qu'il y avait à savoir sur les vampires. Ils étaient mauvais et ne méritaient qu'une chose : la mort.

Il n'eut aucune pitié, la frappant à la poitrine et au ventre. Mais Drusilla se contenta de rire. Et quand elle lui attrapa les poings et les écarta, elle avait repris son vrai visage. Celui d'une vampire.

— Vilain garnement, grogna-t-elle d'une voix caverneuse. (Elle le cloua au sol. La mise à mort était proche.) Il va falloir t'apprendre les bonnes manières.

Jacques se força à garder le silence, la foudroyant du regard. Spike accourut et saisit les mains de Drusilla.

— Du calme, chérie. Il ne faut pas abîmer la marchandise. Ne te laisse pas emporter.

— *Moi*, au moins, j'ai été polie. Je lui ai demandé gentiment. On aurait pu prendre le thé, après… Mais plus maintenant. Je n'ai plus envie de petits gâteaux.

— Ça ne change rien, bébé. Restons classe, d'accord ?

Il écarta Drusilla de Jacques et mit la main sur la bouche du garçon.

— Toi, fais gaffe. Lance ou pas, je t'éventrerai moi-même si tu ne te tiens pas à carreau.

Le regard de Spike était glacial et Jacques le crut sur parole.

— Dru, il faut que je sorte, dit le vampire. Pas de dégustation gratuite, d'accord ?

— Oh, tentateur. Méchant, va.

— Sois une gentille fille, dit-il en lui passant la main dans les cheveux.

Drusilla tendit la main, paume en l'air, et posa ses ongles contre la gorge de l'enfant.

— Lève-toi, ordonna-t-elle. J'ai éliminé une Tueuse de cette façon. Ce serait si simple...

Elle fixa Jacques. Le petit garçon sentit sa volonté lui échapper... Il se perdit dans les yeux dorés qui le regardaient. Ses pensées ne lui appartenaient plus. Drusilla l'hypnotisait.

Il ne voyait plus que les pupilles de la vampire, ne sentait que ses ongles acérés...

Jacques crut qu'il marchait, mais rien n'était sûr. Une porte se ferma. On le fit s'asseoir.

La mort semblait très proche.

— *Si*, répondit Spike à l'entrée du saloon désert qu'il avait choisi comme lieu de rendez-vous.

— C'est frère Enoch, murmura quelqu'un.

— Il était temps. (Spike s'écarta vivement de la porte.) Et tu n'es pas *mon* frère, espèce de crétin.

Deux silhouettes encapuchonnées entrèrent dans la pièce. A quoi bon un rendez-vous secret si ces ahuris se baladaient dans ces accoutrements ridicules ? pensa Spike. Dru et lui aussi auraient pu jouer le jeu, enfiler des capes en velours et des habits de soirée. Il avait toujours aimé le look Lugosi. Mais la mode n'était plus à la sophistication. Peut-être pour dîner, un de ces quatre...

Peut-être ce soir, si ces deux-là n'avaient pas de bonnes nouvelles à lui annoncer.

— Dites-moi ce que je veux entendre ! cracha Spike. Par exemple, que la Lance est dans la Beemer et que vous êtes prêts à faire l'échange.

Frère Enoch s'éclaircit la gorge.

— J'ai l'honneur de vous présenter mon supérieur immédiat, frère Lucius, dit-il d'une voix pleine de respect.

— Lucius... Alors c'est de vous que tout le monde parle. Ouais, enchanté. (Spike étudia l'homme en face de lui. Ossature solide. De grosses veines. Les yeux bleus et les cheveux noirs.) Belle allure...

— Vampire, dit l'homme d'un ton condescendant, prouvez-nous que l'enfant est en votre possession, et qu'il est sain et sauf.

Spike accusa le choc et regarda frère Enoch.

— Vous lui avez raconté quoi, à votre chef ? Il sait qu'on vous a donné le manteau du môme et un enregistrement de sa voix ? Je croyais que vous saviez lire les vibrations sur les vêtements... Comme un test d'ADN magique. C'est le manteau, et vous le savez.

Frère Lucius demeura impassible

— Ça ne prouve pas que vous déteniez l'héritier.

Spike toisa son interlocuteur.

— Eh bien, c'est vachement plus impressionnant que « Oui, on a la Lance avec nous ». Et pourtant, c'est tout ce que vous nous avez donné.

Frère Lucius tiqua à cette remarque. Spike le nota. Les petits détails pouvaient avoir un sens plus tard.

Il se dirigea vers la porte.

— Prouvez-nous que vous avez la Lance, on vous montrera qu'on a le gosse. Entre-temps, la situation est bloquée. Un *Mexican Standoff*, comme on dit chez moi... Généralement, le type qui dégaine en premier meurt, ajouta-t-il avec un sourire. Et en théorie, je suis déjà mort.

Son sourire disparut quand il ouvrit la porte.

— En conclusion, Dru et moi allons bientôt perdre patience...

Frère Lucius se leva.

— Une minute ! Avez-vous la moindre idée...

Spike étouffa un bâillement.

— De qui vous êtes ? De combien d'étoiles des Frères de l'Entropie vous avez gagné ?

Le vampire fouilla dans ses poches, sortit son paquet et alluma une cigarette. Après avoir pris une longue bouffée, il expira lentement.

— A nous deux, Dru et moi avons zigouillé trois Tueuses. Votre chef redouté n'en a eu qu'une seule. Donc... (Il leur fit signe de partir.) Attention à la porte, d'accord ? Passez une bonne soirée.

— Vous..., balbutia frère Lucius, furieux.

— ... ne me manquerez pas le moins du monde, termina Spike. Ça fait des jours que je ne m'étais pas autant amusé.

— Frère, chuchota Enoch. Nous devrions peut-être...

Frère Lucius le dépassa, furieux. Enoch se tourna vers Spike, désespéré.

Celui-ci lui fit un clin d'œil.

— Dis au gars de ne pas chercher midi à quatorze heures. On a le même, et il va bien. Quand vous allongerez la marchandise, on fera pareil.

— Oui. Merci, répondit frère Enoch.

— Dépêchez-vous. L'idée de le transformer nous a traversé l'esprit. Dru et moi avons toujours voulu un fils.

Il ferma la porte au nez de frère Enoch et resta immobile quelques instants, plongé dans ses pensées. Envisageant plusieurs scénarios. Pourquoi la livraison de la lance prenait-elle autant de temps ? Enfin... Il était anglais ; il savait ce que le mot bureaucratie voulait dire.

Mais la situation ne l'amusait guère.

Enfilant son cache-poussière, il rentra chez lui.

— Chérie, je suis là ! cria Spike en arrivant.

Pas de réponse. Il se rendit dans la chambre, où le spectacle ne l'étonna guère.

Jacques était bâillonné et attaché au lit. Drusilla avait placé Mlle Edith, sa poupée préférée, en face sur le matelas. Edith avait les yeux bandés, ce qui voulait dire qu'elle n'avait pas été sage.

Sa mantille de travers, Dru était installée entre les deux et faisait semblant de verser du thé dans une dînette volée par Spike au Victoria and Albert Museum de Londres.

Un pari.

— Un sucre ou deux ? demanda-t-elle au garçon.

Elle approcha sa main du visage de Jacques, faisant mine de lui crever les yeux.

— Allons, poupée, pas de coups ! fit Spike.

Il s'assit sur le lit pour se joindre à la fête.

— Je ne pense pas qu'ils l'aient, expliqua-t-il à sa bien-aimée.

— Ils ne transmettent pas nos messages aux autorités compétentes, dit celle-ci en versant son thé dans une tasse de porcelaine miniature. (Puis elle sourit.) Dis à Mlle Edith comme ton thé est bon. Elle a été méchante, et elle est punie. Autant qu'elle sache ce qu'elle rate.

Spike sourit.

— Le thé est sublime. Fabuleux. Le meilleur. *Numero Uno*.

— Ah, l'Espagne, soupira Drusilla.

Il reposa sa tasse.

— Tu as raison. Nous sommes coincés avec un petit employé de l'Entropie qui veut se faire un nom. Il veut arriver un jour avec le môme sous le bras, s'incliner et dire à son chef : « Regardez, Roi Arthur, j'ai l'héritier du Gardien. Faites-moi Chevalier de la Foutue Table Ronde. »

Il avait pris un air d'aristocrate, ce que Dru trouva follement drôle. Spike la regarda, heureux. Il aimait bien faire rire sa bien-aimée.

— Et que fait-on s'ils n'ont pas la Lance ? demanda-t-elle.

Spike se pencha par-dessus le service à thé.

— J'imagine qu'on le mangera.

— *Si, matador ! Si, si !*

CHAPITRE X

Les frères étaient là-haut dans le cloître, en train de brailler leurs chants impies. Leurs voix se répercutaient dans les ténèbres en contrebas, se mêlant aux cris du sacrifié. Il Maestro les remarquait à peine. Son regard était posé sur le corps du traître, frère Albert, pendu dans l'air au-dessus du pentagramme.

Dans les ombres, son Seigneur observait en silence. D'un claquement de doigts, Il Maestro ouvrit les yeux du cadavre. Les mâchoires s'écartèrent quand il passa la main devant. Une araignée et un ver en sortirent, fous de chaleur. Les yeux du cadavre étaient révulsés, mais quelque chose bougeait derrière les pupilles mortes.

L'air lui brûlant la peau, Il Maestro commença son interrogatoire.

— Sinistre traître, avant de subir les tourments éternels de l'Enfer, dis-moi ce que je veux savoir.

— *Maestro*, répondit le mort. *Pardonnez-moi.*

— Le pardon ne m'appartient pas. Tu aurais dû le chercher ailleurs.

— *Maestro, épargnez-moi.*

Le Maestro ricana.

— Tu as rencontré la Tueuse.

— *Je l'ai rencontrée.*

— Tu lui as dit où j'étais.
— *Elle ne m'a pas cru.*
— Vraiment ?

Les ombres se déplacèrent. Le maître d'Il Maestro était très attentif.

— *Elle vous croit à Vienne.*
— Et pourquoi ?
— *Maestro, je brûle*, dit le corps. *Je suis à l'agonie.*
— Ce n'est que le début, mon ami. (Il Maestro sourit.) Dis-moi pourquoi elle me croit à Vienne…
— *Je l'ignore…*
— Menteur !

Il Maestro s'approcha d'une table couverte d'instruments de torture et choisit un fouet qui brillait d'un éclat violacé. Il frappa le cadavre au visage. Ce dernier se flétrit.

Il cogna de nouveau, cette fois sur les yeux, qui éclatèrent. Un fluide dégoulina le long des tempes du mort.

Le corps émit divers bruits étouffés avant de pouvoir parler.

— *Maestro, je ne sais pas.*

Le fouet s'abattit de nouveau.

Un faible grognement s'éleva du corps. Il Maestro leva le bras.

— *Assez*, ordonna le démon dans l'ombre. *Ce petit jeu ne nous mènera nulle part.*

Déçu, Il Maestro obéit.

— Nomme tes complices ! ordonna-t-il.

Après une courte pause, la voix du mort s'éleva :

— Personne !
— Personne ? Je ne te crois pas une seule seconde.
— *Personne ne m'a aidé.*
— Certains t'ont soutenu. Encouragé…
— *Ahhh.* (Frère Albert se tordit dans les airs.) *Seul.*

Le cadavre prit feu ; cinq secondes plus tard, il ne restait qu'un tas de cendres. Il Maestro contempla le désastre avant de murmurer :

— Je n'ai rien fait. Est-ce votre initiative ?

— *Non, imbécile. C'est lui,* grogna le démon. *Et tu l'as laissé faire.*

— Non, Seigneur. Je ne…

— *Silence ! Incapable !*

L'ombre se déplaça de nouveau. La température augmenta de façon intenable, roussissant les sourcils d'Il Maestro, qui craignit de prendre feu à son tour.

— Par pitié, Seigneur…

— *Tu m'as promis la Tueuse. Si elle n'est pas ici à la pleine lune, ta fille prendra sa place. Sur l'autel, et en Enfer.*

Il Maestro inclina la tête. Dans les replis de sa robe, il serra les poings. Il ne le permettrait jamais.

Jamais.

Angel se réveilla dans une pension, au cœur d'une petite ville, près de Genève, qui ne figurait sur aucune carte. Un train express partait pour Milan à vingt-trois heures trente ; il devait y retrouver Oz et Buffy. S'ils n'y étaient pas, il appellerait Giles… Une précaution à son avis inutile. S'il ne retrouvait pas ses amis, il devrait chercher l'héritier seul. Point.

Il traversa un square, admirant au passage les gargouilles de la fontaine, et vit de la lumière derrière les fenêtres du pub.

Ouvrant la porte, il observa le bar à la dérobée. Rien ne sortait de l'ordinaire. Mais il n'était pas du coin, et il y avait un grand miroir au-dessus du bar. Autant rester discret. Il s'installa à une table éloignée, pour que nul ne remarque qu'il n'avait pas de reflet. C'était devenu un réflexe au fil des ans.

Au bout de quelques minutes, une jeune femme approcha. Elle avait les cheveux roux coupés court et au nez un piercing orné d'une grosse pierre couleur d'émeraude.

— Vous voulez boire quelque chose ? demanda-t-elle en italien.

— Un Campari, s'il vous plaît.

Elle secoua la tête, puis désigna l'homme assis au bar, qui se retourna pour faire face à Angel.

Le vampire le reconnut. Il l'avait déjà rencontré.

A Sunnydale.

Le type descendit de son tabouret et avança, un verre à la main. Il échangea quelques mots avec la serveuse, qui s'éloigna après lui avoir répondu :

— Campari.

— Signor Angel, dit l'homme en portant la main à sa poitrine. Le monde est petit. Vous me voyez surpris de cette rencontre...

Angel restait sur le qui-vive. Son interlocuteur était un des Fils de l'Entropie qui avaient voulu suivre Buffy jusqu'à l'aéroport. Les salopards avaient préféré abattre un des leurs plutôt que de le laisser dévoiler ses secrets à la Tueuse.

— Surpris ? Depuis combien de temps me suivez-vous ?

— Vous suivre ? Mais pas du tout...

La serveuse arriva avec le Campari d'Angel, que son nouveau compagnon insista pour payer. Le vampire resta silencieux.

— Non, vraiment, je ne vous suivais pas, répéta le Fils de l'Entropie une fois la serveuse partie. Mais je suis heureux d'avoir cette occasion de parler avec vous.

Angel le foudroya du regard et l'homme se pencha vers lui.

— Ecoutez… Vous l'avez sans doute compris, mon maître est un homme extrêmement puissant. Il connaît le monde des secrets comme personne.

— Comme personne, répéta Angel sèchement.

— Croyez-moi. Il saura vous faire redevenir humain. Vous… et seulement vous, car vous avez encore une âme. Vous seriez comme n'importe quel autre mortel… Vous pourriez vieillir, mourir. Plus de vampirisme. Finie, la soif de sang !

— Et en échange ?

— Eh bien, vous devriez le servir. Un détail, je vous assure… En signe de gratitude, par exemple, vous pourriez nous dire où est la Tueuse.

— Je ne suis plus avec elle.

— Oh ? dit l'homme, réussissant mal à dissimuler son intérêt.

— Elle est en Autriche, je crois. Vienne. Quelque chose comme ça…

— Ah. Une dispute d'amoureux.

Alors que l'homme feignait la sympathie, Angel prit conscience que des mouvements avaient lieu dans le bar. Les clients changeaient de position, se rapprochant de lui.

Un cliquetis à la porte d'entrée…

Verrouillée de l'extérieur, sans doute.

Le visage de certains buveurs sembla fondre puis se reformer. Angel leva les yeux vers le miroir. Dans une alcôve à côté de lui, le visage monstrueux d'un démon le fixait.

— Il voit, dit ce dernier.

Le compagnon d'Angel sauta sur ses pieds, mains levées. Les autres l'imitèrent. Les masques humains disparurent, révélant la vérité : Angel était entouré de monstres. Ecailles, protubérances osseuses, plaies et malformations hideuses déformaient les visages. Les corps se voûtaient, grandissaient, se fendaient, prenant de longues formes semi-reptiliennes.

Les créatures fixèrent Angel avec haine et avidité.

L'homme frappa dans ses mains. Sa voix était calme et douce.

— Acceptez l'offre généreuse de mon maître, dit-il à Angel. Ou soyez détruit.

Sans bouger de sa chaise, le vampire laissa son regard errer sur les monstres et les démons qui l'entouraient.

Il sourit.

— Je vous ai dit où était la Tueuse... Au moins ce que j'en savais. (Les Fils de l'Entropie étaient trop nombreux à son goût. Il secoua la tête.) Mais vous ne me croyez pas, hein ?

— Au contraire, vampire, répondit l'acolyte. Tu as confirmé ce que nous savions déjà. La Tueuse est attendue à Vienne, et elle y sera accueillie. Mais tu pourrais encore aider Il Maestro... Tu pourrais la tromper, la piéger.

Angel émit un léger grognement et son visage se transforma.

Il cligna des paupières, révélant des pupilles d'un jaune agressif. Autour de lui, les monstres et les démons se rapprochaient, n'attendant qu'une chose : l'ordre de l'acolyte. Leur chef humain.

Plusieurs avaient un aspect terrifiant, même pour Angel.

Si vite que le Fils de l'Entropie n'eut pas le temps de réagir, Angel se leva de sa chaise, l'attrapa par les cheveux et lui écrasa le visage contre la table.

Le nez de l'homme éclata.

— Espèce de fils de pute, lui chuchota Angel à l'oreille. (Les démons hurlaient, mais restaient à distance respectable.) Ton patron aurait dû te dire de réviser tes leçons. Je suis déjà mort. La magie est puissante, mais elle ne peut pas me rendre la vie ! Et même si c'était le cas, je ne suis pas à vendre. Tu aurais dû le savoir...

Avec un rugissement, Angel saisit le corps de l'acolyte par le cou et la ceinture et le leva au-dessus de sa tête. Les monstres s'écartèrent, muets de rage, tandis qu'Angel jetait son prisonnier sur le bar. Le cri de terreur du magicien s'arrêta net quand il percuta sur le miroir, qui éclata en un millier de fragments.

L'image de la pièce disparut.

Un vent glacial balaya les lieux. Les cheveux d'Angel furent soulevés par un courant d'air glacé. Il se retourna, et, silencieux, fit face aux monstres.

Qui n'étaient plus que des petits voyous ordinaires. Parmi eux se trouvaient plusieurs Fils de l'Entropie, épouvantés par Angel, hypnotisés par ses yeux jaunes et ses crocs luisants. Le vampire feula, furieux qu'on l'ait pris pour un traître. Par-dessus tout, il était vexé. Après avoir passé deux cent quarante ans sur Terre, il savait faire la différence entre un véritable démon et une illusion.

Les démons puaient. La seule odeur qui émanait de ces minables était celle de la bière et du whisky.

Le vampire se redressa et les foudroya du regard.

— On vous a mené à l'abattoir, leur dit-il d'une voix rauque de colère et de soif de sang. Le premier que j'attraperai mourra vite. Le dernier sera mon dîner.

Il fit un pas en avant... Les faux clients détalèrent, certains tentant même de défoncer la porte fermée.

Seuls les Fils de l'Entropie gardèrent leur position — mais ils empestaient la peur. Reprenant ses esprits, un acolyte sortit une longue lame des replis de sa robe. Il l'agita devant le visage d'Angel.

Le vampire prit la lame, et la remit à son propriétaire. Ou plutôt, *dans* son propriétaire. Un geyser de sang sortit de la poitrine de l'homme.

Puis Angel s'avança. La plupart des voyous avait déjà pris la fuite. Il restait deux acolytes, terrifiés.

Le vampire leur donna une bonne raison d'avoir peur.

Quand son visage reprit une apparence normale, il était seul dans le bar.

— Milan, dit Oz en désignant les alentours.

Buffy craignit qu'il ne sorte un guide touristique de sa poche pour lui décrire les charmes de la ville. Mais son compagnon garda le silence, et elle lui en fut reconnaissante.

Ils étaient assis à la terrasse d'un café, dans un grand parc. Le café, très Vieux Continent, était décoré de statues de plâtre, de cupidons et de tableaux accrochés au mur. L'endroit était huppé, et Buffy se sentait mal à l'aise dans ses vêtements de voyage. *Angelina*… C'était le nom de l'établissement ; Angel devait les y rejoindre. Comment avait-il fait pour trouver un lieu aussi… prédestiné ? Buffy secoua la tête. Peut-être avait-il un guide, lui aussi.

Cela faisait une heure et demie qu'il aurait dû être là.

Oz sirotait son café.

— Le train était peut-être en retard.

— Ils ne sont pas tous à l'heure, ici ? demanda Buffy, jouant nerveusement avec la petite cuillère en argent.

— Peut-être pas. Il va arriver, ne t'inquiète pas…

Elle eut un sourire hésitant.

— J'ai une bizarre impression de déjà-vu. En tout cas, j'en aurais une si tu étais une de mes copines de L.A., avec moi au Cineplex. Et si on parlait de mon petit ami du moment, appelé Tyler. Ou Jeff. Et que je fasse semblant de me moquer qu'il vienne ou pas.

Oz sourit.

— Ça va aller. Je le sais… Tu es forte. Comme Tueuse et comme personne.

Buffy rougit, touchée par le compliment. Elle n'avait jamais vraiment parlé avec Oz. C'était agréable.

— Quelquefois, je me sens assez faiblarde.

— Superman aussi. (Oz se tut un long moment.) Ça me chiffonne de ne pas avoir de guitare, ajouta-t-il enfin. Je n'arrête pas de penser que je devrais travailler mes exercices. C'est incongru, mais ça me trotte dans la tête.

Buffy soupira.

— Oui, les scénarios catastrophes, ça finit par vous rendre schizo. Ma vie est comme ça tous les jours… Je me demande si la petite paire de bottines en daim que j'ai repérée en boutique est enfin en soldes, et si j'arriverai à courir dans le cimetière si je les ai aux pieds. Tout ça en cognant sur un démon.

— Hum… Intéressant…

— Ajoutons, bien sûr, que j'ai envie de ces bottines, comme les autres filles. Mais les autres filles n'ont pas à s'inquiéter des taches de sang. Parfois, je me demande aussi si j'aurais le temps de faire mes devoirs… Mais les devoirs, ça me hante moyen. C'est plutôt les bottines.

Oz hocha la tête.

— Pour moi, ce sont les accords de guitare, déclara-t-il. Et Willow.

— Tu t'inquiètes pour elle...

— On en revient au point de départ. Angel. Willow. Inquiétude...

Ils restèrent assis en silence jusqu'à ce que Oz suggère une promenade dans le parc. Cela faisait deux heures qu'ils étaient là. Peu importait : les autres clients buvaient depuis plus longtemps encore. Buffy ne supporterait pas de vivre en Europe. Les Européens bavardaient beaucoup et fumaient trop. Personne n'avait l'air de travailler.

Pourtant, ça serait génial d'aller à l'école et de ne rien faire. Si elle avait parlé italien, bien sûr.

Elle se leva, heureuse de bouger. Oz regarda l'addition et hésita.

— Satanées *lires*. On a l'impression de dépenser toutes ses économies pour deux cafés et un morceau de pain moulé n'importe comment...

Buffy jeta un coup d'œil à la note et comprit. Il y avait des zéros partout.

— Ils veulent nous arnaquer ?

— Difficile à dire... Mais voyons... si je divise par... Non, c'est raisonnable. Pour un endroit hors de prix.

Oz sortit une liasse de billets italiens et commença à compter.

— Rappelle-moi. Le pourboire, il faut en laisser un ?

Buffy hésita.

— Je crois qu'il est inclus. (Puis elle sourit.) Non mais, tu nous entends ? On attend qu'un vampire arrive pour aller sauver la planète du chaos complet, et on s'inquiète du pourboire.

— Comme tu disais... Un peu schizo, confirma Oz.

Il compta l'argent et le laissa sur la table.

Les deux amis sortirent après avoir ramassé leurs

sacs à dos. Ils avaient préféré les emporter. Si quelqu'un forçait leur van, ils auraient l'air bête.

Il faisait frisquet, mais Buffy ne voulait pas s'embêter à sortir son pull. Peut-être qu'elle le donnerait à sa mère.

Les arbres étaient magnifiques, l'herbe grasse et verte. L'air sentait le frais malgré le trafic incessant de la métropole bourdonnante. L.A. était comme ça, les meilleurs soirs. Les vagues sur la plage, la circulation sur l'autoroute, un ciel clair.

Le paradis sur Terre.

Sous un réverbère se dressait une fontaine. Une nymphe tenait une urne d'où un mince filet d'eau s'échappait dans un bassin circulaire. L'endroit était superbe. Il y avait tant de beauté dans le monde. Parfois, Buffy ne comprenait pas les motivations de ses adversaires. Qui poussait les monstres qu'elle combattait à tout détruire sur leur passage ? Elle était furieuse quand elle souffrait. Etait-ce aussi le cas pour ses ennemis ?

— On attend encore combien de temps ? demanda Oz.

Buffy soupira.

— Il va falloir partir bientôt.

— « Bientôt », ça nous laisse encore quelques minutes, alors. (Oz avança, et désigna un petit bâtiment derrière la fontaine.) On dirait un temple grec miniature. Je me demande de quoi il s'agit...

— Allons voir.

Ils traversèrent le parc. L'édifice était fermé, mais sur une petite pancarte figurait un texte qui, d'après Buffy, parlait de marionnettes. Un théâtre ?

Elle se tourna vers Oz pour lui faire part de ses conclusions, quand elle aperçut une étincelle bleue entre les arbres, à environ vingt mètres.

Prévenant Oz d'une tape sur l'épaule, elle commença à courir.

Une autre étincelle... Puis un cercle noir se matérialisa, flottant à un mètre cinquante du sol. Une silhouette apparut au centre, suivie de deux autres, derrière.

— Faille, dit Buffy, prenant une position de combat.

Oz se tenait à ses côtés, prêt à tout.

Angel surgit de la brèche, trébucha, et se retourna pour faire face aux deux monstres qui le suivaient.

Sans hésiter, Buffy s'élança, s'attaquant à celui de gauche. Angel écrasait son poing sur le visage de l'autre. « Visage » était d'ailleurs un bien grand mot. Les monstres étaient des silhouettes huileuses qui ressemblaient de loin à des êtres humains.

Angel saisit son adversaire et le rejeta dans le cercle.

Un grand éclair : la créature disparut.

Buffy l'imita, grimaçant quand ses mains se couvrirent d'une substance visqueuse. Un nouvel éclair...

La faille se referma.

— Désolé d'être en retard, dit Angel.

— Tu ne devais pas venir en train ?

— Je l'ai raté. Alors j'ai pris une route fantôme. Une mauvaise idée.

— Tu as raté le train ?

— Des Fils de l'Entropie et leurs amis m'attendaient dans un bar. Rien d'intéressant... Mais ils pensent vraiment que tu es à Vienne.

— Très bien. (Buffy désigna l'endroit où s'était ouverte la faille.) Un embouteillage ?

— Les routes fantômes sont encombrées de démons, soupira Angel. En tout cas, celle que j'ai prise. Il va falloir s'en tenir au plan prévu. Malgré mon petit retard.

— Tu es là... c'est ce qui compte. Oz s'inquiétait pour toi.

— Et toi ?

— Je sais que tu peux te débrouiller seul.

— Très bien. Oh, flûte ! Mon blouson est resté de l'autre côté.

— On ira t'en acheter un quand on aura détruit Il Maestro.

— Vous êtes garés où ?

— Dans une ruelle qui donne sur une autre ruelle... Il n'y a que ça, dans le coin. Des ruelles. (Buffy regarda Oz, qui contemplait la lune.) Hé, oh ! Ça va ?

— Pour l'instant. Mais il ne nous reste que peu de temps.

Ils accélérèrent le pas.

A Vienne, midi sonnait, et le *glockenspiel* effectuait sa pantomime démente. Dans un salon de thé appelé le *Gerstner's*, trois membres des Fils de l'Entropie soufflaient sur leur tasse de *Kaffee mit Schlag*. Ils étaient habillés en touristes et paraissaient chez eux.

— Elle ne viendra pas ici, dit l'un d'eux avec colère.

Il se massa les tempes avant de remettre ses lunettes. Le deuxième, obèse, dégoulinait de sueur malgré la température fraîche. Il grogna.

— On peut pas savoir. Les Voyants ne la sentent plus, mais ça pourrait être de la magie, non ? Elle se cache peut-être...

— Si elle était ici, convaincue qu'Il Maestro y est, on l'aurait déjà vue, déclara l'homme aux lunettes. Ça fait des heures qu'on est là. N'oubliez pas Paris... Ils n'ont pas peur de nous.

Le dernier était un individu mince et discret qui se faisait appeler frère Pino. Il claqua la langue.

— Pas peur de nous, peut-être. Mais d'Il Maestro ? Sans aucun doute. Seul un idiot ne craindrait pas pour sa vie.

Le gros homme rit doucement.

— Un vampire, un loup-garou et l'Elue ? Elle est une légende. Pourquoi le craindrait-elle ?

Frère Pino tourna vers lui son profil de charognard.

— Personne n'est vraiment sans peur.

— Alors que craint Il Maestro ? répliqua l'homme aux lunettes.

Les deux autres le regardèrent, horrifiés, avant de parcourir la pièce des yeux comme s'ils s'attendaient à être foudroyés sur place.

Rien ne bougea. Frère Pino reposa le regard sur l'homme aux lunettes.

— Tu es un imbécile, frère. Autant tendre le cou pour te faire égorger.

Son compagnon haussa les épaules.

— Pas du tout. J'ai entendu et vu bien des choses dans la villa. Je me demande si les promesses du maître se réaliseront. Il veut obtenir le garçon vivant, pour le former... Parce que la lignée de Régnier est puissante et que corrompre l'héritier l'amuse. Ça, je le comprends...

L'obèse s'essuya le front avec une serviette. Frère Pino fixait son interlocuteur sans bouger.

— Le Gardien est mourant, reprit l'homme aux lunettes. Nous tenons presque son héritier... Le garçon ne mettra jamais plus les pieds dans la Maison du Portail, c'est sûr. Alors pourquoi se dépêcher ? Il y a eu tant de morts inutiles. On aurait pu se contenter d'attendre que le vieillard meure, plutôt que de sacrifier tant de nos frères...

— Il Maestro a précisé que les barrières qui séparent

les mondes sont en ce moment très fragiles, coupa frère Pino. Plus nous approchons de l'équinoxe de printemps, plus elles s'affaiblissent. C'est maintenant qu'il faut agir... ensuite, ce sera plus dur.

— Plus dur que quoi ? demanda l'homme aux lunettes. Le Gardien sera mort ! La Maison du Portail en notre pouvoir, nous n'aurons qu'à attendre le prochain équinoxe...

Frère Pino hésita, puis réfléchit un moment avant de dire :

— Continue.

— L'essentiel est que l'héritier soit en notre pouvoir, et que le Gardien soit mort. Quel besoin Il Maestro a-t-il du sang de la Tueuse ? Que va-t-il y gagner ? Du pouvoir ? Quand la Maison du Portail sera à lui, il régnera sur le monde. Lorsque les murs s'écrouleront, il sera le seigneur du chaos sur Terre...

L'obèse ouvrit la bouche, puis la referma.

— Quoi, frère Dominic ? Qu'y a-t-il ? demanda Pino.

— Non, rien... Je... La pensée m'a traversé l'esprit, c'est tout. Il Maestro ne fait jamais rien sans raison précise.

— Parle, frère, dit l'homme aux lunettes.

La sueur gouttait du front de l'obèse.

— Il compte faire tomber la barrière entre la Terre et l'Autre Monde. Et s'il voulait en détruire une autre ? Une deuxième ?

Les autres le fixèrent sans rien dire.

Ils réfléchissaient toujours quand la foudre frappa au travers de la fenêtre, les réduisant en cendres.

Les lunettes de l'homme qui avait fait part de ses doutes avaient éclaté.

Le ciel était vierge de tout nuage.

Il Maestro était seul dans sa chambre de Florence. Seul et furieux. Par magie, il pouvait suivre tous les Fils de l'Entropie et les observer à loisir. Tous, sauf sa fille, celle pour qui il avait transgressé ses propres règles. Et dont il voulait à présent sauver la vie.

Seuls l'instinct et la curiosité l'avaient poussé à écouter la conversation entre Dominic et ses compagnons. Il était curieux de connaître les agissements de la Tueuse, et cherchait des renseignements.

Les ingrats.

Il repensait à toutes les occasions où il avait perdu la trace de ses fidèles. Cette négligence pourrait-elle lui nuire ? Ce n'était hélas qu'un détail : les rangs de ses acolytes s'étaient dangereusement éclaircis après les attaques contre la Maison du Portail. Il ne pouvait plus faire machine arrière. Le moment avait été imposé par le sombre seigneur qu'il servait. Belphégor lui avait promis la vie éternelle ou la damnation éternelle, un empire ou les puits de l'Enfer, en échange de sa coopération.

Ainsi que du sang, le plus précieux au monde. Celui de la Tueuse.

Et voilà qu'elle avait disparu. Elle n'était pas à Boston, ni en Californie. Elle était entrée en Europe. Mais depuis l'aide offerte par le traître Albert, Il Maestro ne la sentait plus.

Elle était partie pour Vienne, c'était clair.

Où était-elle à présent ?

Sans elle, Micaela mourrait. Sans elle, la Maison du Portail tomberait quand même ; l'Autre Monde s'ouvrirait comme un fruit bien mûr, mais le véritable pouvoir échapperait à Il Maestro.

Pire, le démon l'emporterait peut-être avant que la tâche ne soit accomplie. Il s'impatientait déjà.

Belphégor avait autrefois conduit les troupes de l'Enfer à la bataille. Il n'aimait pas attendre. Et comme Il Maestro, il n'acceptait pas la défaite.

Non, il fallait retrouver la Tueuse. L'arrogance d'Il Maestro l'avait jusqu'alors empêché de la chercher lui-même. Mais la fille s'était révélée beaucoup plus douée qu'il ne l'aurait pensé.

Il Maestro sourit.

Il avait trouvé le moyen d'attirer la Tueuse au grand jour, là où il pourrait s'emparer d'elle. Mieux encore, il savait comment la faire retourner là où elle devait être.

Sur la Bouche de l'Enfer.

CHAPITRE XI

Willow leva les yeux de son livre et soupira. En face d'elle, Alex et Cordélia feuilletaient d'épais volumes reliés en cuir. Mais le cœur n'y était pas.

Elle les comprenait. Elle non plus n'avait pas la tête à ça. Elle n'arrêtait pas de penser à ce qui se passait peut-être en Italie.

Ou à Boston.

Parce que dans la Bibliothèque du lycée de Sunnydale, il ne se passait pas grand-chose.

Et tant mieux. D'après Giles, cela signifiait que les sorts fonctionnaient. Willow en était ravie. Mais maintenant qu'elle avait le temps de respirer, elle se sentait inutile. Son homme était parti se battre aux côtés de Buffy. Le Gardien du Portail luttait contre les Fils de l'Entropie. Rester confiné ici, à Sunnydale, c'était galvauder les talents des compagnons de la Tueuse.

Bon, suivre les cours n'était pas une mauvaise idée. Ça pouvait aider pour décrocher un diplôme. Depuis quelques semaines, Willow avait été si souvent absente que les profs commençaient à la surveiller. Elle ne pouvait pas leur en vouloir. Comment auraient-ils su qu'il existait des choses plus importantes dans la vie que l'arithmétique ?

Soupirant, elle reprit son livre, intitulé *Légendes*

d'Italie. Elle n'avait rien trouvé qui puisse les aider à combattre Il Maestro. Son nom n'était pas apparu une seule fois.

Giles rentra dans son bureau, une tasse de thé dans une main, un livre dans l'autre.

— Ça va, Willow ?
— Ouais…

Alex secoua la tête.

— Non, ça ne va pas. C'est débile de rester là ! Nous devrions faire quelque chose !
— Oui, renchérit Cordélia. Au lieu de lire.

Giles soupira.

— J'espère que tu plaisantes, Cordélia.
— Quoi ?
— Lire, c'est faire quelque chose, expliqua Willow.
— C'est se moquer du monde, quand les autres se battent, s'exclama Cordélia. (Giles, Alex et Willow la regardèrent, étonnés.) Ce n'est pas que *j'aime* me battre. Je ne sais même pas me défendre. Mais aller en cours en attendant que tout disparaisse, franchement, ça fait drôle…

— Je pense que ça va exploser, plutôt que disparaître…, dit Willow.

— Ah oui ? Eh bien moi, je ne vais pas me laisser faire ! lança Alex en reculant sa chaise. Je pars à Boston.

— Non. (Giles s'essuya le visage, et Willow remarqua sa fatigue. Il n'était pas rasé, et ses yeux étaient cernés…) Ecoutez, je sais que vous voulez vous rendre utiles. Mais il ne s'agit pas de faire n'importe quoi. J'ai parlé au Gardien du Portail ce matin…

— Ouaouh ! s'écria Willow. Il s'est matérialisé dans votre lit ?

— Je te demande pardon ?

L'adolescente sourit.

— Laissez tomber. Donc, vous lui avez parlé...

— Au téléphone, continua Giles. Il m'a assuré qu'il tenait le coup, même s'il a fort à faire. Il m'a demandé de vous remercier de votre aide. Surtout toi, Willow, pour avoir refermé la faille. Mais la bataille qui se livre chez lui est essentiellement magique. Il a besoin de toute sa concentration.

— En d'autres termes : « Merci de votre proposition, mais allez jouer ailleurs », ronchonna Cordélia.

— On le gênerait. Je comprends, dit Willow.

— Ce n'est pas vrai ! s'emporta Alex. Willow a déjà fait plein de trucs magiques ! Cette faille était une horreur, et elle s'en est sortie comme une reine. Tu as assuré, Willow.

La jeune fille rosit.

— Sans vouloir vexer Willow, commença Giles, ce n'est qu'une débutante mêlée à une guerre qui oppose des sorciers très expérimentés. Elle est devenue experte en sorts défensifs, ce qui va peut-être nous servir bientôt. Mais elle ne survivrait pas longtemps au cœur d'une lutte magique de cette violence...

— Bon, d'accord, pas Boston, soupira Willow. Mais j'aimerais savoir où en sont Oz et Buffy.

— Et Angel, ajouta Cordélia.

— Angel se débrouille très bien tout seul, grogna Alex. (Il sourit à Willow.) Ne t'inquiète pas pour Oz. Au moindre problème, Buffy aurait appelé.

— Si elle l'avait pu...

— Tu es sa meilleure amie. Elle trouverait un moyen de te mettre au courant.

— Oui, Willow, affirma Giles. Alex a raison. Buffy se débrouillerait.

— Vous croyez ?

Willow détestait mettre les mots « Oz » et « Problèmes » dans la même phrase.

— Je le *sais*, insista Alex. Buffy... est Buffy.

— Miss Perfection, grogna Cordélia.

— Tu permets ?

— C'est bon, Alex intervint Willow. Je vois ce que tu veux dire.

— Moi aussi, lâcha Cordélia en jetant un regard noir à Alex.

Le jeune homme le lui rendit.

Willow baissa les yeux, faisant semblant de lire.

Giles s'inquiétait pour Willow... et pour Alex, et pour tous ses protégés. Paradoxalement, le retour du calme avait augmenté leur anxiété. Il avait été obligé d'ordonner à Joyce Summers de ne pas bouger. Elle était décidée à retourner chez elle puisque les failles de Sunnydale semblaient stabilisées.

Mais c'était maintenant qu'ils avaient besoin d'être sur leurs gardes.

Le calme avant la tempête.

— Bon, soupira Giles. Nous sommes tous heureux d'être débarrassés des pirates, des vaisseaux fantômes et de cette monstruosité marine... Alors, pourriez-vous vous remettre à vos recherches ?

Il prit une petite gorgée de thé et entra dans son bureau. La porte refermée, il se permit d'avoir peur. Très peur.

Mais juste un instant.

Il ne pourrait pas en supporter plus.

Sourire aux lèvres, Joyce sirotait son verre de chardonay en surveillant le poulet qui rôtissait. L'appartement de Giles embaumait le romarin. Le soleil venait de se coucher, et elle avait disposé de ravissantes chandelles sur la table. Inviter le groupe était une excellente idée. Elle était ravie que tous les parents aient accepté, même s'ils avaient été surpris que la fête ait lieu chez le bibliothécaire.

Joyce n'avait pas expliqué qu'elle habitait chez Giles. Elle avait seulement raconté que les gamins aimaient beaucoup leur bibliothécaire, et que son anniversaire approchait. L'explication était logique.

Faute d'être vraie !

Ils étaient tous morts d'inquiétude ; le dîner les aiderait à se détendre. Un bon repas et un décor différent leur changeraient les idées.

On sonna à la porte. Joyce regarda l'horloge. Ça ne pouvait pas être Giles. Après tout, il était chez lui. Mais les gamins étaient peut-être en avance.

Joyce regarda par le judas. Un beau jeune homme en tenue de livreur se tenait sur le seuil, un grand bouquet de fleurs à la main.

— Oui ? dit-elle en ouvrant la porte.

Frère Forrest estima qu'il se débrouillait plutôt bien jusqu'à ce que la femme lui dise qu'elle n'avait jamais entendu parler du fleuriste Sherwood, et lui demande où était le magasin.

Frère Dane sortit son arme et l'assomma d'un coup beaucoup trop fort. Il jura en la voyant s'écrouler dans les bras de frère Forrest, qui le dévisagea froidement.

Ils étaient tous les deux habillés en livreurs. Et armés, au cas où.

— Mais pourquoi t'as fait ça ? demanda Forrest, prenant la jeune femme dans ses bras pour l'empêcher de glisser au sol. On était censés lui faire peur, pas lui coller un traumatisme crânien.

La main qu'il avait glissée sous le crâne de Joyce était pleine de sang. Il regarda sa paume, puis tâta la blessure.

— Je... je... (Dane tendit la main, remarqua qu'il tenait toujours son pistolet, et le rangea.) C'est la mère de la Tueuse. Je pensais qu'elle se battrait.

— Et même ? (Forrest secoua la tête, écœuré par tant de stupidité.) Ce n'est pas l'Elue. Seulement une mère de famille.

— Oui, je pense que j'ai paniqué, frère.

— Je t'ai parrainé, je t'ai recommandé pour cette mission. Et je vais sans doute mourir avec toi quand Il Maestro entendra parler de ta bêtise...

— Il ne va quand même pas... Enfin, ça y est, on l'a ! C'était notre boulot !

— Mais pas comme ça. Il y avait un plan. (Forrest désigna le corps de Joyce Summers.) Pose les fleurs, et aide-moi à la descendre.

Dane se prépara à déposer le bouquet dans l'appartement. Il regarda autour de lui et demanda où le mettre.

— Pose-le, c'est tout, grogna Forrest. Viens ici. Bon. Passe son bras autour de tes épaules. Je vais faire pareil, et si quelqu'un nous remarque, on répondra qu'elle a bu. (Il soupira.) Comme si on allait nous croire... Elle a l'air d'un macchabée. Et décédée, elle ne nous servira plus à rien, pas vrai ?

— Je suis désolé, dit Dane d'une voix étranglée.

— Peu importe...

Au pied des escaliers, frère Lupo s'énervait.

— Bande d'idiots ! Ce n'est pas possible ! Mettez-la dans la voiture !

La porte arrière de la Lexus bleu nuit s'ouvrit. Forrest entra le premier, puis aida à installer la femme. Dane repoussa les pieds de Joyce à l'intérieur du véhicule.

— Je m'assieds où ? demanda-t-il enfin.

Frère Lupo jeta un coup d'œil sur la banquette arrière, où Forrest et leur victime inconsciente prenaient toute la place.

— Dans le coffre.

— Frère, se défendit Dane, j'étais nerveux...

Lupo le fixa. Forrest vit les yeux blanchâtres du sorcier briller d'un éclat bleuté. Il se dépêcha de détourner le regard.

Un cri étranglé s'éleva, mêlant la peur et la surprise. Il s'interrompit vite.

Frère Lupo avait tué Dane.

Frère Ariam, le conducteur, se pencha et tira un levier. Les amortisseurs fléchirent sous le poids du cadavre. Puis le coffre se referma dans un claquement.

Frère Ariam reprit sa place au volant et frère Forrest soupira de soulagement. Il était épargné, au moins pour l'instant.

Puis il sentit une piqûre à la tempe. Quelque chose s'enfonça dans son crâne. Il gémit, une seule fois.

Il comprenait : Dane étant sous sa responsabilité, l'échec lui était imputable.

La femme qui se tenait à côté du mourant sur la banquette arrière frissonna et murmura.

— Buffy...

Un sourire apparut sur les lèvres de frère Forrest. Le plan était pourtant brillant. Kidnapper la mère de la Tueuse pour la forcer à se révéler...

Son sourire disparut quand son âme, séparée de son corps, partit recevoir sa juste récompense.

Alors Forrest connut la terreur.

Car il savait ce qui l'attendait.

CHAPITRE XII

Villa Régnier
Faubourgs de Florence
Avril 1666

Au-dessus de la plaine, le ciel était couvert et noir, annonçant un orage de printemps. Dans la grange, les chevaux piaffaient et secouaient la tête. Giuliana Régnier, la *signora* du domaine, était venue les voir. De la journée, elle n'avait pas réussi à chasser son inquiétude. Elle avait parcouru toute la maison sans trouver ce qu'elle voulait... ou ce qu'elle cherchait.

Le tonnerre gronda. D'instinct, la main de la femme se porta sur son ventre rebondi. L'enfant ne tenait pas en place, ce qui l'inquiétait. Le garçon (elle en était sûre, elle portait un fils) viendrait au monde dans deux mois. La sage-femme qui l'avait examinée la veille assurait que tout allait bien.

Son dos la faisait souffrir. Allait-elle avoir des problèmes ?

Dans la villa, tout le monde était nerveux. Concetta, la cuisinière, avait giflé la femme de chambre en lui disant « de sortir ses mains crasseuses de sa cuisine ». Deux hommes à tout faire de la maisonnée en étaient venus aux mains au sujet d'une jeune fille du village, pourtant promise à quelqu'un d'autre, un jeune Florentin de bonne famille.

La pire des nouvelles venait du vigneron. Il y avait quelque chose de bizarre dans les champs. Une moisissure qu'il n'avait encore jamais vue ; il craignait pour son raisin.

La situation le dépassait.

La jeune femme soupira.

Les problèmes arrivent toujours sans prévenir. Tout le monde vit des heures sombres.

La moisissure des vignes pouvait sembler sans importance… Mais Giuliana avait peur. Richard, son mari, était parti au loin pour une mission périlleuse. Cinq mois plus tôt, une lettre lui était parvenue, signée par Kilij Arslan, le grand sorcier ottoman.

La jeune femme l'avait lue tant de fois qu'elle la connaissait par cœur.

A l'attention de M. Richard Régnier, Célèbre Frère de Magie

Cher Chevalier,

Kilij Arslan vous salue. Les temps étant désespérés, pardonnez-moi de passer outre les civilités qu'un homme de votre rang et de votre importance est en droit d'attendre.

Je détiens une personne que vous recherchez, le sorcier nommé Giacomo Fulcanelli. Je le savais maléfique et malhonnête, mais j'ai été incapable de convaincre mon maître (qu'Allah lui prête longue vie !) de le renvoyer. Car Fulcanelli a promis à Maître Suleiman de nombreuses merveilles. Mes avertissements ont été tenus pour l'expression de ma jalousie. Je ne blâme pas mon maître : il doit satisfaire les désirs de sa famille, et

Fulcanelli a assuré que notre Empire serait bientôt comblé de bienfaits.

Vous imaginez aisément que Fulcanelli ne nous a apporté que le deuil et la misère. Son outrage le plus insultant a frappé la plus jeune fille de mon maître, qui s'est suicidée.

Les yeux de mon maître se sont enfin dessillés. Fulcanelli, tombé en disgrâce, a été condamné à mort. Chargé d'exécuter le sorcier, je l'ai enfermé entre les murs d'une forteresse perdue dans le désert. Mon maître et moi sommes les seuls à connaître son emplacement.

Quand ce malfaiteur comprit que j'avais eu le dessus, il me maudit et mentionna dans ses délires votre nom aux côtés du mien. Ses malédictions se portèrent sur vous et sur votre maisonnée. Je savais déjà que vous étiez le Champion du Bien. L'histoire de votre lutte pour débarrasser le monde de cet être maléfique est parvenue à mes oreilles. Hélas, je n'ai pas pu remplir ma mission. Fulcanelli a réussi à déjouer tous mes sorts de destruction !

Aussi, je vous implore au nom d'Allah, le sage et le bienveillant, de me rejoindre pour m'aider à tuer cette créature malfaisante. J'ai peur que vienne bientôt le moment où mes pouvoirs ne seront plus suffisants pour le retenir. S'il se libérait, je serais le premier à tomber. Si cela pouvait aider à le vaincre, ce serait un faible tribut à verser. Mais je crains que ma fin ne soit inutile. Dans ma détresse, je place en vous tous mes espoirs.

J'ai confié une carte à Hamza, mon fidèle confident. Il vous a remis cette lettre et vous escortera. Vous serez rejoint par un détachement de ma garde qui vous attend aux frontières de l'Empire.

Ecrit de ma main, avec les plus cordiales salutations à mon estimé frère d'Art.

Kilij Arslan,
Magicien de la Cour de l'Empire Ottoman

Giuliana regrettait d'avoir encouragé son mari à partir. Car les choses allaient mal à Florence, et il n'était pas là pour protéger sa maisonnée et sa famille. Cela faisait presque cinq mois qu'il avait quitté le domaine… et bientôt deux qu'elle n'avait pas reçu de lettre.

Elle ne l'avait pas non plus informé de sa condition, pour ne pas l'inquiéter, ou le pousser à rentrer avant d'avoir accompli sa mission. Mais aujourd'hui, elle craignait pour son enfant. Peut-être aurait-elle dû demander une protection magique à son époux.

Certes, la sage-femme avait placé des charmes autour de la propriété et lui avait donné une amulette.

Rien à voir avec la magie authentique et éclairée que pratiquait son mari.

Le tonnerre retentit de nouveau. Les chevaux hennirent. Giuliana tenta de les rassurer, mais elle se sentait trop mal. Leur faire croire que tout allait bien lui semblait malhonnête. Etrange… Etre mère ne consistait-il pas en partie à mentir ?

C'était par exemple le rôle des berceuses…

Quand un enfant avait des parents prêts à périr pour lui, n'était-il pas normal de lui promettre la paix ?

Tourmentée par de tristes pensées, Giuliana quitta la grange et s'en retourna vers le jardin. Dans la Cour des Roses poussaient des dizaines d'arbustes. Richard avait conçu la maison lui-même, s'inspirant des salons aériens et plaisants de Catherine de Médicis, à Fontainebleau. Les Médicis venaient eux aussi de Florence. La villa était née d'un heureux mélange entre les souvenirs de Régnier et les désirs de sa femme.

« Reine de ma conscience, reine de mon âme », aimait-il à dire.

Et régner sur l'âme d'un magicien n'était pas une mince affaire.

— N'aie donc pas peur, *caro mio*, murmura-t-elle à son fils. Dieu veille sur nous, ainsi que ton père.

Elle se signa avant d'entrer dans la cabane où les paysannes faisaient sécher les herbes aromatiques et des onguents. L'endroit sentait le romarin et la lavande ; la tête de Giuliana commença à tourner. Les odeurs étaient lourdes mais délicieuses.

Nul n'aurait dû être malade dans un monde où existaient de tels parfums...

Puis son abdomen se contracta. Gémissant, Giuliana porta les mains à son ventre et le sentit devenir dur comme pierre. Terrifiée, elle lutta contre la panique. Elle commençait le travail trop tôt, bien trop tôt...

— Non, dit-elle à son enfant. Non, mon chéri, attends.

Elle gémit de nouveau tandis qu'une nouvelle vague de douleur la faisait tomber à genoux.

— Signora ? s'enquit une voix douce.

C'était la signorina Alessandra, du couvent voisin, envoyée à Giuliana par une des sages-femmes. Alessandra travaillait pour les sœurs depuis trois ans ; elle gardait les secrets mieux qu'un prêtre dans son confessionnal. Giuliana n'était pas naïve au point de penser que les serviteurs ne bavardaient pas, mais elle désirait cacher sa future maternité aussi longtemps que possible.

— Signora ? répéta la voix.

Giuliana porta la main sur sa robe. Quand elle vit le sang, elle éclata en sanglots.

— Mon enfant ! Dieu me vienne en aide ! Riccardo !

L'appel qu'elle lança à son mari se perdit dans le coup de tonnerre qui fit trembler la cabane. Le vertige la gagna ; Giuliana oublia où elle était.

Du temps passa ; la pluie mouilla son visage. On la portait dans la maison.

On la posa sur son lit, où elle se débattit longtemps.

Puis la femme de chambre entra et cria.

— Des hommes qui chevauchent des démons ! Ils arrivent !

Giuliana lutta alors pour empêcher la naissance de son enfant. Elle s'opposa à la Vierge elle-même pour le garder à l'abri, dans son ventre.

La signorina Alessandra lui murmura à l'oreille :

— Madame, si ces hommes viennent pour nous faire violence, il serait sage de me donner l'enfant afin que je le cache. Je saurai lui trouver un foyer. Je le jure.

Giuliana agrippa la main d'Alessandra.

— Es-tu un ange de miséricorde ? Ou veux-tu remettre mon fils à demi formé aux mains des assassins ?

— Je le jure, je suis l'enfant du Seigneur, répondit Alessandra. Sur le sang de Celui qui est mort pour nous, je promets de trouver à votre fils un endroit où il pourra vivre en paix.

— Ils vont le tuer, comme ils ont... comme ils ont tué son père, gémit Giuliana. (Une nouvelle vague de douleur la prit au dépourvu, et elle hurla.) Riccardo, où es-tu ? Tu es mort ! Ils t'ont assassiné. Fulcanelli, je te maudis !

— Signora, il faut vous calmer. Taisez-vous.

— Mais il est trop tôt. Alessandra, je désirais offrir à

mon mari la plus belle rose du jardin. Après les horreurs qui ont jalonné sa vie, je voulais lui donner la beauté. Et la joie...

Giuliana ferma les yeux, laissant son esprit revenir six ans plus tôt.

Elle avait seize ans. Riccardo Régnier était venu lui rendre visite dans la maison de son père, au milieu de Florence.

Giuliana était presque fiancée à un autre galant, nommé Paolo. Un beau jeune homme qui correspondait à l'idée qu'elle se faisait de l'amour...

Alors Riccardo était entré, habillé de satin et de soie, des vêtements un peu trop colorés pour un gentilhomme italien de son âge et de sa profession. Le menton droit, l'œil perçant, il l'avait regardée, et Giuliana avait senti quelque chose se *nouer*. A sa chaste manière de demoiselle, elle brûlait de désir.

Et pourtant, il y avait là plus qu'une simple attirance...

Un pont entre nos âmes.

— Je suis pour toi, avait-elle murmuré un jour, alors qu'ils se promenaient sous le regard attentif de sa nourrice. Je suis née pour t'épouser.

— Je crois également être à toi, avait-il répondu.

Plus tard, Richard lui avait tout raconté. Son âge, le monde du surnaturel, sa vendetta contre ce maudit Fulcanelli. Chaque nouvelle révélation renforçait la certitude de Giuliana : la Providence les avait réunis.

A leur mariage, elle avait pleuré de bonheur.

Lors d'une nuit passionnée, sept mois auparavant, elle avait pleuré de nouveau. Sans savoir que leur amour avait abouti à la conception d'un enfant.

Aujourd'hui...

Le désastre avait frappé !

— Alessandra, dit Giuliana, si quelque chose arrivait, cache-le. Sauve mon bébé...

— Madame, tout se passera bien. Mais je ferai ce que vous me demandez.

Un bruit de cavalcade dans la cour. Une douleur inimaginable, suivie par les cris du nouveau-né. Le murmure d'Alessandra à son oreille.

— Il est tout petit, mais bien formé. Je crois qu'il vivra.

Des pas dans le couloir. La porte éclata, et un démon se pencha sur elle.

— Où est le petit bâtard de Régnier ?

Giuliana hurla.

Fulcanelli. Elle reconnaissait son visage grâce aux dessins faits par son mari. Elle le fixa, allongée sur son lit ensanglanté.

Le visage lisse et glabre, les yeux bleus limpides. C'était lui.

— Tu arrives trop tard. Mon bébé est mort. Et je le suivrai bientôt.

La fureur du sorcier fut terrifiante. Sa main gauche racornie se ferma et un vent terrible se leva dans la chambre, glaçant Giuliana d'effroi.

— Dis-moi où est ton enfant, insista Fulcanelli. Et je serai miséricordieux.

Giuliana étouffa un cri. Quelque chose de tranchant traversait son sein. Elle baissa les yeux, mais il n'y avait ni lame, ni blessure. Et pourtant, la douleur revint, lancinante.

— Mort, murmura-t-elle en espérant qu'elle ne porterait pas malheur à l'enfant. Il est né trop tôt.

L'homme fronça les sourcils ; Giuliana sentit son espoir renaître. Si le sorcier savait qu'elle était enceinte, il saurait aussi qu'elle ne mentait pas. Le bébé était né trop tôt.

Alessandra pensait qu'il vivrait.

Mais Fulcanelli ne l'apprendrait jamais.

— Où est le corps ?

Les larmes baignèrent les joues de la jeune femme.

— Je ne sais pas. Les servantes l'ont emmené pour m'épargner de nouvelles souffrances. Il a été baptisé, puis emporté.

— Où est le prêtre ?

— Quoi ?

Un mensonge de trop, réalisa Giuliana. Le père Lorenzo célébrait la messe une fois par semaine à la villa, mais il restait la plupart du temps à Florence. Si Fulcanelli le savait…

— Le prêtre !

— Il est parti. (Elle ferma les yeux.) Je vous en prie, messire, je suis faible et épuisée. Je dois me reposer.

Il la frappa.

La femme de chambre, la cuisinière et trois autres servantes de Giuliana apparurent, traînées dans la pièce par des hommes encapuchonnés.

— Tuez la vieille, ordonna Fulcanelli.

— Non, arrêtez ! cria Giuliana en se redressant.

Un des monstres qui servait le sorcier ceintura Concetta, la cuisinière, et lui tira la tête en arrière. Sortant un poignard de sa manche, un de ses compagnons lui trancha la gorge.

Le sang jaillit, éclaboussant le sol, les deux hommes et Giuliana.

Fulcanelli demeura immaculé.

— Où est l'héritier de Régnier ? Dis-le-moi, ou il ne restera plus âme qui vive dans ta maisonnée !

— Mort, sanglota Giuliana. Il est mort !

Fulcanelli ordonna à ses sbires de tuer la plus jeune servante.

— Non, non ! cria la femme de chambre quand ils se saisirent d'elle. Madame, par pitié, dites-leur !

— Leur dire quoi ? balbutia Giuliana.

Les deux femmes échangèrent un long regard.

Puis la jeune fille éclata en sanglots.

— Qu'il est mort, murmura-t-elle.

Le massacre qui eut lieu dans la chambre de Giuliana prit seulement quelques minutes. Puis les hommes de main de Fulcanelli arrachèrent la jeune femme à son lit et la traînèrent dans la cour, l'obligeant à regarder mourir un par un les occupants de la villa, assassinés par les hommes de Fulcanelli ou par d'horribles créatures surgies du ciel sur les ordres du sorcier. Giuliana mesura la puissance de ses maléfices. Sous ses yeux, les serviteurs et les paysans furent massacrés.

Hommes, garçons, petites filles, aucune différence. Ils trouvèrent la mort en suppliant la *signora* de les sauver.

Giuliana ne fit rien. Elle ne pouvait rien faire. Et aucun de ceux qui savaient que son enfant avait survécu ne la trahit.

Alessandra n'était nulle part en vue. Giuliana commença à espérer qu'elle avait réussi à s'enfuir avec le bébé.

Qu'ils survivraient...

Puis les serviteurs de Fulcanelli enfourchèrent d'étranges chevaux de brume et partirent au galop. Un seul resta en arrière, tenant la monture de son maître.

Fulcanelli se tourna vers Giuliana et lui caressa la joue.

— Tu avais raison. Tu vas bientôt mourir.

— Et je serai aux côtés de la Sainte-Mère, pendant que le Diable t'attend.

Le sorcier lui cracha au visage.

— Le Diable et moi avons signé un pacte, pour s'assurer que nos ennemis souffrent. Apprendre que tu es morte en couches attristerait ton mari… Mais nombre de femmes meurent ainsi, c'est une chose naturelle. S'il apprenait que tu as trouvé une mort lente et douloureuse pendant qu'il jouait les héros en vain, il souffrirait bien plus.

— En vain… ?

— A ton avis, qui a envoyé cette lettre ?

Fulcanelli leva les mains et les tendit vers Giuliana.

La villa sombra dans les ténèbres.

Giuliana sanglota, baignée par le parfum des roses.

Quelque chose se matérialisa devant elle.

— *Ciao, bella !* lança Fulcanelli.

Les sabots martelèrent la terre.

Le cœur de Giuliana battit la chamade. Elle comprenait. Fulcanelli l'abandonnait à la créature qu'il avait invoquée.

Peut-être vais-je mourir immédiatement.

J'accueillerais la mort comme un amant, pensa-t-elle. *Mourir réglerait tous mes problèmes…*

Le paysage brillait de mille feux. Elle vit Fulcanelli disparaître. Tout autour d'elle, les roses demeuraient superbes. Devant tant de beauté, ses yeux se remplirent de larmes.

Pourtant la douleur allait lui briser le cœur…

— Bon sang, Buffy ! cria Angel.

La jeune fille se leva d'un bond.

— Quoi ? (La tête lui tournait.) Je ne suis pas Buffy. Je suis Giuliana Régnier.

Elle cligna des yeux. Ils étaient dans une pension de Florence. Oz se tenait à côté du matelas défoncé.

— Hou hou... Buffy ?

— C'est bon... Je vais bien.

— Ton pouls ne battait plus, dit Angel.

— Il bat maintenant, d'accord ? Pourquoi m'as-tu laissée m'endormir ?

— Tu étais fatiguée, dit Oz.

Angel s'approcha.

— De quoi as-tu rêvé ? Raconte vite, avant d'oublier.

— Comme si je pouvais... C'en était un, tu sais ? Un de ces cauchemars prémonitoires... Ça m'arrive, de temps en temps. Un truc de Tueuse.

— Je vois de quoi tu parles, fit Oz. Un jour, j'ai rêvé que je redoublais ma dernière année. Mais ça n'avait rien de bizarre. Ça doit être ça, l'effet Tueuse.

Buffy sourit et se tourna vers Angel.

— J'ai vu une maison entourée de roses. Des tonnes. « Cour des Roses » est peut-être le nom de la villa plutôt que l'adresse. Et j'ai vu la cité... Elle était ancienne, avec une église au dôme immense.

— Florence.

— Compris, fit Angel en cherchant le téléphone. Giles, ou le Gardien du Portail ?

— Allons directement à la source, décida Buffy. Le Gardien.

Angel composa le numéro.

Giles gara sa voiture dans le parking de l'immeuble. Souriant, il regarda Willow se débattre avec son bouquet de fleurs pour ouvrir la portière. Joyce Summers avait eu une excellente idée d'inviter tout le monde à dîner. Ils avaient besoin de se retrouver ensemble, sans monstres à combattre ni failles à fermer. D'être jeunes, en somme.

— Avec les fleurs, elle croira que vous en pincez pour elle, dit Alex, sur la banquette arrière. Surtout des roses.

Giles se tourna vers lui.

— Ah, les roses, symbole de l'extravagance et de l'amour...

— Alex, offrir des fleurs est une tradition chez les gens civilisés, dit Cordélia. Si tu avais un minimum de classe, tu le saurais. Mme Summers en déduira simplement que Giles est galant.

— En effet, approuva le bibliothécaire. J'ajouterais que c'est elle qui m'a suggéré de les apporter.

Alex hocha la tête.

— D'accord. Moi, ce que j'en disais. C'était juste... Ça aurait pu être gênant, vu que c'est la mère de Buffy...

— Merci de ta prévenance. Rassure-toi, ton inquiétude est superflue.

— Tant mieux. Si vous brisiez le cœur de Joyce, Buffy vous tuerait certainement.

Giles préféra ne pas répondre. L'idée lui avait déjà traversé l'esprit.

— Très bien. Que quelqu'un se charge du gâteau... La soirée peut commencer !

Ils descendirent de la voiture et se dirigèrent vers l'entrée de l'immeuble. Les jeunes prirent de l'avance pendant que Giles prenait son courrier en soupirant. Son relevé de carte de crédit allait être astronomique.

Puis il rattrapa ses amis et sortit ses clefs de sa poche.

— Giles..., murmura Willow en poussant la porte.

Qui s'ouvrit sans peine.

Le bibliothécaire entra. Une odeur de brûlé flottait dans l'appartement

— Joyce ? appela-t-il.

Giles prit l'escalier sur sa droite, le cœur serré. Dans son esprit, une scène similaire se rejouait.

Monter les marches.

Trouver dans son lit le cadavre de Jenny.

Rien. Giles soupira de soulagement en regardant le lit impeccable. Aucun signe de lutte.

Rien non plus dans les toilettes.

Il redescendit l'escalier en courant.

Alex regardait un grand vase en céramique posé sur la table basse.

— C'est quoi ? demanda le jeune homme.

— Des fleurs ? proposa Cordélia.

Giles continua à explorer l'appartement.

— Joyce ?

— Elle est peut-être descendue à l'épicerie du coin, avança Willow.

— C'est ça. En laissant brûler ce qu'il y avait dans le four. (Alex regarda la cuisine.) Cela dit, c'est exactement ce que ferait ma mère.

— Mais Joyce sait cuisiner, objecta Cordélia. Et elle ne laisserait pas la porte ouverte. Même si elle n'avait pas la clé...

— Elle l'a, rétorqua Giles.

Il s'approcha des fleurs. Le bouquet portait une petite carte, qui disait : *Je pense à toi. Je t'aime. Buffy.*

— Buffy n'a pas pu commander ces fleurs à... Sherwood Florist.

Giles fronça les sourcils. Un jour, il avait offert à Jenny un bouquet venant de ce magasin.

Coïncidence ?

— Non, confirma Cordélia, méprisante. Tout le

monde sait que le seul bon fleuriste, en ville, est Dandelion.

— Giles, cria Alex. Giles, venez vite.

— Oh mon Dieu, quoi ? demanda Willow.

Giles se précipita vers la porte. Alex, un genou à terre, désignait des taches marron sur le béton.

— C'est du sang ?

— J'en ai bien peur, dit Giles.

Willow rentra en elle-même pendant que Giles appelait le fleuriste et faisait la conversation. Alex sortit le poulet brûlé du four et le passa sous l'eau, dans l'évier.

Cordélia s'inquiétait.

Elle ne pouvait rien faire d'autre.

— Quelqu'un est venu commander des fleurs... De quel genre ?

Ecoutant la réponse, Giles étudia le bouquet.

— Il en manquait, dites-vous ? ajouta-t-il au bout d'un moment.

— Des fleurs ? s'étonna Cordélia.

Alex fit la grimace en refermant le robinet. Les morceaux de poulet carbonisés baignaient dans l'eau, qui déborda quand il retira la poêle. Ce spectacle donna la nausée à Cordélia.

— Qui volerait des fleurs ? demanda Alex.

— Quelqu'un de trop radin pour en acheter, dit Cordélia avec un regard appuyé.

— Hé ! Je t'en ai déjà offert ! (Il hésita.) Pas vrai ?

— Tu as acheté des fleurs à *Willow* quand elle était à l'hôpital. Peut-être faudra-t-il que je frôle la mort pour que tu te décides.

— Hou hou ! fit Willow.

Elle désigna Giles, qui raccrochait.

— Le client était un homme affable avec des

lunettes. Quand l'employée a fermé, elle a réalisé que quelqu'un était entré dans la buanderie. Il y avait surtout des tenues de travail à l'intérieur.

— Des déguisements, conclut Alex. De livreurs. Qui n'ouvrirait pas sa porte ?

— Moi, dit froidement Cordélia. Joyce Summers a toujours été naïve... Elle n'a jamais compris que Buffy était la Tueuse. Et sa fille rentrait chez elle avec des taches de sang sur ses vêtements !

— Donc, résuma Alex, ils ont réussi à faire ouvrir la porte à Mme Summers, qui ne doit pas être fan de films d'horreur. Quelle bande de salauds !

— Puis ils l'ont blessée, ajouta Willow.

— Et maintenant ? demanda Alex. J'imagine qu'on ne peut pas appeler la police. C'est fou ce que les flics nous aideraient, d'ailleurs...

Giles décrocha le téléphone.

— Il faut prévenir Buffy. Peut-être l'ont-ils déjà contactée.

— Contactée ?

— Les kidnappeurs.

Alex posa les mains sur le bar et regarda les fleurs. Il était furieux.

— C'est évident, non ? Ce n'est pas à Joyce, qu'ils en veulent. C'est à Buffy !

CHAPITRE XIII

A l'est de Sunnydale, au-delà de ce que les gens civilisés considéraient comme la « ville », se trouvaient les ruines du Sunnydale Twin Drive-In. De nombreux acquéreurs s'étaient présentés, pleins de bonnes intentions. La réalité avait fini par s'imposer. Le bénévolat, d'accord, mais pas les déficits.

Le drive-in était trop loin du centre-ville... Trop loin de tout, en vérité. A proximité ne se trouvaient que la forêt, la Route 17, quelques petites épiceries, puis, à quelques kilomètres, la patinoire de la ville la plus proche.

Les adolescents venaient souvent ici pour boire ou faire des feux de camp. En 1995, un des deux écrans avait été détruit par un orage. La plupart des haut-parleurs avaient été arrachés de leurs fixations, puis jetés sur les cabanes en béton abandonnées depuis longtemps par les vendeurs de hot dogs.

Pourtant, depuis quelques semaines, les lieux étaient vides. Ceux qui s'approchaient de la palissade repartaient, terrifiés, sans pouvoir dire pourquoi.

L'instinct...

Ou la magie noire.

Frère Dando éteignit ses phares et conduisit la Jeep dans les arbres, traversant la partie de palissade arrachée de ses mains quelques semaines plus tôt. Arrivé à l'intérieur du drive-in, il roula vers une des cabanes de béton. Seule la lueur de la lune éclairait son chemin.

Il arrêta la voiture, mit le frein à main et coupa le contact.

La rage le faisait trembler. Il tenta de reprendre son calme, sans succès.

Le claquement violent de la portière fit sursauter les deux gardes. Des lueurs étincelèrent au creux de leurs paumes ; elles s'éteignirent quand ils reconnurent le « visiteur ».

— Frère Dando, balbutia le plus jeune. Nos excuses pour, euh, le manque de surveillance. Votre entrée nous a pris par surprise, et…

— Taisez-vous, pauvre idiot. (Le garde s'appelait Ramsey.) Où est Claude ?

— Dans le hangar, il nourrit la prisonnière.

Dando se dirigea vers la double porte métallique du hangar, où les propriétaires du drive-in conservaient autrefois leurs stocks de pop-corn, de sucreries et de gobelets en carton.

Frère Claude sortit d'une pièce, refermant soigneusement la porte. Le coffre-fort s'y trouvant, la serrure était de belle taille… En l'absence de fenêtres, l'endroit semblait parfait pour retenir quelqu'un. Une coïncidence heureuse. Les Fils de l'Entropie ne s'attendaient pas à avoir une prisonnière. L'ordre d'Il Maestro les avait pris par surprise, comme toujours.

— Claude, que se passe-t-il ?

L'acolyte se tourna pour lui faire face, et la colère de Dando s'évanouit. Claude était fin, presque délicat, avec des cheveux bruns et une moustache. Ses lunettes discrètes lui donnaient l'allure d'un intellectuel plus à l'aise dans une loge d'opéra que dans une société secrète.

Seuls ses yeux trahissaient sa véritable personnalité. Dando n'en avait jamais vu de tels. Même dans son miroir.

— Il est en haut, dans la salle de projection, répondit frère Claude. (Un sourire flottait sur ses lèvres.) J'ai fait mon travail, Dando. Puis je t'ai appelé pour te mettre au courant. Si ce que je t'ai appris te gêne, parles-en avec lui. C'est notre chef, à présent.

Avec un rictus éloquent, Dando fit demi-tour. Sortant de l'entrepôt, il s'engagea dans l'escalier qui menait à l'étage.

La poignée de métal de la porte était chaude.

Il ouvrit... et se figea.

Frère Lupo était assis dans la salle de projection, son crâne chauve luisant dans la lumière bleue qui baignait la pièce.

Les filaments magiques créés par Lupo formaient un réseau de lignes : une carte de Sunnydale, comprit Dando. Des nodes d'énergie brillaient en une douzaine de points. Tout près du centre, on voyait une tache d'un rouge intense.

Sous les yeux de Dando, un des petits points bleus commença à blanchir.

Lupo sourit.

— Oui, murmura-t-il.

Le blanc vira de nouveau au bleu.

— Enfer ! grogna Lupo avant de regarder Dando de son œil valide. J'imagine, frère Dando, que votre présence a un motif.

— Que faites-vous ?

Lupo grogna, comme si l'ignorance de son collègue

le dégoûtait. Dando aurait dû comprendre, mais Lupo était bien meilleur magicien que lui. Cette carte le démontrait. Mais cela n'empêchait pas le Fils de l'Entropie de se sentir humilié par le choix d'Il Maestro.

— Les créatures du chaos ont envahi les routes fantômes, dit Lupo. Comme Il Maestro l'avait prévu. La destruction de la barrière a commencé. Mais à moins de rouvrir les failles entre les routes fantômes et ce monde, la réaction en chaîne n'aura jamais lieu. Fusionner la Terre et l'Autre Monde est un travail colossal. Et ce n'est que la première étape. Avec l'aide du Gardien du Portail et de l'Observateur, cette fichue ensorceleuse a réussi à boucher les failles. Une débutante ! Je m'efforce de briser ses enchantements, mais ce n'est pas si simple.

Frère Dando hocha la tête, fasciné malgré lui. Puis le but de sa visite lui revint en mémoire.

— Il Maestro aurait dû me choisir comme chef. Tu as déjà trop de tâches à accomplir.

— Il ne t'appartient pas d'en décider ! cracha Lupo.

— Pourquoi ne nous a-t-on pas prévenu que les factions des Fils de l'Entropie, en Amérique, allaient être rassemblées sous la direction d'un seul chef ? Il Maestro nous avait habitués à plus d'égards.

— Peut-être a-t-il trop à faire pour se soucier de nos egos. Nous n'avons pas à connaître les détails d'un plan qu'il a mis toute une vie à imaginer. Notre devoir est d'obéir. Nous avons une tâche à accomplir au sein du groupe, concentrons-nous dessus. Quand nous nous regrouperons pour la bataille finale, nous comprendrons. Voilà ce qu'il m'a promis.

Dando regarda les lignes d'énergie.

Il avança vers la porte, puis se retourna.

— Je pense tout de même que j'aurais fait un meilleur chef. Ma formation militaire me donne une autorité que tu n'as pas.

Frère Lupo ne le regarda pas. Il se concentrait sur une tache bleue...

— Si le choix d'Il Maestro te pose un problème, vois ça avec lui quand il arrivera.

— Ici ?

— Bientôt, oui.

Joyce se réveilla lentement.

Elle se massa le crâne, là où elle avait été frappée.

Curieusement, elle n'avait pas mal.

Pas du tout.

Se levant, elle examina les alentours. La pièce était un cube de béton sans fenêtres, percé d'une porte métallique. Il y avait plusieurs grilles d'aération, mais aucune n'était assez grande pour qu'elle puisse s'y glisser, comme dans les films. Sur les étagères de métal, elle vit d'anciennes bouteilles de solution de nettoyage. Sur le sol, une serpillière moisissait dans un vieux seau.

Quelqu'un avait posé près d'elle un plateau avec un ersatz de repas, composé d'un bol de pâtes nature accompagné de deux saucisses bouillies froides. Joyce aurait dû manger, mais l'idée la dégoûtait. Puis elle réalisa que la faim la tenaillait. Aucune raison qu'ils aient empoisonné la nourriture. Pour tuer, ils avaient d'autres méthodes.

Elle avala les pâtes.

Puis elle se leva et commença à taper sur la porte. Sur le métal, ses coups produisaient un bruit impressionnant. Elle voulait au moins savoir pourquoi elle était là.

— Reculez, dit quelqu'un.

Joyce se prépara au pire. Des vampires. Des démons. Des sorciers...

Elle fut presque déçue. L'homme qui ouvrit la porte était élégant, beau, d'allure assez solennelle. De plus, il souriait. C'était rare chez les kidnappeurs.

— Oui, madame Summers ? Que puis-je pour vous ?

— Me faire sortir, bon sang ! J'ignore ce que vous imaginez, mais vous feriez mieux de me relâcher immédiatement.

— Nous vous avons capturée, et nous comptons vous garder pour l'instant, dit l'homme sans se départir de son sourire. Ne l'oubliez pas, quand vous m'adressez la parole. Après tout, je vous nourris et je vous garde en vie. Vous pouvez m'appeler frère Claude.

Joyce se tut. Elle ne pouvait pas s'évader... Pas maintenant, pas par la force. Et frère Claude lui avait en effet amené son dîner.

Puis elle secoua la tête. Ces types l'avaient kidnappée, elle n'allait pas leur simplifier la vie.

— On m'a frappée sur la tête.

— Ah, compatit Claude. Oui, vous aviez un traumatisme crânien. Le frère qui vous a frappée a été puni.

— J'*avais* un traumatisme... ? répéta Joyce en portant la main à son crâne.

— Assez grave, je le crains. Mais je vous ai guérie. Mes pouvoirs magiques sont restreints, mais je suis un bon guérisseur...

— Un guérisseur ? Vous serez très utile aux Fils de l'Entropie quand le monde aura disparu !

— Je vais prendre ça comme un compliment... Il vaut mieux pour vous que je ne me sente pas insulté.

— Eh bien, sans vous insulter, cher monsieur, votre cuisine laisse beaucoup à désirer. Et il fait un peu frisquet, ici. J'aimerais avoir un oreiller et une couverture, si ce n'est pas trop demander.

— Je vais me renseigner. J'aime votre caractère, madame Summers. Pas étonnant que votre fille soit devenue la Tueuse.

Joyce ne répondit rien. Intérieurement, elle était effondrée. Son courage ? Une façade !

Et pourtant, ils m'ont guérie. Ils ne veulent donc pas me tuer tout de suite…

Mais alors, à quoi leur servait-elle ? Une seule solution… Elle était l'appât.

— Vous pensez que Buffy viendra me chercher ? Vous vous trompez. C'est la Tueuse. Le monde dépend d'elle.

— Elle ferait mieux de venir, dit son geôlier. Nous comptons tous sur elle. Surtout vous.

La chanson de Tori Amos terminée, Spike sortit de la chambre qu'il partageait avec Drusilla. Il était encore dans les vaps : la frustration et l'impatience l'épuisaient. Pourvu qu'il se passe quelque chose. Il n'avait pas envie de perdre sa nuit à attendre.

Il allait allumer sa cigarette quand il réalisa que Drusilla n'était pas dans le salon. Furieux, il rangea son briquet. Puis il s'approcha de la porte de la deuxième chambre, où se trouvait leur prisonnier. Ils avaient été plutôt gentils, l'emmenant une douzaine de fois aux toilettes, qu'il le demande ou pas. Jacques couchait dans un vrai lit ; il avait été nourri correctement. La nuit dernière, Drusilla avait apporté deux pêcheurs pour le dîner. Après les avoir tués, Spike avaient ramené les cadavres aux docks, en profitant pour récupérer la pêche du jour.

Le garçon avait mangé du poisson frais. Il en aurait de nouveau ce soir.

Mais Drusilla ne fatiguait pas de jouer à la baby-sitter et Spike était inquiet.

La porte était encore verrouillée, constata-t-il, soulagé. Où était Drusilla ? Il ferait mieux d'aller vérifier l'état du garçon. Elle avait pu refermer la porte après s'être amusée avec lui.

Il ouvrit la porte et le garçon sursauta. Ses traits déformés par la terreur se détendirent en reconnaissant Spike.

Ce qui ne flatta pas le vampire…

Il entra dans la chambre. Jacques n'était pas bâillonné ; ils avaient cessé de le faire au bout du troisième jour. Personne ne pouvait l'entendre crier. Ils lui avaient également libéré les jambes. Mais ses mains restaient liées.

— J'ai soif, lui dit l'enfant.

Spike fronça les sourcils. Il alluma sa cigarette. S'approchant du lit, il s'assit, souriant, puis tira une longue bouffée.

— T'as tout pigé, hein, morveux ? (Jacques le regarda, hésitant.) Tu te dis que Drusilla est complètement frappadingue, mais que je suis un type plutôt raisonnable, pour un vampire. T'as pas tout à fait tort, d'ailleurs…

Spike posa ses yeux sur l'enfant et ses pupilles virèrent au jaune. Son visage se métamorphosa, sa peau durcit. Sous ses lèvres, ses crocs pointèrent.

Le prisonnier hurla et recula. Spike le suivit, rampant sur le drap comme un grand fauve.

— Ne t'imagine pas que je t'aime bien, mon petit… Si Dru te mord trop, tu perdras ta valeur. Ce serait dommage. Mais si on n'obtient pas rapidement ce qu'on veut, je pourrais bien décider de te faire un sort moi-même. Ou de laisser Drusilla s'amuser. Elle aimerait bien boire ton sang dans une flûte à champagne. Elle a de la classe, ma poule.

Il s'approcha encore.

— T'es fils unique, pas vrai ? Papa est un foutu magicien, hein ? Mais moi, je m'en tape. Pour nous, t'es qu'un repas de plus.

Spike tira une nouvelle bouffée sur sa cigarette. Son visage reprit lentement son aspect normal. Il souffla sa fumée dans la direction de l'enfant, puis sortit de la chambre.

Mais pas avant de s'être retourné une dernière fois.

— L'échange n'est pas encore fait, Jacques. Et Dru et moi ne sommes pas patients. Penses-y !

Drusilla se tenait dans l'embrasure de la porte du salon. Une brise marine soufflait par la fenêtre.

Spike se détendit.

— Spike. As-tu encore fait peur à ce pauvre petit ?

— Oui, répondit-il en s'approchant d'elle.

L'enlaçant, elle l'entraîna dans une danse improvisée.

Ensemble, ils retournèrent sur le porche de la maison. Spike fuma, assis sur un banc, pendant que Drusilla regardait les vagues déferler. La plupart des pêcheurs étaient rentrés après avoir amarré leurs bateaux. Il ne restait plus que le vent et les vagues, et les cris des oiseaux de nuit.

— Tu penses encore à l'Espagne, mon ange ?

— Je commence à me plaire, ici. J'entends tout le temps un orgue de Barbarie. Toi aussi ? J'ai un carrousel dans la tête, et les chevaux ne font que monter et descendre…

Spike soupira.

— Dommage, bébé... Il va falloir qu'on parte bientôt. Ces sales Fils de l'Entropie nous font marcher... Ils ne vont pas tarder de rappliquer dans notre petit nid d'amour.

— Les pêcheurs vont me manquer. Ils sont si robustes.

Drusilla se tourna vers Spike. Ses yeux reflétaient une lucidité plutôt rare chez elle.

— Ça veut dire que je vais pouvoir croquer l'enfant prodigue ?

Spike lui posa une main sur la cuisse.

— Pas tout de suite, ma petite Dru. Je vais d'abord aller faire un tour à Florence, pour voir si Il Maestro essaie de nous rouler. Dans ce cas, j'utiliserai la lance pour en finir avec ces foutus fils de l'Entropie.

— Ça serait pratique, dit Drusilla. Etre invincibles au combat, voilà qui fera une sacrée impression auprès des gens du coin, quand on voudra s'installer quelque part.

Le silence s'éternisa. Spike savait ce que pensait son amie. Il leur restait beaucoup de choses à faire et à régler.

Ils devraient attendre.

— Il faut que j'y aille.

Il alla chercher son manteau de cuir dans la maison et ressortit, prêt à prendre la route. La vieille Mercedes était garée un peu plus bas. Arrivé aux pieds des marches, il se retourna vers Drusilla.

— Si jamais tu as de la compagnie, amour, n'attends pas. File, et on se retrouvera aux corridas, d'accord ? Et ne tue pas le gamin tout de suite. Si notre ami le magicien a vraiment la lance, ce serait grossier.

— D'accord, je serai sage.

— C'est bien.

Spike écrasa sa cigarette et ouvrit la porte de la Mercedes.

— Donc, on va suivre un impossible rêve ? Comme dans *L'Homme de la Mancha* ? demanda Oz.

Buffy le foudroya du regard.

— Le répondeur de Giles est saturé ; le téléphone du Gardien du Portail ne sonne plus. Demain, tu joueras au loup. Angel survit grâce à ce que nous appellerons des rations militaires... Espérons qu'Il Maestro ne sait pas où nous sommes. Si on hésite, il nous retrouvera. Le rêve était clair ; nos informations aussi.

— Des roses.

— Des roses, répéta Buffy. Et le Dôme.

— *Duomo*, corrigea Angel.

— Ouais. Vous préférez rester là sans rien faire ? On va seulement traverser les collines pour que je reconnaisse le terrain.

Oz secoua la tête.

— Dans le noir ?

— Tu veux attendre qu'une ligne téléphonique pour les Etats-Unis se libère ? Fais comme ça te chante, moi, j'y vais.

Les trois amis se tenaient devant une *trattoria*. Buffy et Oz avaient pris un bon repas à la tombée de la nuit. Angel avait disparu pendant le dîner et Buffy ne lui avait rien demandé. Fermant les yeux, elle l'imaginait dans des ruelles, chassant les rats.

Elle avait le mal du pays. La cuisine de sa mère lui manquait. Pourtant Joyce ne lui avait jamais paru très douée — sauf par rapport à la mère d'Alex.

— Alors on y va, dit Angel. On est tout près.

— Ne t'excite pas, lança Buffy avant de réaliser ce qu'elle disait.

Un moment de gêne suivit. Buffy laissa ses yeux errer sur la ville. Florence, ou Firenze en version originale, était la plus belle cité que Buffy eût jamais vue. Les dômes et les spires illuminés semblaient faits de marbre et de nacre. Peut-être était-ce le cas. Les couleurs étaient fabuleuses. Rose, orange, vert et ocre se mêlaient dans un ensemble subtil.

— Par là, dit-elle en désignant deux spires.

— Tu es sûre ? demanda Angel.

— Le rêve, rappela Oz.

Buffy descendit la colline.

La ville était derrière eux. Les trois amis se faufilaient avec difficulté dans la végétation. Une ancienne vigne, sans doute. Devant eux se dressait une grandiose villa. L'architecture était extraordinaire. Un siècle plus tôt, pensa Buffy, ce devait être l'une des plus belles demeures de la région.

Aujourd'hui...

Oz secoua la tête.

— On dirait que personne n'a habité ici depuis qu'Angel a cessé de téter sa mère. Je sais, je sais, ton rêve... mais quand même, tu es sûre ?

Buffy sentit le regard d'Angel peser sur elle. Elle se contenta d'acquiescer.

— Il Maestro est ici. L'endroit est exactement comme dans mon rêve. Mais le jardin avait l'air récent. Et il y avait des roses. En plus... (Elle frissonna.) Vous ne sentez rien ?

Oz regarda la maison.

— Un vague truc qui me donne un peu mal au cœur. Je pensais que c'était la sauce des pâtes.

— Non, répondit Buffy. Ça vient d'ici.
— C'est quoi ?
Angel avança.
— Le chaos.

Pendant une heure, ils surveillèrent la villa. Sûrs de ne pas avoir été repérés, ils s'approchèrent en rampant.
— Soyez prudents, les garçons.
— T'inquiète pas, Buffy, dit Oz.
Angel chuchota.
— L'odeur de sang humain est très fraîche.
— Que veux-tu dire… ? Il coule encore ?
— Buffy, c'est mon nez, pas un compteur Geiger… Je n'en ai aucune idée.
— Alors dépêchons-nous…
Ils arrivèrent près de la villa. Les vignes s'étaient effondrées sur les murs miteux. Alors le bâtiment principal apparut. Une ruine encore gracieuse aux briques roses couvertes de bougainvillées. Quand elle vivait à L.A. avec ses parents, Buffy avait vu quelques maisons de cette taille. Les murs immenses, les jardins qui s'étiraient à l'infini, ornés de fontaines et de bassins…
— Ça ressemble à chez toi, dit Buffy à Angel.
— Multiplié par vingt. Regarde.
La scène était d'un ridicule presque touchant. Dans un coin, trois Fils de l'Entropie en robe se passaient une bouteille avec des airs de conspirateurs

On dirait des étudiants qui s'attendent à être pris en faute. Et je sais de quoi je parle, pensa Buffy.
— Un million de lires que c'est un bon petit chianti, souffla Oz.
— Et un autre que ces robes sont en taille unique.
— Les grands esprits se rencontrent…
Ils se levèrent et coururent. Avant d'avoir compris ce

qui leur arrivait, les trois acolytes furent étendus au sol, inconscients.

Les trois amis leur prirent leurs robes.

Buffy rabattit la capuche sur ses cheveux blonds.

— A quoi je ressemble ?

— Pas à Pamela Anderson, répondit Oz.

— Je prends ça comme un compliment.

Elle se tourna vers Angel.

— C'en est un, dit celui-ci. (Il rabattit sa capuche, dissimulant son visage.) Ça va ?

— Ça va.

Le capuchon d'Oz était déjà en place.

— Hé ! Il y a un couteau dans ma poche !

— Oh ! Et moi qui croyais que tu étais simplement content de me voir. (Buffy plongea la main dans sa poche.) Regardez !

Elle sortit un quartz rose, attaché à une sorte de ficelle.

— J'en ai un aussi, ajouta Angel.

— Ça fait trois.

Ils se turent, car une silhouette encapuchonnée se dirigeait vers eux.

— Disons quatre, murmura Buffy. (Elle se tendit.) Vous êtes prêts ?

— Buffy, calme-toi ! souffla Angel. Il y en a partout.

— *Buena sera.*

Buffy serra les poings, dissimulés dans ses poches. Angel parla quelques minutes en italien. Puis le Fils de l'Entropie s'en alla.

— Le quartz, dit Angel, surpris. Il doit s'agir d'une sorte de carte d'identité. Tant qu'on l'a sur soi, on appartient au groupe.

Buffy hocha la tête.

— C'est sans doute comme ça qu'Il Maestro sait qui

faire griller. Le type de Paris avait peut-être laissé tomber la pierre... Eh bien, on va essayer...

Ils avancèrent, Buffy s'attendant à tout moment à être démasquée. Tout en elle était prêt au combat.

Mais ils se mêlèrent sans problème aux groupes d'acolytes qui patrouillaient dans les jardins. Les Fils de l'Entropie étaient moins nombreux que Buffy ne l'avait prévu. Cela dit, ils auraient un sacré problème s'ils étaient démasqués.

Le vrai test serait d'entrer dans la villa. Buffy sursauta en franchissant le seuil, croyant qu'ils étaient découverts. Quelqu'un criait. La jeune fille se figea.

Puis elle se reprit. Il s'agissait d'un acolyte à l'accent australien qui se plaignait de ne pas avoir été choisi pour une sorte de rituel.

A leur entrée, il leva les yeux. Les avait-il reconnus ?

— Ah, souffla-t-il d'une voix de conspirateur. Des citoyens de second ordre. Il n'y a que des places debout ici, les gars. Pour tenir le couteau, il faudra attendre votre tour. Et faire la queue.

Les trois amis continuèrent leur chemin, s'enfonçant dans les profondeurs du bâtiment.

Buffy entendit un cri monter des sous-sols.

— Par là, appela Angel.

Il désigna un couloir perpendiculaire.

De nouveaux hurlements de terreur... Buffy se mordit les lèvres et laissa Angel la pousser en avant. Une volée de marches descendait dans l'ombre.

Il y eut d'autres hurlements. Buffy jura silencieusement qu'elle raserait cet endroit. Comment pouvait-elle ignorer ces cris ? Pourtant, il le fallait.

Combien de personnes avaient été sacrifiées à la guerre entre le bien et le mal ?

Une guerre qui lui coûterait la vie, et que nul ne gagnerait jamais...

Ils descendaient, toujours plus profond. Oz fit une allusion à Alice et au terrier.

Buffy s'arrêta : l'escalier débouchait sur un couloir éclairé par une torche.

La jeune fille avança.

Elle était la Tueuse. C'était son boulot.

Un nouvel escalier, plus étroit. Les épaules de Buffy frottaient contre les parois ; elle prit son temps pour descendre, attendant ses amis.

Ils arrivèrent devant une porte si brûlante que Buffy put à peine la toucher.

— Permettez-moi, madame..., dit Angel en s'avançant.

Il ouvrit. Buffy fit un pas en avant...

Et entra en Enfer.

La chaleur était étouffante et l'air saturé de soufre. Buffy sentit roussir les poils de ses bras. Elle retint son souffle et se cacha derrière un pilier de pierre chauffé à blanc.

A cinq mètres d'elle, une jeune fille était ligotée sur un autel. Du sang coulait de sa poitrine, tombant dans un bol tenu par un acolyte aux cicatrices abominables. A sa gauche, un bel homme en robe retira son couteau de la poitrine de la jeune femme, et le posa sur l'autel.

— Treize innocentes, par treize lames, dit un homme aux cheveux blancs.

Il Maestro, pensa Buffy.

Devant l'autel, dans un grand cercle, un feu crépitait. Une faille ?

L'homme aux cheveux blancs se tourna vers un coin sombre de la pièce et dit :

— Pour toi, mon maître. La première d'une longue série.

Depuis les ténèbres, une voix retentit.

— *Il n'y en aura jamais assez pour m'apaiser. Le sang d'une Tueuse est très riche. Celui-ci est pauvre. Il ne me comble pas.*

— Je t'amènerai la Tueuse !

— *Oui. Ou tu me donneras ta fille, Micaela.*

Buffy ferma les yeux. Elle n'en pouvait plus.

Angel lui prit la main. Ce simple contact donna à Buffy le courage de rester immobile.

Le courage de la sagesse.

Celui de ne rien faire pendant que la victime était détachée et emportée vers la faille.

Qui brilla et s'agrandit.

— *Il faudra plus de sacrifices*, dit la voix. *Beaucoup plus, si tu veux sauver ta fille !*

CHAPITRE XIV

L'odeur de viande grillée réveilla Joyce. Elle hoqueta, comme si quelqu'un venait de lui ouvrir un flacon de sels sous le nez, et regarda autour d'elle, cherchant l'incendie.

Un couple de cafards rampait en diagonale sur la porte. Au plafond, l'ampoule dispensait plus d'ombre que de lumière, ce qui lui convenait parfaitement : Joyce préférait ne pas voir la crasse de la pièce. Il n'y avait personne... En tout cas, personne de visible. Avec ces hommes-là, on ne pouvait être sûre de rien. S'il s'agissait bien d'hommes.

Dans le monde de Buffy, qui était à présent le sien, les monstres avaient tant de visages...

Les yeux de Joyce la piquaient ; elle se couvrit la bouche d'une main pour combattre la fumée qui commençait à l'étouffer. Elle avait peur de rendre son dernier repas — encore deux saucisses et des pâtes — qui pesait lourd dans son estomac contracté.

Il y eut un frottement derrière la porte. Des pas ? Joyce se redressa, effrayée mais déterminée à garder son sang-froid.

Oui, c'étaient des pas. Tout près.

— Oh mon Dieu.

Des larmes coulaient le long de ses joues. Comment

Buffy se débrouillait-elle ? Rester calme était impossible. Elle avait une seule envie : crier, très fort.

— Chaos ! dit quelqu'un. Frère Lupo, qu'est-il arrivé ?

— Frère Augustus, répondit une voix familière. (Lupo, sans doute.) Que signifie cette *immondizia* ?

— Je ne sais pas, fit la première voix. Serait-ce... serait-ce frère Ariam ?

— Je l'ignore. Sans doute. Comment cet idiot a-t-il pris feu ?

— On dirait... la *Brûlure noire*. Mais seul Il Maestro sait l'administrer. Oh, frère Lupo, notre grand maître serait-il *ici* ?

— Pas avant un jour ou deux, dit Lupo. Allons, nettoyez ce bordel avant que quelqu'un le voie.

— Mais... Frère Dando devrait être mis au courant. Personne n'a jamais réussi à reproduire le rituel d'Il Maestro. Si quelqu'un a percé ce secret, il faudrait découvrir qui... (L'homme commença à bégayer.) Qui... Qui...

— Par mes os, tu es d'une sottise crasse !

Une courte pause, puis...

— Oh, frère Lupo, je ne dirai rien. Laissez-moi vous servir. Je serai votre esclave fidèle à jamais.

— Non, désolé. Je préfère que mes assistants soient munis d'un cerveau...

Un crépitement presque inaudible, comme un petit feu... Joyce s'approcha de la porte. Le frère Augustus hurla de douleur et ne s'arrêta plus. Malgré ses efforts, Joyce ne réussit pas à ignorer les cris. La souffrance était trop réelle. Trop proche. Un premier haut-le-cœur la fit tomber à genoux. Puis elle vomit tout ce qu'elle avait avalé.

La fumée s'infiltrait sous la porte. Secouée de sanglots et de quintes de toux, Joyce rampa jusqu'au côté opposé de la pièce.

Après une dizaine de secondes, le silence retomba.

La porte s'ouvrit. Un homme au crâne chauve s'approcha. Sa robe portait des symboles cabalistiques, peints en blanc sur le tissu noir. Il avait abaissé sa capuche, révélant un visage couturé de cicatrices.

Son œil blanc brillait d'un éclat bleuté.

— Qu'as-tu entendu ? grogna-t-il.

Sans ouvrir la bouche, Joyce secoua la tête, baissant les yeux.

Claquant la porte derrière lui, l'homme avança, les poings serrés.

C'est un fou. Il a perdu la tête. Ou c'est moi qui ne suis plus rationnelle. Dites-moi que ce type ne vient pas de mettre le feu à un autre être humain...

— Dis-moi ce que tu as entendu, ou je te tue !

— J'ai senti de la fumée, répondit Joyce.

En reculant, elle percuta l'étagère. Des paquets de serviettes en papier moisies tombèrent sur le sol comme une bande d'oiseaux morts. Retenant un cri, Joyce s'accrocha à l'étagère. Un flacon de produit de nettoyage s'écrasa sur les serviettes et éclata.

— J'ai cru entendre des voix.

Le Fils de l'Entropie ne la quittait pas de l'œil, attendant qu'elle continue. Son œil blanchâtre tourbillonnait... non : c'était la lumière bleue à l'intérieur. Les veines de son visage commencèrent à battre.

— Quelqu'un avait mal...

Lupo plissa les yeux. Puis il leva une main crépitante d'énergie. Des filaments bleu électrique dansaient entre ses doigts.

— Dis-moi ce que tu as entendu ! répéta-t-il en pointant l'index sur elle.

La main du sorcier commença à trembler. Sur sa paume, les éclairs se rassemblaient.

— Rien, je n'ai rien entendu !

— Très bien. Rappelle-t'en, si tu veux vivre.

Lui tournant le dos, il ressortit, refermant la porte derrière lui.

Joyce tremblait, mais elle ne pleurait plus.

Puis elle s'avisa que Lupo n'avait pas déverrouillé la porte pour entrer.

Elle s'approcha.

Tourna la poignée.

Qui cliqueta doucement.

Joyce s'efforça de retrouver son calme. Fermant les yeux, elle tenta d'oublier la puanteur, la fumée, les derniers événements.

Elle tremblait tant qu'elle se laissa glisser sur le sol.

Giles arrêta la voiture et se tourna vers ses passagers.

— Il est presque sept heures. Rentrez chez vous.

— Ça ne va pas, la tête ? s'écria Alex.

— Si vous ne vous montrez pas, vos parents seront furieux. Ils pourraient vous consigner à la maison. Et j'ai besoin de vous. De vous tous !

Giles regarda Willow, assise à côté de lui. La jeune fille serrait le chemisier de Joyce entre ses mains. Sans ouvrir les yeux, elle secoua la tête.

— Rien. Désolée. Je ne sens aucune vibration.

— Alors arrête, Willow. (Malgré sa déception, Giles réussit à lui sourire.) Tu as fait de ton mieux.

— La psychométrie n'est pas mon fort.

— Ça va, Willow, la rassura Alex. Comme dit Giles, tu as fait ce que tu pouvais.

Le problème, c'était qu'ils avaient épuisé toutes les possibilités. Alex allait craquer. Il envisageait le pire :

Buffy avait appris l'enlèvement de sa mère. Elle était à Sunnydale, prête à se jeter dans la gueule du loup.

L'air n'avait pas la même odeur — on eût dit que la foudre se préparait à frapper.

— Et maintenant, Giles ? demanda Cordélia. On rentre à la maison comme des enfants sages tandis que vous vous introduisez seul à la réunion secrète des livreurs de fleurs ?

Alex lui prit la main et la serra, ce qu'il n'aurait jamais osé faire en temps normal.

— De l'humour en situation de crise ? Bien, Cordélia. Tu es comme nous, maintenant.

— Super méga top génial, fit-elle en se dégageant. Lâche-moi. Tu as les paumes moites.

— C'est la cosse que j'ai glissée sous ton lit... Tu t'es endormie, pas vrai ? C'est là qu'on vous a, Cordélia Chase. Quand vous vous couchez.

Cordélia grogna.

— Voilà qui prouve je ne suis pas comme vous. Je ne comprends rien à ce que tu dis !

— Je sais, chérie. Chouette, hein ?

— Ils ont dû louer une maison, dit Giles. (Willow sourit. Soit il n'avait pas entendu le petit numéro d'Alex et Cordélia, soit il n'avait jamais vu *L'Invasion des profanateurs de sépultures*.) Ils ne se sont quand même pas installés dans le manoir d'Angel ?

La jeune fille secoua la tête.

— Je ne crois pas. Certains Fils de l'Entropie sont morts, là-bas, et ce n'était pas beau à voir. D'un autre côté... Ils y sont peut-être, justement parce que c'est la dernière idée qui nous traverserait l'esprit.

— Ce simple exercice de logique, camarades, est la raison pour laquelle on a choisi les maths, déclara Alex avec emphase. Au manoir, mon bon !

— Non. Chez toi ! répondit Giles avec fermeté. J'irai après vous avoir déposés. Je promets de vous contacter si j'ai besoin de renforts.

— Jetez des cailloux contre la fenêtre. Ça marche à chaque fois.

— Certainement pas, fit Cordélia, exaspérée. Vous avez mon numéro de portable.

— Et mon adresse mail, ajouta Willow. Quand même, on aurait gagné pas mal de temps si le Gardien du Portail avait été connecté. Un type comme ça, on l'imagine inscrit à plein de sites extraterrestres. Histoire de trouver des trucs bizarres, de parler à des gens comme Buffy... Comme dans *X-Files*.

— Eh bien, dit Alex, on conseillera à l'héritier de s'acheter un modem. Quand notre Tueuse l'aura ramené.

— Exact. Je l'emmènerai moi-même dans un magasin.

— Voilà qui va être utile, tiens..., soupira Alex.

Après avoir déposé les trois adolescents, Giles se rendit au manoir. Il resta quelques instants dans le jardin, frissonnant dans l'air glacé de la nuit. Les souvenirs l'envahissaient. Dans ces lieux, il avait été torturé et presque tué. Puis on lui avait fait croire que Jenny était revenue de la tombe pour lui parler.

Giles détestait cet endroit.

Mais il aurait traversé l'Enfer pour Buffy. Il était son Observateur. C'était sa tâche la plus sacrée. Et pourtant...

Et pourtant, nom d'un chien, il détestait cet endroit !

Il resta là à ressasser ces souvenirs. Seuls les morts habitaient ce lieu. Et encore, à peine.

Enfin, il se retourna...

Le spectacle qu'il découvrit le fit tomber à la renverse contre la fontaine en ruine.

La lune montait à l'horizon. Elle était vingt fois plus grosse que d'habitude et nimbée de rouge sang. La couleur sinistre se reflétait sur les mains de Giles, sur l'eau de la fontaine, et sur les fleurs blanches qui poussaient entre les pierres.

Au loin, le tonnerre retentit, couvrant les bruits de la nuit. Les crissements des criquets, le ululement des hiboux, tout s'interrompit...

L'air frémissait.

Giles se raidit.

Jamais il n'avait vu de présage aussi fort. Il n'annonçait rien de bon.

Tout son être était ébranlé.

Quelque chose allait se produire. Très bientôt.

La sueur coulait le long de ses tempes. Il devait trouver Buffy, et vite !

Willow ne pensait pas s'être endormie, jusqu'à ce qu'elle se réveille en sursaut.

— Buffy ? (Son cœur battait furieusement. Une crise cardiaque ?) Je suis trop jeune pour ça.

Elle sauta au pied de son lit puis vérifia ses e-mails. Rien.

Elle se rallongea.

Mais le sommeil ne vint pas.

Alex entendit quelqu'un fouiller dans la cuisine. Sans doute sa mère, torturée par son étrange insomnie boulimique. Parfois, elle dévorait un pot de glace entier sans s'en rendre compte. On pouvait lui parler ; elle ne se souvenait pas de la conversation le lendemain.

On pouvait aussi lui faire signer son bulletin de notes ; elle ne posait aucune question.

La situation avait des avantages.

Puis Alex eut l'intuition que ce n'était pas sa mère.

Rassemblant son courage, il sortit de sa chambre et traversa le couloir.

Il alluma la lumière.

Tout était à sa place. Pourtant, il avait l'étrange conviction que la pièce allait exploser. Comme dans une de ces histoires sur le Vietnam. Un type marche sur une mine. S'il lève le pied, il se transformera en steak haché. Alors il reste là, sans bouger. Et il a peur.

Alex restait là. Il ne bougeait pas. Et il avait peur.

Enfin, il trouva la force de dire :

— Il se passe quelque chose…

Cordélia se réveilla.

— Viens là, Maxie, dit-elle. (Elle tapota sa couverture, et répéta :) Maxie.

Puis elle se souvint que son chat persan, Maxie, était mort quand elle avait sept ans.

Ce qui termina de la réveiller. Elle était complètement perdue.

Alex.

Elle avait une folle envie d'entendre Alex !

Son téléphone portable était posé sur l'oreiller, à côté de sa tête. Il sonna.

Cordélia décrocha.

— Giles ?

— Bon sang, il se passe quoi ? Alex !

— La fin du monde…

— Mince ! J'ai raté les bandes-annonces !

Cordélia n'esquissa même pas un sourire.

Dans sa cellule, Joyce Summers rêvait d'un homme qu'elle n'avait jamais rencontré, qui l'aimait et qui prendrait soin d'elle et de Buffy. L'homme l'embrassa passionnément, et lui dit :

— Nous nous reverrons au Paradis.

Ses yeux s'ouvrirent. La fumée et la crasse sentaient toujours aussi fort, mais son rêve lui avait semblé si réel.

Elle ne sourit pas, mais reprit espoir.

Antoinette Régnier leva les yeux vers le plafond zébré de lumière prismatique et toucha le poignet de son fils. La respiration du Gardien était de plus en plus sifflante.

— Maman, je t'aime, murmura Jean-Marc.

— Mon fils, pourquoi me dire ça maintenant ?

— Pour que tu n'oublies pas que l'amour survit à tout.

Sous les yeux horrifiés de sa mère, il perdit connaissance.

— Aidez-nous, murmura Antoinette Régnier.

Mais elle ne savait pas à qui adresser ses prières.

CHAPITRE XV

Au bout de plusieurs jours de recherche, frère Sima et frère Sergei réussirent à repérer la barrière qui protégeait la Maison du Portail et la rendait invisible au monde extérieur. Pendant que les autres acolytes tentaient de pénétrer dans la demeure, ils étudièrent chaque champ de force magique pour lui trouver une faiblesse.

Sans succès. La magie du Gardien du Portail était puissante. Ils réussirent pourtant à repérer un point vulnérable, sur lequel ils concentrèrent leur attention.

Au fil des siècles, la ville de Boston avait grandi autour de la Maison. Sur Beacon Hill, il ne restait pas un centimètre carré qui ne fût envahi par les privilégiés assez riches pour vivre dans ce quartier. De la rue, la villa de Régnier était invisible. Les passants allaient directement d'une « maison » normale à l'autre.

La magie était des plus complexes et le sort avait dû demander des décennies de préparation. Mais une fois la Maison localisée, il suffisait de se focaliser dessus pour ne plus la perdre.

Au terme de leur exploration, les jumeaux avaient découvert que l'arrière de la Maison faisait face à un autre édifice, un immeuble de quatre étages.

Sergei et Sima étaient des magiciens mineurs. Mais

quand ils travaillaient ensemble, ils avaient un certain pouvoir. S'ils ne pouvaient pas voler, ni même léviter, ils pouvaient descendre en douceur.

Debout au bord du toit de l'immeuble qui surplombait le jardin de la villa, les jumeaux se regardèrent dans les yeux. Ils allaient faire un saut de quatre étages. Leurs mains se joignirent. Ils regardèrent le sol…

… et se laissèrent tomber.

Aucun cri. Les deux hommes gardèrent les yeux fermés.

Ils tombèrent comme des pierres. Puis ils ralentirent.

Un instant plus tard, ils roulaient dans la pelouse. L'atterrissage avait été rude, mais ils étaient vivants.

Ils portaient une tenue identique : jean sombre, T-shirt noir, bottes noires. Les jumeaux appartenaient aux Fils de l'Entropie. Mais avant tout, ils *s*'appartenaient.

Avec prudence, les deux frères avancèrent vers la porte de la cave. La barrière magique du Gardien du Portail vibrait devant eux.

— Tu l'as ? demanda Sima.

— *Da*, répondit Sergei en prenant à sa ceinture une dague ouvragée.

On l'appelait la Dague du Crépuscule. Selon la légende, son tranchant était si acéré qu'il séparait le jour de la nuit. La Dague du Crépuscule était un cadeau d'Il Maestro à leur grand-père. Les jumeaux ne l'avaient jamais sortie de leur maison avant cette mission.

Sergei prit la dague dans sa main gauche. Sima posa ses doigts sur ceux de son frère. Ensemble, ils brandirent la Lame vers la barrière.

Ils commencèrent à couper. Leur rythme était lent et méthodique et la dague tranchait net. Si net que le Gardien ne pouvait pas réaliser que son sanctuaire avait été violé. C'était le but de leur présence. Les sorts qui avaient plu sur la maison étaient d'une puissance bien supérieure, mais ils avaient éveillé l'attention et la colère du Gardien... Même affaibli, le bougre conservait un pouvoir impressionnant. Et il n'y avait pas que lui. Avec leur magie brutale, les sorciers affrontaient beaucoup plus que le Gardien. Ils luttaient contre la puissance dont la lignée des Régnier avait investi la Maison depuis des siècles.

La Maison elle-même leur résistait.

Mais pas cette fois. La dague était si précise, si délicate, que la Maison ne mesurerait pas le danger qu'elle courait. Le Gardien repoussait un assaut frontal — une diversion pour laisser à Sergei et Sima le temps d'agir.

La lame tranchait. La barrière se déchira, et Sima réussit à glisser la main pour l'écarter comme un rideau. Sergei le suivit. Le champ magique se referma derrière eux, mais cela importait peu. La Dague du Crépuscule avait un nouveau rôle à jouer.

Bientôt, le Gardien du Portail serait mort, et la Maison appartiendrait aux Fils de l'Entropie.

La porte de derrière n'était pas verrouillée. Sima tourna la poignée et entra. Sergei le regarda, stupéfait, avant de le suivre.

— Il se fie trop à la magie, souffla Sima.

La porte claqua derrière eux, et trois verrous glissèrent dans leurs logements. Les jumeaux se regardèrent avec inquiétude avant de fouiller la pièce du regard.

Sergei leva sa lame.

Une voix s'éleva de l'escalier qui leur faisait face.

— Je me fie trop à la magie ?

La silhouette se nimba d'une lumière bleue. Le Gardien se tenait devant eux, flottant au-dessus du sol.

— Peut-être. Mais vous aussi.

Jean-Marc Régnier tendit la main. L'énergie fusa, arrachant la Dague du Crépuscule de la main du Fils de l'Entropie. Sous les yeux de Sima, la dague dansa, puis ouvrit la poitrine de son frère, lui arrachant le cœur.

Le corps de Sergei tomba avec un bruit immonde. Sima hurla en voyant le sang de son jumeau inonder le sol. Il se tourna vers le Gardien du Portail.

— Pars ! cria celui-ci. Dis à ton sinistre maître que le Gardien est vivant et puissant. J'arracherai le cœur de tous ceux qui oseront pénétrer dans ma maison !

La lumière s'éteignit. Sima courut vers la porte, glissant sur le sang de son frère. Il traversa la pelouse, fit le tour de la maison et courut vers ses collègues, qui, il le savait, l'accueilleraient avec mépris.

Peut-être même serait-il châtié pour son échec.

Peu lui importait, tant qu'il n'était pas obligé de retourner dans cet enfer.

Jean-Marc Régnier alluma la lumière d'une main tremblante. La vieillesse lui pesait. Sa peau pendait sur ses os et il perdait ses cheveux. Il était presque aveugle.

Les Fils de l'Entropie le croyaient à l'article de la mort… et ils n'étaient pas loin de la vérité. Seules des immersions de plus en plus fréquentes dans le Chaudron de Bran le Béni l'empêchaient de mourir.

Tenant la Dague du Crépuscule — un bel apport à sa collection —, Jean-Marc commença à monter l'escalier. Sa mère avait rempli le Chaudron d'eau chaude.

Il suffisait de rejoindre le deuxième étage.

Une nouvelle marche…

Il y parviendrait.

Cette fois.

Depuis la disparition de la famille Régnier, les caves de la villa florentine avaient vu bien des atrocités. Elles avaient servi de salle de torture, de prison, d'abattoir.

Cette nuit, elles étaient tout cela à la fois.

Un sourire flottait sur les lèvres d'Il Maestro. Mais c'était du bluff. Seuls ses treize plus fidèles acolytes avaient été autorisés à descendre avec lui pour le rituel. Aucun ne connaissait la portée de son plan. Mais comme ces imbéciles de Vienne, ils finiraient par se poser des questions.

Ils comprendraient, après le rituel qu'Il Maestro adorait plus que le chaos. Ils entendraient dans l'ombre la voix de Belphégor, son maître, et les promesses qu'il ferait au démon.

Il Maestro adorait l'Enfer.

— *J'ai soif*, dit le démon depuis les ténèbres. *Une autre vie, serviteur. Treize lames pour treize innocents. Donne-moi la vie que je désire.*

Plusieurs acolytes se regardèrent nerveusement. Il Maestro les ignora. Ce rituel était essentiel, car il lui offrirait une partie du pouvoir de Belphégor.

Il apaiserait également le démon, donnant à ses acolytes, aux Etats-Unis, le temps d'attraper la Tueuse.

Seul son sang dissuaderait Belphégor de prendre celui de Micaela.

Il Maestro ne voulait pas que sa fille meure. Si Micaela finissait sur l'autel, ce serait sa faute.

Il devait obtenir ce que voulait le démon.

Les acolytes poussèrent la victime suivante à l'autel. Un jeune garçon d'à peine quinze ans. L'élixir que frère Edwin lui avait fait boire l'avait désorienté. Mais quand ses yeux se posèrent sur l'autel, il commença à crier.

Il continua pendant qu'ils l'enchaînaient à l'autel, puis s'arrêta en voyant la dague levée au-dessus de lui.

Il Maestro fit signe à frère François d'avancer. Ce n'était que le deuxième sacrifice de la nuit... Le frère regarda le corps de l'adolescent, puis il jeta un coup d'œil nerveux à Il Maestro. Celui-ci fronça les sourcils.

François s'approcha de l'autel et leva la dague ornementée. Si le garçon continuait à s'agiter, il n'arriverait jamais à trouver le cœur.

Allons, un peu de concentration.

— Par le chaos...

Les yeux sur la poitrine du garçon, frère François abattit la dague.

Au même moment, quelque chose heurta le sol avec un *cling* caractéristique.

— *Stop !* ordonna Il Maestro.

Avec une prière silencieuse, François s'arrêta, la lame à quelques centimètres de la poitrine du garçon. Il regarda Il Maestro, attendant d'autres instructions, mais son maître était distrait, les yeux fermés...

— *Maestro ?* chuchota François.

Les yeux du sorcier s'ouvrirent. Avec un grand sourire, il regarda les acolytes.

— *Qu'y a-t-il, esclave de mon cœur ?* murmura la voix derrière la faille.

La voix du chaos, leur avait-on dit. Tu parles ! François savait reconnaître celle d'un démon...

Il Maestro sourit.

— Mon bon et ténébreux maître, on dirait que nos ennemis nous ont été servis sur un plateau. Et maintenant...

Il leva la main et, d'un seul mot, alluma une douzaine de torches.

— La Tueuse nous est révélée.

— Mince ! cria Buffy.

Il y avait un trou dans la poche de sa robe, et son quartz avait glissé par terre.

C'était fini.

Derrière la faille, le démon rit aux éclats. Ce bruit donna la nausée à Buffy.

Pour une raison inconnue, la créature ne voulait pas traverser.

En un sens, ça m'arrange, pensa Buffy.

— Super, soupira Oz. Et maintenant ?

La jeune fille soupira.

— On se les fait !

Avec un grognement féroce, Angel se jeta sur les acolytes. Certains commencèrent à incanter ; des halos d'énergies magiques apparurent. Angel s'attaqua d'abord aux magiciens. Il saisit le plus proche par les cheveux, sentant l'énergie crépiter le long de son bras. Serrant l'homme à la gorge, il lui brisa la nuque, puis, d'un revers puissant, cassa le nez d'un autre Fils de l'Entropie.

Quand il se retourna, Il Maestro se tenait devant lui.

— Tu es censé être à Vienne, vampire, dit l'homme en italien.

— L'important, c'est que tu y aies cru, répondit Angel dans la même langue. (Puis il ajouta en anglais :) Où est le garçon ?

Un acolyte saisit les bras d'Angel. Sa prise étant efficace, le vampire dut se concentrer pour se délivrer. Il donna un coup de tête en arrière et le front de son agresseur céda.

Angel saisit le Fils de l'Entropie par le devant de sa robe.

Il envoya l'homme voler à travers la pièce, jusque dans la faille qui brûlait au centre de la cave.

Le démon rit de plus belle.

Angel pivota pour affronter Il Maestro, mais le sorcier était déjà sur lui. Des anneaux d'énergie magique apparurent autour du vampire, se resserrant aussitôt.

Les os d'Angel n'allaient pas tenir longtemps.

Il étudia le visage d'Il Maestro, sondant la cruauté inhumaine de ses yeux bleus.

— Où est le garçon ? demanda-t-il à nouveau.

— Pourquoi penses-tu qu'il est encore en vie ?

— Si ce n'était pas le cas, son père le saurait.

— L'héritier me sera peut-être utile, en effet. Mais ça ne te regarde pas, vampire. Tu vas mourir pour la deuxième fois.

— *Oui*, fit la voix derrière la faille. *Offre-le-moi. Le fameux Angel... L'équilibre personnifié. Le démon et la divinité en un seul être. Le vampire avec une âme. Quelle saveur il aura...*

— Pour le chaos ! cria un acolyte. (Il se jeta sur Angel, dague cérémonielle brandie.) Pour Il Maestro !

— Frère Johann, non ! cria Il Maestro.

Trop tard. Frère Johann frappa, entaillant profondément l'épaule d'Angel. Celui-ci grogna de douleur. Les anneaux magiques palpitèrent. Liés par le sang et le fer, l'acolyte et le vampire ne formaient qu'un seul corps.

Les anneaux qui emprisonnaient Angel s'écartèrent pour enserrer Johann... Et le vampire se libéra.

Avant que le piège ne se referme, il se laissa tomber au sol. Frère Johann hurla de douleur quand les liens magiques réduisirent ses os en poussière.

Angel se releva et plongea sur Il Maestro, saisissant le sorcier par les pans de sa robe, puis par la gorge.

Il resserra sa prise ; les yeux d'Il Maestro s'écarquillèrent.

Une langue de feu noir fusa de la main droite du sorcier, perforant l'abdomen d'Angel avant de ressortir dans son dos.

Le vampire grogna de douleur.

Oz saignait.

Il avait été blessé au flanc gauche... une éraflure, presque rien. Sa lèvre était fendue là où on l'avait frappé.

A part ça, il trouvait qu'il se débrouillait plutôt bien.

Le fait que Buffy soit juste à côté aidait pas mal, aussi.

— Venez ! dit-il, agitant sa torche devant deux acolytes. Bande de tarés !

Les deux hommes reculèrent. Oz continua son manège, mettant le feu à la robe d'un Fils de l'Entropie. Quand le magicien commença à brûler, Oz sauta sur l'autre. Celui-ci l'accueillit par un coup de poing à l'estomac.

Oz se jeta sur lui.

Derrière lui, Buffy cria le nom d'Angel.

Oz se releva, abandonnant l'homme qu'il avait assommé. Buffy courait vers le vampire...

Trois autres acolytes s'approchaient, une lueur verte naissant dans la paume de l'un d'entre eux.

Magies différentes, tourbillons de couleurs... Un peu disco, mais cool ! En d'autres circonstances, j'apprécierais le spectacle.

Oz regarda autour de lui. Un truc qui ressemblait à une lanterne pendait au plafond, accroché par une chaîne. Un encensoir. L'odeur était forte ; le romarin se mêlait à la cannelle et à quelque chose d'autre, pas aussi agréable...

Il commença à courir, les acolytes sur les talons. Agrippant la chaîne, il tira. Le crochet s'arracha du plafond, et l'encensoir tomba au sol avec un bruit de ferraille.

— Meurs, imbécile ! cria un acolyte.

Tenant la chaîne, Oz fit tournoyer l'encensoir, et le métal heurta le crâne de son agresseur. L'encens incandescent s'échappa, brûlant l'homme au visage.

Oz donna un nouvel élan à sa masse d'armes improvisées avant d'avancer vers les deux Fils de l'Entropie qui avaient fait l'erreur de s'approcher.

Il sourit.

— Ça va chauffer !

— Hé ! cria Buffy à l'attention d'Il Maestro. Retourne-toi !

Elle avança, serrant sa torche.

Le sorcier jeta un dernier coup d'œil à Angel avant de faire face à la Tueuse. Bien que blessé, le vampire se redressa pour repousser un nouvel assaillant.

— Enfin, la Tueuse ! exulta Il Maestro.

Il savourait sa victoire. Mieux encore : il la savourait, *elle*. Car cette fille était très belle.

— Allez, mon grand, viens, dit Buffy, ça fait un bail que tu me cherches, non ? Regarde, tu m'as trouvée !

Elle tenta de frapper avec la torche. Il Maestro leva une main flétrie ; un bouclier d'énergie magique le protégea.

La Tueuse grogna.

— Tu es très intelligente, ma petite. Buffy, c'est ça ? Tu es différente des Tueuses que j'ai éliminées par le passé. Et beaucoup plus jolie qu'elles.

La Tueuse ne dit rien. Il Maestro sourit.

— Laisse-moi me présenter. Je m'appelle Giacomo Fulcanelli, et je vais te tuer.

Toujours pas un mot. Il Maestro pensa qu'elle était intimidée, et se sentit déçu. Il la croyait plus forte.

La jeune fille recula de quelques pas.

— Fulcanelli ? Comment es-tu encore en vie ?

— Une nourriture saine dans un corps sain. Ça conserve.

— Désolée de réduire à néant tant d'efforts !

Et elle se lança à l'attaque.

Fulcanelli éclata de rire, sincèrement amusé. Puis il dissipa le bouclier qu'il avait invoqué. Sa main valide s'entoura d'un halo de flammes qui semblaient aspirer la lumière de la pièce.

Les filaments sinistres de la *Brûlure noire* léchèrent la peau de la Tueuse.

Buffy lâcha sa torche et cria.

Il Maestro souriait toujours.

— Hé, petit magicien..., dit une voix derrière lui.

Le sorcier n'eut pas le temps de se retourner. L'encensoir s'abattit sur sa nuque, l'envoyant rouler au sol, inconscient.

La faille se referma. La *Brûlure noire* se dissipa.

La Tueuse trébucha avant de s'écrouler à quelques pas du corps ensanglanté de Giacomo Fulcanelli.

— Ouais ! cria Oz.

Angel s'approcha du jeune homme. Il ne restait que quatre acolytes debout.

— Bien joué. Je crois que tu as sauvé la vie de Buffy.

— Espérons. Allez, les mecs, amenez-vous, on est prêts !

— Tu sais, on va peut-être s'en tirer vivants...

Les portes s'ouvrirent et la cave se remplit de Fils de l'Entropie au regard furieux.

Après une nuit peuplée de cauchemars, Giles s'éveilla à six heures et demie. Mais il resta au lit. Un comportement qui ne lui ressemblait pas. D'habitude, il sautait dans ses pantoufles dès son réveil, descendant prendre une douche et se raser pendant que la bouilloire chauffait.

Pas aujourd'hui. Après les signes sinistres de la veille, il avait du mal à se motiver. Il manqua se rendormir...

Puis ses yeux s'ouvrirent d'un coup. Torturé par la culpabilité, il se redressa et tâtonna sur la table de chevet à la recherche de ses lunettes.

Passant sa robe de chambre, il se leva.

Je suis l'Observateur, bon sang. La motivation est un luxe. Je n'ai pas le choix.

Ses pensées se tournèrent vers Buffy, puis vers Joyce. S'il ne pouvait pas aider la fille, il se consacrerait à la recherche de la mère.

Buffy serait désespérée s'il arrivait malheur à Joyce.

Giles ne le permettrait pas.

Déterminé, il descendit l'escalier qui reliait sa chambre au salon de son duplex.

Dans l'ombre, à côté du bureau, un homme sirotait du thé dans une tasse à fleurs. Une belle tasse.

Giles avait hérité le service de sa grand-mère.

— Bonjour, Observateur, dit l'inconnu.

Il était fin, assez élégant, et portait lui aussi des lunettes.

— Qui êtes-vous ? demanda Giles.

Il chercha une arme dans la pièce. Plusieurs possibilités se présentaient... Parmi elles, posée contre le mur d'en face, la lourde canne qui avait appartenu à son père.

Faisant mine de se rapprocher de son interlocuteur, Giles avança vers la canne.

— Vous pouvez m'appeler frère Claude… Mais si « frère » vous pose problème, Claude conviendra.

— Comment êtes-vous entré ?

— Par magie, répondit l'homme en haussant les épaules. Qu'imaginiez-vous ? Que j'étais un monte-en-l'air ? Allons ! Vous avez vu trop de films.

— Je sais que vous êtes un magicien. Et je connais le monstre que vous servez. Vous êtes entré sans permission…

— Vous nous confondez avec les vampires, railla Claude. Mais venons-en aux faits…

Giles se jeta sur la canne, la brandit et marcha vers l'intrus.

— Où est Joyce Summers ?

— Je suis là pour en parler.

Giles s'arrêta. La canne levée, il écouta l'homme.

— Vous n'êtes pas venu me dire où la trouver, j'imagine.

— D'une certaine façon, si. Nous voulons la Tueuse… Qui veut récupérer sa mère. Une femme courageuse et attirante, soit dit en passant. Que Buffy vienne et l'échange aura lieu.

— Et ensuite, vous la tuerez.

— Bien sûr. On ne va pas faire une *pyjama party*…

Giles soupira. Attaquer son interlocuteur à coups de canne ne servirait à rien. Claude avait des pouvoirs magiques. Mieux valait voir ce qu'il pourrait apprendre en coopérant.

— Très bien, je ferai part de votre proposition à la

Tueuse. Où et quand doit-elle se présenter pour cet... échange ?

— Frère Lupo a parlé d'un... « club » que fréquentait la Tueuse.

— *Le Bronze* ?

— C'est ça. La femme y sera à neuf heures. Que la Tueuse soit là avant neuf heures et demie, ou sa mère mourra.

— Ce soir ?

— Vu sa façon de voyager, elle n'aura aucun problème pour être à l'heure.

Claude se dirigea vers la porte. Il sortit sans que Giles ait osé l'arrêter.

Ils avaient moins de douze heures pour trouver Joyce Summers... ou ramener Buffy.

Décrochant le téléphone, il composa le numéro de Willow. Son esprit tournait à toute vitesse.

Buffy voyageait le long des routes fantômes.

Et les Fils de l'Entropie n'avaient pas la moindre idée de l'endroit où elle était.

Il ferma les yeux.

Tant que la Tueuse était libre et vivante, il y avait de l'espoir.

Buffy était étendue sur le sol de pierres humides de la cellule, inconsciente. Elle ne rêvait pas.

Son esprit n'était qu'un gouffre obscur.

CHAPITRE XVI

— Et merde ! grogna Spike avant de sortir de la cave où il avait passé la journée.

Il n'avait pas été facile de capturer un des abrutis de l'Entropie et de le torturer pour qu'il révèle l'emplacement du quartier général. Quant à convaincre Dru de rester avec le môme pendant qu'il partait en Floride bavarder avec le grand ponte... Spike avait dû donner à sa dulcinée la pierre que l'encapuchonné cachait dans sa poche. Dru s'était assise par terre comme une gosse, à contempler cette saleté comme si c'était le diamant Hope.

Ensuite, il avait fallu que cette saleté de bagnole ait un problème de radiateur. Ça commençait vraiment à bien faire.

Bref, il marchait dans les plaines de la *Bella Italia* quand il avait réalisé qu'il ferait mieux de trouver un abri. Sinon les carottes, et surtout ses fesses, seraient cuites...

Il avait enfin réussi à arriver près de la villa. Mais il ignorait tout des lieux. Il avait à peine eu le temps de faire une reconnaissance sommaire avant de se glisser dans cette cave sordide pour éviter le coup de soleil du siècle.

Spike n'avait rien mangé, ni fermé l'œil. Il était

d'une sacrée mauvaise humeur, ça oui ! Et si les Fils de l'Entropie ne lui donnaient pas cette foutue Lance de Longinus en souriant, des têtes allaient tomber.

Son pardessus flottant derrière lui, il fit un grand détour par un champ de vigne morte. La villa était encore assez loin. Spike s'arrêta pour enlever un caillou de sa chaussure, puis il chercha les gardes. Il n'avait jamais vu une sécurité aussi mal organisée. A part peut-être celle du Juste des Justes, le môme à qui il avait réglé son compte en arrivant à Sunnydale avec Dru. Ces magiciens du dimanche pensaient peut-être que leur stupide son et lumière les protégeait assez…

Il approcha…

… Et vit enfin des capuches.

Ce qui le soulagea.

Quand le fromage est trop facile à atteindre, il faut craindre le piège.

Spike continua de tourner autour de la villa, cherchant un chemin non gardé. Faute d'en trouver, il se débarrassa d'un des types et enfila sa robe.

Vive la taille unique !

Le plus dur fut de ne pas rire en passant devant les gardes. Spike se dirigea ensuite vers une entrée annexe, la porte des toilettes, peut-être. Un crétin encapuchonné lui fit signe d'entrer… Techniquement, c'était tout ce qu'il fallait à un vampire.

Pas étonnant que sa chérie et lui n'aient pas encore obtenu leur lance. Ces pauvres types étaient complètement nuls.

Il traversa le couloir d'un pas décidé.

Il faut que j'aie l'air à l'aise, sinon ils vont me faire rôtir et me bouffer.

Au bout du couloir se dressait un magnifique miroir. Bien sûr, Spike ne s'y refléta pas.

Le type derrière lui, si.

Spike sentit quelque chose de dur se presser contre son dos.

— Ne bouge pas, j'ai un pistolet.

— D'accord, vieux, je ne bouge pas, répondit Spike en riant.

Il se retourna, les yeux brillants. Quelques secondes plus tard, il abandonna le cadavre dans un placard vide.

Et rota en repartant.

J'espère que je ne vais pas avoir des aigreurs. J'aime pas manger italien, c'est trop épicé...

Puis il soupira.

— Allez, on arrête de rire !

Buffy ouvrit les yeux. Devant elle, des fers étaient fixés dans un mur de pierre. Le sol était froid et humide. L'air puait. Elle grimaça en respirant. Ses côtes lui faisaient mal.

— Tu ferais bien de te lever, dit Fulcanelli derrière elle. Je sais que tu es réveillée.

— Sympa, votre résidence. C'est Marilyn Manson qui a fait la déco ?

— Debout, mon enfant. Il te reste peu de temps...

Buffy leva la tête. Fulcanelli, vêtu de robes noires à motifs pourpres, était assis sur une chaise de bois de l'autre côté de sa cellule. Il portait un chapeau pointu comme dans les dessins animés, et ses longs cheveux blancs lui couvraient les épaules. Dans sa main valide, il tenait un gobelet ouvragé.

Fulcanelli but une longue gorgée. Soit c'était très bon, soit il avait aussi soif qu'elle.

Buffy regarda autour d'elle. La pièce vacillait. Sa tête tournait, son estomac était noué, mais elle résista à l'envie de vomir. Fulcanelli et elle étaient dans la cave, à quelques pas de l'autel. A quelques mètres de là, la faille pulsait comme une blessure décomposée. A l'intérieur…

Quelqu'un la regardait. Elle le sentait. Quelque chose qui avait faim d'elle, qui la dévorerait, consumerait son âme et recracherait ses os.

Inquiète, elle se tourna vers son geôlier.

— Avec quoi m'avez-vous frappée ?
— La magie. Et c'est avec elle que je vais te tuer.
— Des promesses, toujours des promesses…

Il sourit. Les yeux du sorcier étaient d'un bleu phénoménal et ses traits incroyablement fins. S'il n'avait pas menti en prétendant être le Fulcanelli des origines, il devait avoir dans les cinq cents ans.

Le double d'Angel.

Angel.

Oz.

— Mes amis ? demanda Buffy.
— Ils n'auront bientôt plus d'importance. Tu seras seule. Un court instant.
— Ils auront toujours de l'importance. Quand vous brûlerez en Enfer et que je serai au Paradis des Tueuses, ils auront encore de l'importance.
— L'Enfer. Puisque tu en parles…
— L'endroit était intéressant à visiter, mais je n'aimerais pas y vivre.

Fulcanelli ricana de nouveau et but une nouvelle gorgée. Buffy n'avait qu'une envie : lui arracher ce gobelet et l'étrangler. Mais elle ne bougea pas, examinant sa prison, estimant la taille du cadenas qui fermait la porte, évaluant ses chances…

Pour déterminer la meilleure marche à suivre.

Dans l'ombre retentit un cliquetis de chaînes accompagné d'un bruit de pas traînants. Une torche à la main, un homme encapuchonné ouvrait la marche d'une procession composée de deux autres acolytes et d'Angel, à moitié nu et enchaîné. Oz suivait, lui aussi, torse nu. Ses mains étaient liées, une chaîne reliait son collier de fer à celui d'Angel.

Buffy s'interdit de crier. Mais sa haine était évidente.

Fulcanelli l'observait sans rien dire.

Le groupe atteignit la porte de la cellule. Fulcanelli eut un geste désinvolte et le cadenas cliqueta et tomba au sol.

La porte s'ouvrit.

La lueur des torches éclaira le visage d'Angel tandis qu'il se tournait vers Buffy. Puis Oz et lui furent poussés en avant. Les acolytes semblaient hésiter à entrer dans la même pièce que Buffy. Elle fut contente de constater que sa réputation était intacte.

Ça pouvait servir.

Oz tomba à genoux. Il ne serait pas parvenu à se relever sans l'aide d'Angel.

— Merci, vieux, murmura-t-il.

— Vieux ? ricana Fulcanelli. Eh non, c'est là le hic ! Il n'est pas vieux. Ni jeune. Ce n'est même pas un homme. Je parierais dix mille ducats sur un pronostic : dans quelques jours, il vous saignerait à blanc pour apaiser sa faim. Mais nous n'avons pas le temps de jouer.

— Et je n'ai pas emmené mes ducats.

Un acolyte s'avança, prêt à frapper Buffy. Un coup d'œil suffit à le faire reculer.

Fulcanelli eut un geste théâtral.

— Le pouvoir de la Tueuse. Vous avez raison de le craindre, frère Andrew.

— Qui écrit vos dialogues ? lança Buffy. Parce que c'est le genre de truc qui ne se fait plus depuis, oh, deux ou trois cents ans…

Fulcanelli claqua des doigts et les lumières s'éteignirent. Une lueur rosâtre naquit sous le visage du sorcier, grandissant jusqu'à éclairer sa bouche. Derrière lui, le cercle de sang commença à vibrer.

— Peu m'importe !
— Ça tombe bien, ajouta Buffy.

Elle s'approcha d'Angel et lui toucha le bras avant de se tourner vers Oz.

Le vampire secoua la tête.

— On ne leur a rien dit.
— Parce qu'ils ne nous ont rien demandé, précisa Oz. La vache, ça schlingue, ici !

Sa peau était bleue et il frissonnait.

— Nous savons déjà tout ce qu'il nous faut savoir, déclara le sorcier.
— Alors tout le monde peut repartir heureux...
— Non, répondit Fulcanelli. Vous ne partez pas ! Nous, nous allons entrer dans un nouveau monde fabuleux...
— Ce n'est pas ce que j'ai entendu dire. On raconte que vous utilisez ces types. Ils pensent que vous allez détruire la barrière entre notre Terre et l'Autre Monde ?
— Dans le mille, chère Tueuse.
— Mais ça n'est qu'une partie du plan, n'est-ce pas ? Vous avez autre chose en tête.

Buffy improvisait. Mais ses paroles eurent l'effet désiré : les acolytes semblaient perturbés et Fulcanelli s'énerva.

— Je vais détruire tes amis sous tes yeux. Ils ont le pouvoir, et j'en ai besoin pour préparer mon rituel. La bulle va enfin s'ouvrir. Et mon maître pourra dévorer ton âme pendant que je t'enverrai en Enfer. Alors le chaos régnera.

— Et vous en serez le roi.

— C'est une tâche ingrate. Lourde est la tête sur laquelle pèse la couronne.

— Oui, je ferai attention en l'accrochant au mur, railla Buffy en serrant les poings.

— Quel tempérament ! Ne sois pas si impétueuse, jeune Tueuse. L'impétuosité a conduit Catherine de Médicis à sa perte.

— Dommage pour elle.

— Oui. Elle a fini ses jours brisée et isolée. J'aurais pu faire d'elle la reine du monde.

Fulcanelli se leva, dévoilant un bras flétri. Puis il renversa son gobelet. Des flammes bleues se déversèrent sur le sol et s'éteignirent.

— Appréciez vos derniers moments ensemble, tous les trois. J'ai quelques préparatifs à faire : un voyage et un rituel à accomplir. Quand je reviendrai, chère Tueuse, nous fouetterons le vampire et le garçon à mort devant tes yeux. Puis nous t'enchaînerons à l'autel pour t'arracher ton âme.

Buffy n'avait rien à répondre. Elle regarda les acolytes quitter les lieux.

Fulcanelli les suivit.

— Bon, dit doucement Buffy. (Elle attendit que la porte soit verrouillée pour continuer.) Il nous faut un plan. D'abord, je vais nous faire sortir, et ensuite on...

Elle hésita et regarda autour d'elle.

— Les mecs, c'est la nuit ou le jour ? Si l'après-midi n'est pas finie, Angel devra rester à l'abri. S'il fait nuit, tout va bien. Donc...

— Le crépuscule est tombé, souffla Oz.

— Ah oui ? Comment le sais-tu ?

Un rugissement lui répondit.

— Buffy ! cria Angel.

A l'endroit où se tenait Oz, un loup-garou hurlait à la mort.

Puis il fonça sur Buffy.

Seule dans sa chambre, Micaela Tomasi regardait avec horreur les préparatifs en cours. Dans un terrain dégagé, au milieu de l'ancienne vigne, les acolytes de son père adoptif disposaient des torches à intervalles réguliers, formant un grand cercle. Il avait fallu huit hommes pour porter l'autel en granit au centre de la figure magique.

Au-dessus de leurs têtes, la pleine lune étincelait. Trente acolytes s'affairaient dans les champs. Un peu plus tôt, Micaela avait entendu des cris et des chants monter des profondeurs. Enfermée dans sa chambre, elle avait dû se couvrir les oreilles et lutter contre les larmes.

Quand les hurlements s'étaient tus, elle avait remercié un Dieu qu'elle avait passé la plus grande partie de sa vie à ignorer.

Micaela cligna des yeux. Sortant de la maison, Fulcanelli venait de faire le tour de l'autel récemment érigé. Il examina l'emplacement des torches.

— Excellent. A présent, qui offrira son sang pour graver les runes ?

Deux acolytes réagirent aussitôt. Micaela en reconnut un. Ils tendirent leurs avant-bras. Les autres utilisèrent le sang frais pour tracer des symboles sur l'autel.

— Le sacrifice de la Tueuse fera tomber la barrière cette nuit, annonça Fulcanelli. A l'aube, vous serez tous rois d'un nouveau monde.

Micaela secoua la tête. Comment pouvait-il y avoir des rois dans un monde sans ordre ? Ça n'avait aucun sens. Pourtant les acolytes obéissaient aux ordres de son père comme des êtres sans cervelle.

Ce qu'ils étaient !

Des coups frappés à la porte la firent sursauter. Quelqu'un venait peut-être la chercher. Du regard, elle fit le tour de la pièce. La chambre était spartiate. Pas même un miroir. Micaela avait dû se débrouiller avec un vieux miroir à main ouvragé.

Il y eut un bruit de clé dans la serrure.

Micaela saisit le miroir et se plaça derrière la porte. Le verrou cliqueta ; le battant s'ouvrit en raclant le sol.

La jeune femme passa les mains sur son arme improvisée. Le haut du miroir était cassé, et le verre coupait comme une lame.

L'acolyte qui entra avait une carrure impressionnante, des cheveux gris et une grosse moustache. Micaela fut soulagée de ne pas le connaître. Les choses auraient été plus difficiles...

— Excusez-moi, mademoiselle, mais Il Maestro a demandé que...

L'homme s'interrompit en voyant la chambre déserte.

Contrairement à de nombreux serviteurs d'Il Maestro, il n'était pas idiot. Il se tourna vers la porte, prêt à se défendre. Trop tard... Micaela frappa avec le bord du miroir, dessinant une arabesque pourpre sur la gorge de l'homme. Le sang éclaboussa le visage et les vêtements de la jeune femme.

Surpris, l'homme leva la main, puis ses yeux se voilèrent et il tomba au sol.

Des larmes maculant son visage, Micaela le regarda mourir. Puis elle se retourna et quitta la chambre.

Sans hésitation, elle s'engagea dans l'escalier qui menait dans l'abominable cave. Si la Tueuse était prisonnière, l'endroit semblait idéal pour la retenir. Dans l'esprit de Micaela, Buffy disparut, remplacée par Rupert Giles. Elle l'avait trahi. Il était loin d'être le seul, mais elle devait commencer à expier ses fautes. Si elle pouvait libérer la Tueuse, elle se rachèterait un peu et elle sauverait le monde...

Des pas et des grognements sortaient de la cellule.

Micaela avisa deux acolytes qui regardaient la porte avec inquiétude.

— Que se passe-t-il, là-dedans ?

Les deux gardes la regardèrent, étonnés. Micaela n'était-elle pas prisonnière dans sa chambre ?

— Signorina Micaela, je ne pense pas...

— Non, c'est vrai, vous ne pensez pas ! J'ai été relâchée pour participer au rituel, et j'ai l'intention qu'il se déroule comme il faut ! Alors, que se passe-t-il ?

Une pause. Micaela pria en silence pour que son mensonge suffise.

— Nous ne sommes pas sûrs, répondit enfin l'autre garde. Il s'agit peut-être d'un bluff.

A l'intérieur, une voix de femme criait.

— Oz, non !

— Ça ressemble à un bluff, selon vous ? Ouvrez la porte, espèce d'idiots ! Si la Tueuse meurt, il ne pourra pas y avoir de sacrifice !

Après une brève hésitation, les deux gardes obéirent. Le battant était fermé par une grande planche.

Les gardes l'enlevèrent et commencèrent à ouvrir. Dès que la porte fut entrebâillée, une énorme masse de fourrure força le passage. La bête — un loup-garou — s'abattit sur un des hommes et commença à le déchiqueter de ses griffes.

Micaela hurla. La Tueuse sortit...

Micaela n'avait jamais vu Buffy Summers, pourtant

elle savait qu'il s'agissait d'elle. La manière dont elle bougeait la trahissait.

— Oz, arrête ! cria la Tueuse.

Le loup-garou l'ignora. Il s'acharnait sur le garde. Micaela se tourna vers la cellule, dont un vampire venait d'émerger. Ça ne pouvait être qu'Angel, la créature dont Giles lui avait parlé pendant qu'il était à l'hôpital.

L'autre garde se releva et prit la fuite.

La Tueuse sauta sur le loup-garou, mais l'énorme animal l'envoya voler contre un mur.

La bête se tourna alors vers Micaela.

La jeune femme leva le miroir. Un morceau de verre ébréché contre un homme-loup…

La créature sauta.

Micaela décrivit un arc de cercle avec son miroir, entaillant le bras gauche du monstre.

La bête hurla de douleur et recula.

— Comment as-tu fait ? demanda Buffy.

Micaela hésita.

— Je ne comprends pas… Si, bien sûr ! s'exclamat-elle après un coup d'œil à son miroir. C'est une antiquité. Le dos est en feuille d'argent.

Ce n'était pas le moment de palabrer. La bête revenait à l'attaque. Buffy lui boxa le museau. Le loup recula… un court instant. Une seconde plus tard, il repartait à l'attaque.

Angel le frappa sur le crâne avec la planche qui servait à fermer la porte.

Une fois… deux fois…

— Angel, non ! cria la Tueuse.

Le vampire frappa à nouveau.

Le loup s'écroula au sol.

Buffy regarda Angel.

— Ça ne va pas ? C'est Oz !

Angel grogna, ses traits vampiriques déformés par la colère.

— Non. C'est un loup-garou qui voulait nous tuer. Sous cette forme, il est incroyablement solide. Quand il se réveillera, il aura la migraine du siècle, c'est tout.

Angel se baissa et hissa la bête sur ses épaules. Buffy le regarda, impressionnée. Elle oubliait souvent à quel point les vampires étaient forts...

Puis elle se tourna vers la jeune femme blonde qui avait frappé Oz avec le miroir brisé.

La jeune fille dont Albert lui avait montré la photo...

— Tu es Micaela ? La Micaela de Giles ? Il avait raison de se méfier.

— Oui. Mais... (Micaela soupira.) Disons que les choses sont complexes. Peut-être pourrai-je vous expliquer quand nous serons sortis. Il compte vous sacrifier sur l'autel, vous savez ?

— Fulcanelli ? demanda Angel en commençant à gravir les marches.

— Oui. Mon père.

Buffy soupira.

— Voilà une histoire que j'ai hâte d'entendre...

En montant l'escalier, Micaela leur fit un rapide résumé de sa vie. Adoptée par un sorcier aux intentions nobles, séduite par une philosophie convaincante...

Quand on aime les sectes, se dit Buffy.

... elle avait infiltré le Conseil des Observateurs pour mesurer ensuite l'énorme erreur qu'elle avait commise.

— Pourquoi es-tu encore vivante ? Il Maestro sait que tu n'es plus de son côté ?

— Peut-être qu'il l'aime ? suggéra Angel.

Les deux femmes regardèrent le vampire. Puis Buffy haussa les épaules.

— Tout est possible, j'imagine… même quand il s'agit de sorciers fous qui veulent détruire le monde.

— Comment va Rupert ? demanda Micaela.

Buffy hésita. Pourtant, l'inquiétude de la jeune femme semblait si sincère.

— Il va bien. Et j'irais beaucoup mieux quand nous aurons fait sortir Jacques Régnier d'ici.

Micaela se raidit. Buffy se tourna vers elle.

— Le garçon n'est pas ici, annonça la fille d'Il Maestro.

— Quoi ? fit Angel.

— Mais…, protesta Buffy. Les Fils de l'Entropie l'ont enlevé. Où le gardent-ils ?

— J'ai appris beaucoup de choses depuis que je suis prisonnière. Vous vous trompez. Mon père… je veux dire, Il Maestro utilise souvent des créatures des ténèbres pour le sale boulot. Cette fois, il a passé un marché avec deux vampires. Ceux-ci ont enlevé l'enfant à son école, en Angleterre. En échange, mon père devait leur remettre un artefact appelé la Lance de Longinus.

— Mais la Lance n'est pas ici, dit Buffy.

L'arme était à Boston, dans la Maison du Portail. Mais elle ne faisait pas assez confiance à Micaela pour lui donner une telle information.

— Oui… et voilà pourquoi l'enfant n'est pas encore entre nos mains. Il Maestro dit qu'il va devoir utiliser la force pour le ravir à ce vampire… Mon Dieu, comment s'appelle-t-il déjà ?

Buffy l'interrompit. Le nom du vampire, quelle importance ? Le garçon n'était pas dans la villa. Ils n'avaient donc plus rien à y faire.

— Comment sort-on d'ici ?

Micaela réfléchit.

— Ils se préparaient à vous sacrifier dans la vieille vigne. Passons par-devant.

— Le loup commence à être lourd, soupira Angel. Si quelqu'un s'interpose, ça va faire mal.

— On y va ! conclut Buffy.

Ils se dirigèrent vers l'avant de la villa. Personne ne tenta de les arrêter. Les acolytes devaient être avec Fulcanelli, ou en train de monter la garde dehors.

La porte d'entrée était fermée. Un bruit de lutte résonnait de l'autre côté.

— Oh bon sang, qu'est-ce qu'il y a encore ? gémit Buffy.

— Ça y est ! Je me souviens du nom du vampire, dit Micaela. (Angel tendit la main pour ouvrir la porte.) Spike.

Buffy regarda Micaela, abasourdie.

Angel faillit lâcher Oz et recula.

A l'extérieur, un homme hurla de douleur.

Les corps de deux acolytes firent voler la porte en éclats. Dans l'encadrement dégagé, Buffy vit trois Fils de l'Entropie se jeter sur Spike. Ses cheveux avaient un peu poussé. A part ça, le vampire n'avait pas changé.

— Ecoutez, les mecs, je suis venu chercher la lance et je vais l'avoir, dit-il.

Il brisa la nuque d'un nouvel acolyte. Buffy sourit.

Ouais. C'est ce bon vieux Spike !

— C'est pas vrai, grogna Angel.

Spike leva les yeux, surpris, et éclata de rire en écrasant le visage d'un autre acolyte sous son talon.

— Alors ça... Si c'est pas adorable ! Comme au bon vieux temps. N'allez pas croire que vous voir ne me fait pas plaisir ! Mais puis-je savoir ce qui vous amène ? Ne me dites pas que vous cherchez aussi la Lance ?

Derrière eux, dans la maison, des cris s'élevèrent.

— La Tueuse ! La Tueuse s'est échappée !
Pas bon, ça.
— On va avoir de la compagnie sous peu, annonça Buffy. (Elle regarda Micaela.) Combien sont-ils ?
— Une trentaine… au moins.
— Combien de magiciens ? demanda Angel.
— Je ne sais pas. Je n'en connais pas la moitié. Les plus doués ont déjà été envoyés en mission aux Etats-Unis ou dans les environs.

Buffy secoua la tête.
— Je crains qu'il n'en reste quelques-uns qui connaissent la musique.

Spike fit un pas vers la porte et s'éclaircit la gorge.
— Je suis là, les petits ! Alors ? Quel est le problème ?
— La Lance n'est pas ici, expliqua Buffy. Nous ne sommes pas venus pour ça, mais pour Jacques Régnier.
— Ah ? (Spike haussa un sourcil.) Très bien ! Je vous fais la même proposition qu'à l'autre clown. Trouvez-moi la Lance, et je…

Buffy décocha un coup de pied dans la poitrine de Spike, qui recula, dégageant le passage.
— Il faut partir. Tout de suite.

Le petit groupe sortit dans le jardin. Pas de véhicule en vue. Au loin, un petit chemin de terre serpentait vers la ville.
— Tu sais ce qu'il nous reste à faire, dit Angel.

Buffy soupira.
— Les routes fantômes.
— *Les voilà !* (Un acolyte venait de sortir de la maison, une torche à la main.) Et elle ? ajouta Buffy en regardant Micaela. Seules les personnes sensibles au surnaturel peuvent emprunter les routes fantômes.

— Je me débrouille ! dit la jeune femme. Je pense même trouver l'entrée qu'il vous faut...

Spike sauta à la gorge de Buffy et commença à l'étouffer.

— Maintenant tu m'écoutes, petite cruche ! On a dû s'entraider dans le passé... Ça ne va pas m'empêcher de t'arracher le cœur !

Buffy se dégagea de la prise du vampire.

— Ouvre-la, demanda-t-elle à Micaela.

Les acolytes prenaient lentement position autour d'eux.

— Qu'est-ce qu'ils attendent ? souffla Angel.

— Il Maestro, répondit Micaela en commençant un sort.

Buffy fixa Spike.

— Oublie ça, mec ! Tu n'auras pas la Lance. Fulcanelli ne l'a jamais eue. Mais si on ne récupère pas le garçon très bientôt, ce sera l'Enfer sur Terre. Tu te rappelles pourquoi tu m'as aidée à Sunnydale ? Pour éviter ce genre d'horreur. Et tu sais qui sera le seul être humain à survivre ? Le type qui t'a arnaqué.

Spike la dévisagea. Un acolyte le frappa avec une torche, mais il la lui arracha et rendit le coup. L'homme vola sur quelques mètres.

Le vampire lança la torche vers une fenêtre. Elle atterrit avec un bruit de verre brisé. A l'intérieur de la villa, les rideaux s'enflammèrent aussitôt.

— *But !* dit Spike d'un air satisfait. (Puis il reprit la conversation.) Je veux la lance. Pour Dru.

— Tu ne peux pas l'avoir. Mais si tu ne retournes pas près du garçon, tu ne reverras jamais Drusilla. Fulcanelli a envoyé des gros bras pour récupérer l'enfant. Ils vont la faire griller...

— Je n'ai aucun moyen de retourner là-bas assez vite…

— Reste avec nous, proposa Buffy.

— Tueuse ! cria Fulcanelli.

Buffy se tourna vers la villa. Le salon brûlait.

Fulcanelli s'approcha, ignorant les flammes qui léchaient les murs.

— Dépêche-toi ! dit Buffy à Micaela.

— Comment as-tu appris à faire ça ? demanda Angel.

Micaela se concentra.

— Je connais deux ou trois trucs…

— Bon Dieu ! fit Spike en voyant une faille s'ouvrir.

Buffy regarda, fascinée. Il s'agissait plus d'une déchirure que d'un cercle flottant dans les airs. On aurait dit une porte invisible.

— Micaela ? cria Il Maestro en voyant sa fille à côté de la Tueuse.

Buffy sourit, résistant à l'envie de lui tirer la langue.

— Non ! cria le magicien en sortant de la maison. Arrêtez-les !

Des flammes noires commencèrent à courir le long de sa main gauche.

Les acolytes se lancèrent en avant. Buffy se retourna, vit la faille ouverte, et y poussa Angel et le loup-garou inconscient.

— Attention !

Buffy pivota et expédia son pied dans le visage d'un acolyte. Elle jeta un coup d'œil dans la faille.

Il y avait des monstres, sur les routes fantômes. Comme quand Angel les avait traversées la dernière fois. Des visages boursouflés ou brûlés, des créatures sans substance qui hurlaient et attaquaient les visiteurs.

C'est de la folie. On va au suicide.

Mais il n'y avait pas d'autre solution. C'était la seule façon de retrouver Jacques Régnier.

— Tenez, les amis !

Buffy se retourna pour voir Spike jeter le corps d'un acolyte mort à l'intérieur de la faille. Les monstres se désintéressèrent d'Angel pour se ruer sur leur pitance comme une meute de chiens.

— Allez !

Spike et Micaela suivirent Angel sur la route.

— Je te maudis, Tueuse, pour avoir enlevé ma fille ! cria le sorcier.

Buffy brisa le bras d'un acolyte qui cherchait à la retenir, lui arracha sa torche et frappa un homme au visage.

… Mais Fulcanelli se tenait devant elle.

Les flammes noires couvraient tout son bras. Derrière lui, la villa en feu s'effondrait.

— Meurs ! dit Fulcanelli en tendant l'index.

Une énergie noire et huileuse se darda vers Buffy et la percuta.

Elle bascula dans la faille.

Micaela referma la brèche derrière elle.

CHAPITRE XVII

A Sunnydale, le crépuscule avait dévoré les couleurs du jour pour ne laisser que des nuances de gris. On éprouvait comme une impression d'attente. Un souffle retenu avant le plongeon. Dans le zoo, les panthères et les léopards feulaient en arpentant leurs cages. Les balançoires des squares oscillaient lentement. Au loin, un hibou ululait.

Sous leurs pierres tombales, les morts attendaient les ténèbres.

Pour la plupart des habitants de la ville, c'était une nuit comme les autres...

Pour Joyce Summers, le début de la fin du monde.

— Souvenez-vous, madame Summers, dit frère Claude. Un seul bruit, et vous êtes morte.

Il était assis à côté d'elle sur le canapé, sous la chiche lueur d'une ampoule nue.

Joyce acquiesça mollement. Elle était entourée de silhouettes encapuchonnées. Le groupe qui jouait au-dessus de leur tête faisait vibrer les murs tant la sono était forte. Mais les battements de son cœur couvraient le bruit. Elle n'aurait jamais cru qu'il soit possible d'avoir aussi peur.

Pourtant, elle pouvait encore hocher la tête.

Et son cœur continuait de battre...

Depuis que Buffy lui avait appris la vérité, Joyce avait souvent connu la peur. Assise sur le lit de sa fille, serrant contre elle un oreiller ou l'un des vêtements de Buffy, elle était restée de longues heures à fixer l'obscurité. Sans un bruit, elle demeurait là, caressant une peluche, le front baigné de sueur, attendant que son enfant rentre saine et sauve.

Elle avait presque tracé des sillons dans le sol de sa cuisine à force de faire les cent pas, ne sachant qui appeler. Il ne servait à rien d'avertir la police quand Buffy était en retard. Et Giles lui était d'un secours relatif. Lui aussi ignorait si Buffy reviendrait vivante ou non.

Le rôle d'une mère était de protéger son enfant, mais dans le cas des Summers, les rôles s'inversaient. C'était Buffy l'Elue. Buffy qui s'interposait entre les innocents et les forces des ténèbres.

Joyce priait, implorant les dieux que Buffy reste à l'écart du club ce soir.

Elle tremblait de tous ses membres quand les acolytes s'écartèrent pour laisser passer frère Lupo. Elle ne voulait pas mourir et se retenait de crier au prix d'un suprême effort. Mais elle redoutait encore plus la mort de Buffy. Si sa fille périssait dans le piège dont elle était l'appât, Joyce n'aurait plus aucune raison de vivre.

Sans s'en rendre compte, elle gémit.

— Taisez-vous ! cria quelqu'un.

Elle ferma les yeux.

— Bon, d'accord, où ils sont ? demanda Cordélia à Alex en criant pour couvrir le nouveau morceau trash de *You Killed My Brother*.

— A l'intérieur, j'imagine, répondit Alex. Ils ont dû se faufiler par magie. Mais comment font-ils ? Je déteste les sorciers...

Willow, Cordélia, Giles et lui étaient arrivés des heures avant la tombée de la nuit, attendant la venue des Fils de l'Entropie. Giles et Alex avaient élaboré une stratégie leur permettant de surveiller les allées et venues des clients du *Bronze*. D'après Alex, « stratégie » était un bien grand mot. Ils avaient simplement bouclé le périmètre.

Mais ils s'étaient fait avoir et Alex était vexé. Avec quelques alliés de plus, ils auraient pu se débarrasser des Fils de l'Entropie et délivrer Joyce tout seuls, comme des grands. S'ils s'y étaient connus un poil en magie... Hélas, elle n'était pas au programme de la formation militaire de base qu'il avait bien involontairement reçue quelques Halloweens plus tôt.

Ils n'étaient pourtant pas complètement dépourvus. Willow, partie en patrouille avec Giles de l'autre côté du bâtiment, avait fourni à tout le monde des petits talismans protecteurs. Giles avait murmuré quelques mots latins. C'était censé suffire pour camoufler leur petit groupe aux yeux des ravisseurs.

Mais ça ne les rendait pas invisibles...

Avant la mission, Giles avait essayé de joindre le Gardien du Portail pour obtenir des conseils... Sans succès. Mauvais signe. Ils n'auraient pas dû écouter le vieil homme. Quelqu'un aurait pu rester là-bas pour l'aider...

Tandis que la file d'attente s'allongeait, Alex et Cordélia s'accroupirent derrière une rangée de poubelles. Alex les avait placées lui-même en face de l'entrée. Les Fils de l'Entropie ne se rendraient pas compte que ce n'était pas leur emplacement habituel. Il espérait qu'ils ne penseraient pas à regarder derrière. Il avait aussi prévu un second poste d'observation, à côté du *Bronze*, au cas où.

— Penses-tu qu'il y a une route fantôme dans le *Bronze* ? demanda Cordélia. Est-ce comme ça qu'ils sont entrés sans qu'on les voie ?

— Qui sait ? Ils sont peut-être arrivés depuis longtemps. Peut-être avant que frère Claude ne passe prendre le thé chez Giles. Ils savent gérer l'élément de surprise. Pas nous…

Ils restèrent un instant sans rien dire.

Cordélia avait un nouveau parfum. Alex le trouvait délicieux, et il couvrait l'odeur des poubelles. Fermant les yeux, il se replongea dans des souvenirs…

— Tu es nerveuse ? demanda Alex en regardant Cordélia. Tu retiens ta respiration.

— Il faudrait être idiot pour ne pas l'être. Tu imagines sauver ta mère d'une bande de fanatiques religieux ?

— Non. D'une bande de folles du Tupperware, peut-être…

— Nos vies sont trop bizarres.

— Ouais. Mais au moins, nous ne nous ennuyons pas.

— Vive l'ennui !

— Je donnerais n'importe quoi pour avoir un Uzi entre les mains.

— Les mecs veulent toujours tirer sur tout ce qui bouge.

— Pas seulement…

— Et faire… hum… *la chose*.

— Pas mal vu, fit Alex avec un clin d'œil. Et en quoi est-ce gênant ?

— Oh ! Alex, fit Cordélia d'une voix qui rappela au jeune homme une de ses vieilles tantes. Il y a tellement mieux à faire dans la vie.

— Dans ton cas, acheter des chaussures…

Un bruit les fit taire.

Alex risqua un coup d'œil. Dans le réduit près de l'entrée, un type était apparu, d'autant plus facile à remarquer qu'il essayait de rester discret. Il portait un sweat à capuche et cherchait quelque chose. Pas une fille... A moins qu'il ne lui ait donné rendez-vous près des poubelles.

Il avança et regarda autour de lui. La capuche dissimulait son visage.

S'il jetait un coup d'œil par-dessus les poubelles, ils étaient foutus.

Il approchait. Alex aperçut un visage couturé de cicatrices.

— Ce type n'est pas du coin, souffla-t-il.

— Comme tu dis.

L'homme en sweat-shirt était à mi-chemin de leur cachette.

— On dirait qu'il va falloir faire quelque chose..., souffla Cordélia.

— On dirait bien. A mon avis, les trucs classiques ne fonctionneront pas. Si tu vas lui demander du feu, il te cramera sur place pour t'apprendre à vivre.

— Pas question que j'essaie.

— Bon... On va trouver autre chose.

Alex saisit une bouteille de bière vide, puis la montra à Cordélia. Il n'aurait qu'une chance. S'il ratait son coup, ils allaient au-devant de gros ennuis.

Alex attendit un peu. Le type allait peut-être s'arrêter. Un de ses compagnons pouvait l'appeler. Ou son chirurgien esthétique, par exemple, ça ne lui ferait pas de mal. Et il retournerait au *Bronze* pour prendre un cappuccino et parler d'anesthésie.

Le type tourna à droite et s'éloigna en sifflotant une musique de film.

Alex reposa sa bouteille et regarda Cordélia.

— Tu penses qu'ils ont un champ de protection ?

— Bonne question. Dans ce cas, pourquoi sommes-nous là ?

— Une Tueusette ne pose jamais cette question, Cordélia. Nous avons déjà tous prouvé que nous sommes des membres efficaces de cette équipe. Sauf toi.

— Hé ! Oh, flûte, en voilà un autre...

Cette fois, la capuche du sweat-shirt était baissée. Le type, grand et sinistre, ne sifflait pas, et regardait droit devant lui. Après avoir fumé une cigarette, il jeta son allumette dans la poubelle.

Et rencontra le regard d'Alex.

— Hé ! lâcha l'acolyte, surpris.

Alex sortit de sa cachette, saisit l'homme par ses vêtements et lui brisa la bouteille sur le crâne.

L'acolyte s'effondra la tête la première sur les ordures.

Personne n'avait rien remarqué.

— Ça doit faire vachement mal.

— Tant mieux, répondit Cordélia. Allez, il faut qu'on le cache.

Elle fit le tour des poubelles et saisit l'homme inconscient par la taille.

— Comment ils se débrouillent, dans les films ? Ah oui, on le soulève et on fait comme s'il était soûl.

Alex obéit. Ils retournèrent en haletant de l'autre côté des poubelles.

— Au moins, maintenant, on sait qu'il est beaucoup plus dur qu'on pense de porter un type inconscient de cent kilos.

— Et encore, si tu étais dessous..., commença Cordélia. Non, oublie ça !

Alex lui fit un grand sourire, mais elle ne le regardait pas.

— Je ne pèse pas cent kilos !
— Je sais.

Ils posèrent l'homme par terre et se penchèrent sur lui.

— On lui enlève son sweat-shirt. Ça pourra servir, plus tard.

Il était également difficile de déshabiller un homme inconscient. Cordélia et Alex regardèrent la tenue de leur prisonnier avec amusement. Une paire de jeans, un T-shirt Savage Garden…

— On croit toujours qu'ils vont avoir un pentacle tatoué sur la poitrine. Et on tombe sur des gens normaux tout droits sortis de *Jeune et Jolie*.
— Ouais.
— Je suis sûr qu'ils sont plus élégants pour les sacrifices rituels. Smoking…
— Au moins, acquiesça Cordélia.

Elle commença à plier le sweat-shirt… puis eut un hoquet de surprise en regardant sa main. Elle était pleine de sang. Levant le T-shirt à la lumière du *Bronze*, elle vit des taches sombres sur le haut du dos du type, juste sous la capuche.

Alex fit rouler le corps. Le T-shirt était également taché. Du pouce et de l'index, il souleva le tissu.

— Beurk, fit Cordélia.

Sur le dos de l'homme s'étalait un pentacle.

— Ces pratiques violentes doivent cesser. Elles compliquent énormément le recrutement.
— Ce qui est plutôt bien. Que le recrutement soit compliqué, je veux dire…
— Salut, lança une voix derrière eux.

Alex se retourna, le poing serré.

— Hé ! fit Willow. Ça n'est que moi. Le crépuscule est tombé.

— Et ils sont à l'intérieur.

— Oui… (Elle vit le type étendu par terre.) Ouah. C'est quoi ?

— Quelqu'un s'est fait un *Pictionnary* avec un cure-dents.

— Alex l'a assommé, annonça Cordélia. Avec une bouteille de bière.

Willow parut à la fois impressionnée et inquiète.

— Quelqu'un vous a vus ?

— Non.

— Ils vont peut-être se demander où il est. Et venir le chercher.

— Ils ont dû l'envoyer dehors pour qu'il fume tranquille, expliqua Alex. La discipline est très stricte, de nos jours.

— Mais Willow n'a pas tort, fit Cordélia. Ils vont s'inquiéter.

— Je n'avais pas le choix, soupira le jeune homme.

Il regarda derrière Willow. Giles les avait rejoints.

Alex apprécia moyennement de s'être laissé surprendre par deux personnes en moins de dix secondes.

— Oui, ils vont réaliser qu'il manque quelqu'un…, commença le bibliothécaire avant de s'interrompre en regardant la blessure. Mon Dieu, il saigne ! Un rituel pour renforcer leur magie ?

— Ou un sort de préparation pour la mort de la mère de Buffy, répondit Cordélia. (Elle sentit le regard de ses amis posé sur elle.) Quoi ? Personne n'y avait pensé, peut-être ?

— En fait, non, répondit Willow.

— Oh, fit Cordélia, l'air contrit.

— Je me demande si on ne devrait pas annuler le plan B, soupira Giles.

— Je n'ai pas envie de passer au plan B, admit Cordélia en s'essuyant les mains. Le plan B n'est pas mon préféré.

Alex était d'accord, surtout après avoir assommé l'Homme Illustré. Le plan B était l'infiltration du *Bronze*, pour trouver où Joyce Summers était gardée. A la cave, ou au grenier ?

Le colonel Moutarde, avec la corde, dans le bureau ?

Ils n'avaient pas droit à l'erreur...

La nuit tombait. Les lunettes de Giles reflétaient la lumière de la lune. Quelque chose travaillait Alex, mais il n'aurait pas su dire quoi.

Il fut distrait par un bruit de pas.

— Frère Tibor ?

Tout le monde sauta derrière les poubelles. Alex sentit la peur le gagner ; il regarda Giles pour savoir s'il réfléchissait à un plan C.

— Frère Tibor ?

Alex risqua un coup d'œil, et vit l'homme qui se détachait sur la lumière du *Bronze*.

— Sweat à capuche, murmura-t-il. Il part. A gauche.

— Nous n'avons plus le temps, dit Giles. Il va prévenir ses compagnons.

— Ils vont peut-être penser que c'est la manière dont Buffy s'annonce...

— On ne peut pas parier dessus. Fonçons !

— Quoi ? protesta Cordélia. Après être restés cachés si longtemps, on va simplement... entrer ? Sans précaution ?

— Oui, fit Giles. Ils ne s'attendent pas à ce qu'on les attaque. A quatre, contre tous... Ils doivent nous croire assez inoffensifs.

— Ah, ah, on les a bien eus…, fit Alex, sinistre.

— Donc, nous attaquons. J'ai vu une fenêtre à la cave qui paraît facile à briser. Je suggère que nous nous séparions. Deux à la fenêtre… Les deux autres entrent par la porte. Ainsi…

Une boule de feu s'écrasa à quelques centimètres de Willow. Elle hurla et leva les yeux.

Sur le toit du *Bronze*, un homme encapuchonné se découpait au clair de lune. Il fit un geste de la main, et une nouvelle boule de feu désintégra deux poubelles.

Les clients du *Bronze* qui traînaient près de l'entrée se dispersèrent en criant. Quelqu'un hurla :

— Un câble électrique est coupé !

Et ce fut le chaos.

— A l'attaque ! ordonna Giles.

Il prit Willow par la main et se précipita vers l'entrée du *Bronze*.

— Ils nous ont laissé la fenêtre, conclut Alex.

Cordélia gémit.

— Oh, mon Dieu, ce n'est pas possible…

Alex ramassa une grosse pierre. En courant, il passa à Cordélia une brique plus petite.

Ils lancèrent leur projectile et la vitre explosa.

Une grande inspiration.

— On y va.

Un visage apparut entre les éclats de verre. Alex y alla d'un coup de pied et l'homme recula en criant.

Un dernier regard à Cordélia…

Alex plongea par la fenêtre.

Le *Bronze* était en feu. La fumée faisait tousser Willow. Giles et elle luttaient contre la foule qui sortait du club. Un type en sweat-shirt courait en criant :

— Un câble électrique est coupé dehors ! Attention !

Il s'approcha de Claire Bellamy, la gérante, qui avait un portable à l'oreille et un extincteur à la main. Après un hochement de tête, elle recommença à crier dans le téléphone. Puis elle fit signe au type de prendre l'extincteur.

Les clients se battaient pour être les premiers à sortir.

Mais personne ne montait de la cave.

Et malgré la fumée, Willow ne voyait pas la moindre flamme...

Elle désigna la cave.

Giles acquiesça.

— C'est ce que je pensais.

Ils se frayèrent un chemin parmi la foule terrorisée. Quelqu'un frappa Willow au visage.

Elle vacilla.

— Ça va, ça va, fit-elle à Giles.

Le bibliothécaire lui reprit la main et ouvrit le chemin, lui servant de bouclier.

La lèvre et la pommette droite de Willow la lançaient.

Puis ce fut au tour de Giles de chanceler. Willow reprit la tête, poussant les gens devant elle. Une nouvelle vague de fuyards menaça de les faire reculer.

— Chaud devant ! cria Willow en distribuant les coups de coude.

Ils arrivèrent enfin à la porte.

La jeune fille posa la main sur le bouton et tourna.

— C'est fermé, annonça-t-elle.

Le voyage sur les routes fantômes ressemblait à un cauchemar.

Les monstres avaient d'abord été distraits par le

cadavre de l'acolyte. Spike et Buffy s'occupèrent ensuite de les tenir à distance, pendant qu'Angel faisait de son mieux pour protéger Oz.

Micaela annonça qu'elle avait appris quelques sorts dans son enfance. Douée pour communiquer avec les morts, elle avait aidé Albert à traverser les routes fantômes pour les prévenir dans les catacombes... A présent, elle les aidait en parlant aux morts, leur expliquant leurs problèmes dans des termes qu'ils pouvaient comprendre. Au bout d'un moment, les fantômes les aidèrent, retenant les monstres pour leur dégager le chemin.

— C'est incroyable, lui dit Buffy.

— Non, répondit Micaela, c'est horrible ! Ils détestent cet endroit. Nul ne sait où les routes fantômes les mènent. Voilà pourquoi tant de morts n'arrivent jamais à leur destination finale. Ils ont peur de découvrir ce qui les attend.

Spike poussa un monstre vers Buffy, qui lui brisa la nuque.

Le voyage se poursuivit jusqu'à ce que Micaela leur fasse signe.

— Ça y est, on est arrivés.

— Comment tu le sais ? demanda Spike. Je ne t'ai pas dit où on allait !

— Les fantômes le savent. Et je sens l'enfant. Le fils du Gardien du Portail. Il est ici.

Une autre porte s'ouvrit ; le clair de lune éclaira la route. Le bruit de l'océan parvint jusqu'à eux.

Buffy fut la dernière à sortir.

Avant d'être de retour parmi les vivants, elle entendit Spike crier.

La maison était assiégée par les hommes de main de Fulcanelli.

Ce fut un massacre.

Avec Buffy, Angel et Spike à l'extérieur, et Drusilla (très énervée) à l'intérieur, les Fils de l'Entropie n'avaient pas une chance.

Quand Alex atterrit dans la cave du *Bronze*, frère Lupo comprit que la Tueuse ne viendrait pas.

Les choses ne se passaient pas comme prévu.

— Au nom du chaos ! Tuez cet imbécile !

Plusieurs acolytes s'approchèrent de l'adolescent. Mais il se défendit mieux que Lupo ne l'aurait cru.

— Alex ! cria Joyce. Mon Dieu, non ! (Elle se tourna vers Lupo.) Il peut vous être utile. C'est un des meilleurs amis de Buffy. Ne le tuez pas !

Lupo la frappa. Une de ses articulations craqua sous la violence du coup. Le frère jura. C'était le prix à payer quand on utilisait la violence physique. Mais le choc de l'os contre l'os avait quelque chose de si satisfaisant…

La femme tomba au sol et le regarda d'un air furieux.

Elle porta la main à sa joue.

— Ma fille vous tuera pour ça. A moins que j'aie une chance de le faire avant elle.

Lupo lui sourit. Puis il se retourna. Penchée à la fenêtre, Cordélia criait aux Fils de l'Entropie de laisser son ami tranquille.

Deux ! Il en arriverait sûrement d'autres… Au moins l'Observateur et la petite sorcière. Ils étaient sans doute déjà à l'étage.

Mais sans la Tueuse, les Fils de l'Entropie n'avaient rien à gagner dans cette bataille.

— Toi ! lança Lupo à un acolyte. Attrape la prisonnière et viens avec moi !

La brute fit une clé au bras de Joyce pour la forcer à

se lever. Les quatre acolytes quittèrent la cave, laissant les autres se débrouiller avec les adolescents.

Avec quatre Fils de l'Entropie contre lui, le garçon n'avait pas une chance. La fille non plus, si elle continuait de crier comme ça.

Le *Bronze* n'était pas en flammes. Ce n'était que de la fumée. Giles ignorait s'il s'agissait de magie ou de technologie, en tout cas, il s'agissait bien d'une illusion.

Qui avait fonctionné.

Sauf sur Willow et lui, bien sûr.

Giles recula et flanqua un nouveau coup de pied dans la porte.

— J'entends des cris, répéta Willow.

Pour la troisième fois.

— Je sais ! répliqua Giles. Je fais de mon mieux.

Il prit de l'élan, décidé à s'aider de l'épaule pour défoncer la porte.

— Si seulement Buffy était là…

— Non ! C'est exactement ce qu'ils veulent !

Giles courut vers la porte. Un instant avant qu'il ne l'atteigne, elle s'ouvrit. Surpris, l'Anglais évita de justesse le petit homme chauve qui sortait.

— Giles !

Levant les yeux, le bibliothécaire vit Joyce Summers, toujours entraînée par l'acolyte.

Sans réfléchir, Giles attaqua. L'acolyte se contenta d'esquiver et de lui envoyer son pied dans l'estomac. Giles n'eut pas le temps de se préparer. Il fut projeté en arrière et percuta plusieurs chaises dans sa chute.

Se mettant à quatre pattes, il commença à vomir.

La vision brouillée par la douleur et la nausée, il vit frère Lupo se tourner vers Willow.

— Ecarte-toi, petite ensorceleuse !

— Pas question, répondit la jeune fille en tendant la main vers une chaise en aluminium.

— Willow, fais ce qu'il te dit, lui demanda Joyce Summers.

— Oui, fit frère Lupo. Ecoutez la mère de Buffy, mademoiselle Rosenberg. Elle est de bon conseil. Mais elle sera morte si sa fille n'apparaît pas bientôt à Sunnydale pour la libérer.

Willow souleva la chaise et se prépara à attaquer.

— Willow, écoute-moi ! cria Joyce. Tu ne peux pas aider Buffy si tu es morte.

— Elle a raison ! approuva Lupo.

Il leva la main. Une flèche d'énergie bleue percuta la chaise de métal. Willow fut secouée comme si elle avait été électrocutée.

Elle fit un vol plané et s'écrasa contre le comptoir du club.

— Oh, mon Dieu, non, murmura Joyce.

Lupo quitta *le Bronze*. Dans quelques instants, ses serviteurs le rejoindraient. Mais il ne s'inquiétait pas pour ses hommes. Il ne pensait qu'à une chose : la réaction d'Il Maestro quand il apprendrait qu'il n'avait pas capturé la Tueuse.

Frère Lupo avait peur.

Cordélia se faufila dans la cave du *Bronze*, une chaîne en métal dans les mains. C'est tout ce qu'elle avait pu trouver dans l'allée qui ressemblât à une arme.

— Salut, chérie, lâcha un acolyte d'un ton traînant.

— Ça va pas, non ?

Elle fit décrire de brefs moulinets à la chaîne, qui percuta le visage de l'homme. La mâchoire du Fils de l'Entropie se brisa net.

Les autres levèrent les yeux du corps d'Alex. Le type

à la mâchoire brisée la regarda et commença à marmonner dans une langue bizarre.

— Alex ! cria Cordélia. La cavalerie a besoin de la cavalerie !

Avec un effort prodigieux, Alex rejeta l'un des acolytes et se releva. Son visage saignait ; ses vêtements étaient en lambeaux, et il était très énervé.

— Allez !

Les acolytes se tournèrent vers lui et éclatèrent de rire. Puis ils se jetèrent sur Cordélia. Elle leur donna de nouveaux coups de chaîne, tentant de les maintenir à distance.

Alex sauta sur le dos de l'acolyte le plus proche et entreprit de l'étrangler. L'homme se débattit pour le déloger.

Ejecté, Alex atterrit lourdement aux pieds de Cordélia. Les trois hommes qui restaient se lancèrent à l'attaque. Le quatrième, Mâchoire Brisée, se tenait à distance.

— Donne-moi ça ! fit Alex, se relevant et arrachant la chaîne des mains de son amie.

Les coups firent reculer leurs agresseurs...

Un bref instant.

Le plus proche se jeta sur Alex. La chaîne s'envola et s'enroula autour de son cou, mais les deux autres en profitèrent pour approcher. Ils étaient rapides.

Alex tira sur la chaîne pour la dégager, le métal rouillé arrachant la peau et quelques veines de son adversaire.

— Venez !

L'homme à la mâchoire brisée sortit un pistolet de sa poche.

— Ah. Euh, les mecs, vous êtes censés avoir des épées et des couteaux, non ? Des trucs magiques ?

L'acolyte tira.

Cordélia hurlait.

Les quatre acolytes grimpèrent les marches en courant et disparurent.

Elle s'accroupit près d'Alex, pleurant à grosses larmes, et chercha un mouchoir propre pour essayer de panser la blessure.

Une mare de sang se formait sous le corps immobile du jeune homme. Ses yeux étaient vitreux.

Cordélia s'arrêta de crier quand Giles et Willow entrèrent dans la cave, tous deux en assez mauvais état.

— Ils… Ils lui ont tiré dessus, dit Cordy d'une voix qu'elle ne se connaissait pas.

Giles s'agenouilla et examina la blessure.

— Il y a trop de sang, dit-il enfin.

Cordélia le regarda.

Mais Willow parla la première.

— C'est-à-dire ?

Giles regarda les deux jeunes filles.

— Alex va mourir.

CHAPITRE XVIII

Les combats s'étaient calmés.

Pour Jean-Marc Régnier, chaque minute de repos était précieuse. Il se traîna jusqu'au Chaudron et s'y plongea. De nombreuses heures d'immersion lui apporteraient fort peu de soulagement. Si les Fils de l'Entropie lançaient un nouvel assaut, il ignorait ce qui se produirait.

La pire douleur n'était pas physique. Son corps était si vieux qu'il ne sentait presque plus rien... Mais il se souvenait de la vigueur de ses jeunes années. La joie de vivre, de se déplacer. De faire l'amour à sa femme. Pourtant, déjà à l'époque, il avait commencé à vieillir. Les Régnier se mariaient âgés. Il ignorait pourquoi.

La joie de concevoir son fils... Le sentiment de pouvoir que cela donne à un homme. A n'importe quel homme, mais surtout à un sorcier.

Concevoir, créer.

Tout cela s'était envolé. Jean-Marc pouvait à peine générer en lui-même la force de respirer.

— Mère, fit-il en tendant les bras. Je suis si fatigué.

— *Je sais.* (Elle se pencha au-dessus du Chaudron et lui sourit.) *Bientôt, tu pourras te reposer, mon chéri.*

— Bientôt, le Chaudron ne me fera plus rien. Je perds plus que je ne gagne. Même si je restais un mois dans ce bain, je mourrais deux semaines plus tard. Ou en moins de temps encore.

— *La mort n'est pas si terrible, mon amour. Je te le promets.*

Parler l'avait épuisé. Pourtant, il ne lui restait que cela.

— Mais la défaite est atroce, mère. Elle est odieuse.

— *D'autres se battent. La Tueuse, et ses amis. L'Observateur. Très capables. Très courageux.*

— Mais qu'est-il arrivé à mon Jacques ? Mon petit ?

— *Bientôt, mon fils. Bientôt, tout ira bien.*

Antoinette lui chanta une berceuse.

Il n'aurait pu trouver baume plus apaisant.

Durant les quelques secondes qui suivirent la fermeture de la brèche, Fulcanelli resta sans réaction. La fureur le clouait sur place.

Puis il perdit la notion du temps. Il regarda la scène, autour de lui, comme s'il n'en faisait pas partie.

Comme si sa rage l'avait transporté dans un autre plan d'existence.

Il trébucha, murmurant le prénom de sa fille…

Les flammes se reflétaient sur les visages paniqués de ses acolytes. La fumée montait comme un nuage au-dessus du toit. Dedans, Fulcanelli vit le visage de son ancien ennemi, Richard Régnier, le fondateur de la lignée, qui se moquait de lui.

— J'ai tué l'amour de ta vie à cet endroit précis. Je lui ai infligé des supplices que tu n'imagineras jamais.

Mais Régnier continuait de rire. Le passé enterré, les morts étaient redevenus poussière. Régnier avait un héritier. Les Fulcanelli n'en avaient jamais eu.

La lignée des Régnier survivait. Et l'héritière choisie par Fulcanelli avait aidé la Tueuse à lui échapper.

Fulcanelli jura de retrouver Micaela. Et de la tuer.

Sa fureur l'empêchait de respirer.

— *Fulcanelli*, dit une voix dans son crâne.

Le sorcier se reprit. Belphégor l'appelait. La brèche par laquelle ils communiquaient était à la cave, et la maison brûlait. Cela ne changeait rien. On trouvait des failles sous l'eau, et même dans la pierre. Celle-ci survivrait à l'incendie.

— *Fulcanelli*, appela à nouveau le démon.

— Je viens, répondit le sorcier.

Il fit quelques gestes, puis se prépara à pénétrer de nouveau dans le brasier. Un de ses acolytes, frère Eric, voulut le retenir.

— Maestro, n'y allez pas, l'Enfer lui-même se déchaîne !

Fulcanelli s'arrêta, amusé.

— Oh ? Vraiment ?

— La villa est en flammes, Maestro. C'est la fin !

— *Bastardo !* cria Fulcanelli, trouvant enfin un exutoire à sa rage.

Il saisit le garçon par la manche et l'entraîna dans son sillage.

— Tu n'as jamais compris l'étendue de mon pouvoir, et tu oses te compter au nombre de mes serviteurs ?

— Maître ! Pitié !

Les flammes montaient à leurs pieds, faisant des bonds de plusieurs mètres dans les airs avant de redescendre lécher les murs de la maison.

Alors frère Eric commit un sacrilège : il porta la main sur Il Maestro pour tenter de lui faire lâcher prise.

— Moi, qui ai déclenché le Grand Incendie de Londres ! Qui ai arpenté les rues de Tchernobyl ! Tu as la témérité de douter de moi ? Tu m'insultes ?

— Maître, je ne suis qu'un humain, implora frère Eric. (Sa peau commençait à roussir.) Je vais brûler.

Fulcanelli eut un sourire mauvais.

— Oui, très certainement.

Il souleva l'acolyte et le jeta au cœur de l'enfer. Les cris du jeune homme furent brefs, mais impressionnants.

Fulcanelli entra dans la fournaise.

Les flammes ne le touchèrent pas.

Autour de lui, les murs de la villa se fendaient, les statues s'effondraient, les miroirs explosaient. Tant de beauté… Ephémère, comme toutes choses de cette terre. Mieux valait accumuler les richesses pour sa prochaine vie…

Il regarda un homme se tordre de douleur sur le sol puis brûler.

Il enjamba son corps sans la moindre émotion.

Il était toujours étonné par le nombre de personnes qui se précipitaient pour le servir, alors que la plupart avaient trouvé une fin tragique. Où se cachaient les ambitieux ? Les jours des Médicis étaient bien finis.

Fulcanelli secoua la tête, écoutant d'un air triste les cris des animaux prisonniers des flammes. Il se souvint d'avoir récemment adopté un chat, et se demanda ce qui lui était arrivé.

La question ne fit que l'effleurer.

Il entra dans la cave, où l'odeur de soufre luttait contre celle de la viande brûlée. Avec surprise, il se rappela les quelques indigènes qu'il avait emprisonnés entre ces murs. Il les avait prévus comme hors-d'œuvre pour le festin du soir…

Le cercle de la faille flottait au milieu du chaos. Il songea au rituel programmé pour la nuit, et des larmes de frustration perlèrent à ses yeux.

Fulcanelli les essuya rageusement. Pour Micaela, aucune larme ! Aucune pitié ! Pour son malheur, une résolution d'acier. Les hommes forts survivent à tout. Les faibles périssent au premier obstacle.

Il s'agenouilla sur les pierres brûlantes, serrant les dents pour lutter contre la douleur.

— Mon Seigneur Belphégor. Me voici.

— *Ta bâtarde tente de les conduire au Portail.* (Fulcanelli ferma les yeux, humilié.) *Il faut les arrêter.*

— Est-ce possible ?

— *Comment as-tu pu me servir aussi longtemps sans comprendre l'étendue du pouvoir que j'offre à mes esclaves ?*

Fulcanelli cilla en mesurant l'ironie de la situation.

— Je me suis égaré. Cela n'arrivera plus.

— *Alors joins ton pouvoir au mien contre les routes fantômes. Le Gardien du Portail n'en a plus pour très longtemps. Son héritier ne doit pas atteindre la Maison.*

— Qu'il en soit fait selon ta volonté, mon maître, répondit Fulcanelli.

— *Qui écrit tes dialogues ?* demanda Belphégor en ricanant.

— Et donc, pas de Lance ! conclut Spike en aidant Dru à empiler les cadavres des Fils de l'Entropie.

— Alors emmenez ce petit morveux, déclara sa bien-aimée avec un rictus à l'attention des deux femmes. Il n'a fait que nous gêner. Et il s'est bien amusé, pas vrai ?

Elle lui tira les oreilles. Jacques fit de son mieux pour ne pas crier. Il marcha avec autant de dignité que possible vers les deux jeunes filles, puis courut aussi vite qu'il le put et se jeta dans les bras de la plus proche.

A son grand soulagement, elle le serra très fort.

— Elle est folle, lui murmura-t-il.

— Je sais, répondit-elle.

— C'est un vampire.

— Ce n'est pas nouveau. Nous n'avons pas encore été présentés… Je m'appelle Buffy. Je travaille un peu dans la même branche que toi. Je suis la Tueuse, et tu es l'héritier du Gardien du Portail.

Jacques regarda la jeune fille, lisant de la peur et de la tristesse dans ses yeux. Il se prépara à la terrible nouvelle.

— Mon père.

— Non, non. Il est vivant. Enfin, je crois. Tout va bien, Jacques. On te ramène chez toi.

Spike avança vers Jacques et lui sourit.

— Dernière chance, mon grand ! Tu peux choisir de rester avec nous. On te fera un gros bisou, et tu cavaleras avec nous pour l'éternité. Qu'est-ce que tu en dis ?

Jacques regarda Spike, puis Buffy Summers. Malgré sa honte, il était presque tenté d'accepter la proposition. Il ne voulait pas devenir Gardien du Portail tout de suite. Il aurait aimé s'amuser. Avoir des amis, vivre, jouer.

Il n'avait que onze ans.

— Ça fait mal ? demanda-t-il.

Buffy lui flanqua un petit coup de poing.

— Tu es si drôle ! Ah ah ah ! fit-elle d'une voix qui sonnait faux.

Elle l'entraîna. Avant de s'en rendre vraiment compte, Jacques se retrouva hors de la petite maison. Son séjour lui avait semblé durer des années.

Il y avait des cadavres partout.

La bataille avait été horrible.

Jacques leva les yeux sur Buffy.

— Tu ne leur as pas dit que mon père avait la Lance, hein ?

— Tu plaisantes ? Je ne suis pas folle !

Ils firent un bout de chemin avec la deuxième femme. Personne ne la lui avait présentée, mais Jacques sentit qu'elle était très perturbée.

Il s'arrêta en voyant un autre vampire portant un loup-garou mort sur ses épaules.

— Des amis, dit Buffy. Fais-moi confiance.

Jacques n'avait pas le choix. Il obéit.

Cordélia serrait Alex contre sa poitrine.

— Oh mon Dieu, Alex, tu ne peux pas mourir. Ce serait si... stupide. (Elle tendit la main vers Willow.) Il en est capable, pas vrai ? Il mourrait parce que ce serait complètement idiot et que c'est un crétin ! Willow, s'il te plaît, fais quelque chose.

Willow regarda Alex. Le visage du jeune homme était gris, ses lèvres devenaient blanches.

Willow tenta de se reprendre, mais la panique lui avait fait perdre pied. Elle entendait vaguement les sanglots et les élucubrations de Cordélia. Peut-être était-ce une bonne chose.

Peut-être qu'Alex en aurait assez, et qu'il se relèverait pour lui dire de la fermer.

Giles enleva sa veste et la posa sur la poitrine du garçon.

— Appelez Police-Secours ! cria Cordélia. Appelez une ambulance !

Des sirènes approchaient. Les véhicules venaient s'occuper du feu et du câble à haute tension imaginaires.

Une ambulance n'allait pas tarder.

Ça ne servirait à rien ; Willow le savait.

Elle trouva l'énergie de parler.

— Je dois pouvoir faire quelque chose. Avec vous.

— Tu as raison, dit Giles. Il faut l'emmener au Gardien.

— Oui, c'est ça, fit Cordélia ! Il peut le sauver !

— Giles, demanda Willow, comment utiliser les routes fantômes ? Il faut être sensible au surnaturel. D'accord, j'ai lancé quelques sorts, mais je suis loin d'être une sorcière.

— Avant notre expédition de ce soir, j'ai cherché tout ce que je pouvais sur les Fils de l'Entropie, dit Giles. J'ai découvert une incantation qui permet à un humain d'accéder aux routes. Mais son efficacité semble limitée. Il vaudrait mieux ne rien tenter, sauf en cas d'urgence.

— C'est un cas d'urgence ! Allez, dites l'incantation. Maintenant ! (Willow le regarda durement.) Récitez-la.

— Je pourrais échouer. Vous risqueriez de ne jamais revenir, fit Giles.

— Récitez-la ! Bon sang, Giles, allez-y !

— Le Chaudron, ajouta-t-il. Pensez au Chaudron.

— Giles ! cria Cordélia.

— Je vais porter Alex. Vous restez ici et…

— Non, Giles. Vous restez ici, fit Willow.

— Non. Je…

— Vous êtes l'Observateur. Vous devez rester pour Buffy. Et pour sa mère.

— On va le porter jusqu'à la faille. Je m'occuperai de l'incantation en chemin.

Ils se tenaient dans l'ombre, en face du lycée. Giles ne comprenait toujours pas comment ils avaient réussi à éviter les camions de pompiers et les voitures de police, ni comment Alex avait survécu au trajet entre *le Bronze* et la faille. Il y avait du sang partout sur la banquette arrière.

Cordélia n'avait rien dit.

Ils étaient enfin arrivés. Giles finissait son incantation.

Willow avait aidé Cordélia à sortir Alex de sa voiture.

Ames qui errez sans forme
Permettez-leur de passer sans mal
Ne les retardez pas, ces trois-là respirent encore
Ne leur nuisez pas, ils n'ont nul pouvoir à donner

La faille flottait dans les airs, brillant faiblement.

Willow regarda Giles et dit :

— Angel a vu Jenny. Elle s'assurera qu'il ne nous arrive rien.

Giles essaya de sourire. Sans succès. Il n'avait rien à répondre. Penser qu'une partie de Jenny vivait encore, hors de portée, derrière le rideau qui séparait le monde des routes fantômes, était trop douloureux.

Il était terrifié. Il n'y avait pas d'autre mot. L'incantation ne fonctionnerait peut-être pas. S'il était possible à des humains de passer par les routes fantômes, d'autres l'auraient déjà fait... Il Maestro aurait fait voyager ses serviteurs de cette façon.

Et si cela était possible, le Gardien du Portail et sa mère auraient été certainement au courant.

Giles s'en voulait d'envoyer ces jeunes gens à la mort. Il aurait voulu partir à leur place. Mais Willow avait raison, son devoir le liait à la Tueuse. Pour elle, il devait trouver un moyen de sauver Joyce.

Il regarda Alex. Willow saisit son corps inconscient par les chevilles et Cordélia par les poignets. Le soulever était déjà un effort énorme pour les deux jeunes filles. Il n'y avait pas d'autre façon de le transporter, ni le temps nécessaire pour fabriquer un brancard.

Giles n'avait pas la moindre idée de l'effet d'un voyage sur les routes fantômes, ni du temps qu'il faudrait aux deux filles pour arriver à destination.

Ni comment elles se débrouilleraient pour tenir.

Il ne pouvait rien faire.

— Allez, allez, fit Willow. Il faut partir.

— Faites attention à vous. Willow. Je voudrais... tant...

— Ça ira.

Elles traversèrent la faille.

Bon, une dernière douzaine de morts pour la route.

La petite troupe de fantômes était si excitée que Micaela ne pouvait rien faire pour la calmer. Ils avaient peut-être entendu des rumeurs sur l'arrivée de squatters infernaux, ou compris qu'ils allaient rester coincés ici pour l'éternité. En tout cas, Angel et elle avaient dû les repousser un par un.

La voie fut enfin dégagée. A l'exception des esprits curieux, massés comme les spectateurs d'un critérium cycliste. Angel avait repris Oz sur ses épaules, et Micaela tenait Jacques par la main.

Le quatuor des Amis de Dorothy. Le Kansas s'est fait la malle.

— Vous croyez qu'on va croiser le Gwand et Tewwible Oz ? fit-elle avant de perdre son sourire.

Oz. Malgré ce qu'avait dit Angel, elle s'inquiétait.

Jacques, lui, devait trouver ça mieux que les dessins animés. Puis elle se souvint qu'il avait été élevé en

Angleterre. La plupart des bonnes séries n'y arrivaient jamais.

— Ça y est, Jacques, on y est, sains et saufs.

Buffy traversa la faille et se retrouva devant…

— Sunnydale ? fit-elle en reconnaissant son lycée.

Ils auraient dû être à Boston.

Il faisait nuit. Dans le ciel, la lune était énorme.

— Buffy ? lança une voix.

La jeune fille courut vers la silhouette debout à côté de la voiture de Cordélia.

— Giles ! Que se passe-t-il ?

Il recula, puis l'enlaça brièvement.

— Merci, mon Dieu, tu es vivante !

— On dirait…

Dans le clair de lune, le visage de son Observateur avait une couleur crayeuse. Elle n'était pas sûre d'avoir déjà vu quelqu'un d'aussi pâle. Un vivant.

Elle désigna les hématomes, sur son visage :

— Mais les apparences sont parfois trompeuses.

— Où étais-tu ? Tu rentres de Boston ? As-tu vu…

— On pensait *aller* à Boston.

Buffy se retourna et vit Angel émerger de la faille avec Oz sur les épaules. Il tenait la main de l'héritier.

Elle lui fit signe de s'avancer.

— Rupert Giles, voici Jacques Régnier.

— Merveilleux. Je suis enchanté que vous soyez en bonne santé.

Buffy fronça les sourcils. Giles avait l'air aussi heureux qu'un malade au stade terminal.

— Merci, monsieur.

— Que se passe-t-il ? demanda Angel. Comment a-t-on abouti ici ?

— Notre arrivée n'a pas l'air de vous réjouir ? Ce qui annonce de mauvaises nouvelles.

— Buffy ! cria Giles avant de voir Micaela.

Il marqua une pause. Quand il releva la tête, ses yeux étaient pleins de larmes.

— Oh mon Dieu, quoi ?

— Alors tu ne les as pas vues sur les routes fantômes... Et si tu n'as pas pu aller à Boston, comment y arriveraient-elles ?

— Vu qui ?

— Mon Dieu, Buffy. C'est Alex. Il va mourir.

Alors le ciel se déchira. Les éclairs frappèrent le sol en une douzaine d'endroits. La terre sous leurs pieds trembla si fort que Giles trébucha et tomba à genoux. Les autres l'imitèrent bien involontairement.

Une averse glaciale commença à tomber, suivie par une pluie de crapauds baveux. Buffy se releva et entendit des cris. Elle ne savait pas d'où ils venaient, mais ils exprimaient une terreur absolue.

De la brèche sortirent deux démons hideux. Ils traversèrent la rue en courant, droit sur Buffy et les autres.

La Tueuse se prépara. Angel aussi.

— Oh mon Dieu, ça y est ! cria Micaela. Les barrières entre l'Enfer et les routes fantômes sont tombées ! Les monstres se dirigent vers la Terre !

Buffy regarda autour d'elle, puis se tourna vers Giles.

— Protégez l'héritier. Faites ce qu'il faudra pour le sauver.

— Il doit aller à Boston ! Il n'y a plus une seconde à perdre.

C'était comme l'heure de pointe à la plage, mais sans la plage. Autour d'elles s'étendait un ciel couvert, morne et gris. Il ne faisait ni chaud ni froid.

Il ne faisait *rien*.

Cordélia devait lutter pour rester saine d'esprit. Quelque chose s'enroulait autour d'elle comme un fantôme, un brouillard collant. Les ombres la traversaient.

Des fantômes, se dit-elle. *Un endroit à fantômes. Antoinette était un fantôme, et elle a été gentille avec nous.*

Puis le sol sous ses pieds devint solide et elle trébucha.

— Ne le lâche pas ! cria Willow.

— Pas question.

Elle avait pourtant failli.

Alex était inerte, les yeux fermés. Quand Cordélia ne regardait pas la blessure sanglante, sur sa poitrine, elle aurait pu se dire qu'il dormait.

Elle se tourna vers Willow. Leurs regards se croisèrent. Cordélia se demanda si elle avait l'air aussi malade d'angoisse que sa compagne.

— Le Chaudron. Il est magique. Il le requinquera.

— Si on nous laisse l'utiliser.

— Oui, Cordélia. On est de leur côté.

— Mais si le Gardien en a besoin…

Un grondement noya le reste de ses paroles.

Il se fit de plus en plus fort. Cordélia cria quand le sol trembla.

— Willow ? Qu'est-ce que c'est ?

Sans prévenir, un éclair blanc chassa le gris. La route se transforma en cendres. Cordélia se couvrit les yeux pour les protéger de la chaleur.

Puis tous les trois furent entourés de morceaux de gens. Des têtes. Une main. Un bras. La plupart des visages étaient en larmes. D'autres n'avaient aucune expression, comme si leurs yeux avaient vu plus de choses qu'ils n'en pouvaient supporter.

Il y en avait des centaines. Peut-être des milliers.

Ils commencèrent à prendre forme.

A se rapprocher.

— Euh, on ne fait que passer. Pas vrai, Willow ?

— Ce sont les derniers jours, dit une jeune fille vêtue d'une sorte de toge. (Une énorme plaie lui barrait le visage.) C'est la fin.

— Willow ?

— Sauf-conduit. On a récité le rituel de sauf-conduit. On est vivantes.

— C'est la fin, répéta la fille en secouant la tête.

Il y eut un nouveau grondement et la fille sembla terrifiée. Un sifflement fendit l'air, comme un hurlement frénétique. Frissonnante, Cordélia se souvint de l'enterrement de son oncle. Elle avait neuf ans. C'était son premier enterrement. Aujourd'hui, après tant d'années à Sunnydale, elle en avait vu beaucoup.

Mais à neuf ans, les larmes et le deuil lui avaient fait très peur. Son oncle était étendu dans le cercueil ouvert.

Elle avait vu son profil tout au long du service.

Puis ils avaient défilé devant le corps.

— Quel horrible maquillage, avait dit sa mère. Ta tante doit être désespérée.

Quand on avait conduit sa tante devant le cercueil, elle avait commencé à pleurer si fort qu'on aurait dit un cri.

Au loin, dans le brouillard, des ombres formaient un gigantesque cercle. On aurait dit une faille, mais des flammes s'en échappaient. Et dans le cercle, s'agitait quelque chose de gros, de visqueux et de... *sale*. La chose se dressa sur ses pattes arrière et rugit.

La fille se tourna vers Cordélia.

— C'est l'Enfer ! Ils arrivent ! Vous devez partir, vite, vous êtes vivantes. Vous *pouvez* partir...

— D'accord, merci, souffla Cordélia. Ne vous

inquiétez pas, nous allons voir le Gardien du Portail. Il va arrêter tout ça. Allez, Willow, viens...

Elles commencèrent à avancer avec Alex.

— Non, fit la fille en s'interposant, désignant Alex. Seuls les vivants peuvent partir.

— Cause toujours ! lança Willow.

Emergeant d'un second cercle, une créature tentaculaire bascula dans la brume. Un cri fantomatique vrilla les nerfs de Willow qui resserra sa prise sur les chevilles d'Alex.

— Ce sont les routes fantômes, dit la fille. Les morts y voyagent. (Elle désigna Alex.) Celui-ci y voyage !

Willow et Cordélia regardèrent Alex.

Ses yeux à demi ouverts donnaient l'impression qu'il les regardait. Mais ils étaient vides. Ses lèvres bleues contrastaient avec ses pommettes grises.

— Willow ?

Le cri du démon couvrit presque la voix de Cordélia.

Le fantôme en toge cria une dernière fois et disparut.

Le monstre sauta sur les deux jeunes filles.

Tout ANGEL est au Fleuve Noir

Sa série enfin disponible

1. LA CITÉ DES ANGES

2. LE SEIGNEUR DES BAS-FONDS

3. REDEMPTION

4. MORTELLE FAIBLESSE

Tout Buffy est au Fleuve Noir

17 titres déjà parus
un rendez-vous par mois

Volumes vendus entre € 4,57 (30 FRF) et € 5,34 (35 FRF)

10. RETOUR AU CHAOS

11. DANSE DE MORT

IMMORTELLE (grand format, 89 FRF)

12. LES CHRONIQUES D'ANGEL 3

13. LOIN DE SUNNYDALE

Tout Buffy est au Fleuve Noir

17 titres déjà parus
un rendez-vous par mois

Volumes vendus entre € 4,57 (30 FRF) et € 5,34 (35 FRF)

14. LE ROYAUME DU MAL

15. LES FILS DE L'ENTROPIE

LE QUIZ
POUR TOUT SAVOIR SUR LA SÉRIE

16. SELECTION PAR LE VIDE

17. LE MIROIR DES TENEBRES

Imprimé en France sur Presse Offset par

BRODARD & TAUPIN

GROUPE CPI

La Flèche (Sarthe), en mars 2001

FLEUVE NOIR – 12, avenue d'Italie
75627 PARIS – CEDEX 13.
Tél. 01.44.16.05.00

Dépôt légal : octobre 2000
N° d'impression : 6801